소설 팔괘 2

소설
운명이란 무엇이며 어떻게 알 수 있는 것일까?
팔괘 八卦
김승호 지음
동산출판 선영사
2

계룡산에서 내려 온 사람

겨울 하늘은 참으로 신비하다. 흐려 있을 때나 맑아 있을 때나 항상 깊은 고요가 서려 있다.

만물의 도道는 겨울에 감춰지고 다른 세 계절에는 나타난다고 하는데, 실로 감춰진 곳에서 천지의 작용은 시작된다.

그리고 고요한 곳에서 시작된 만물의 작용은, 언젠가는 다시 깊은 고요 속으로 숨어 버리고 다음을 기약한다.

이토록 천지 자연은 순환하기 때문에 영원할 수가 있는 것이다.

순환하는 것 중에 사계절보다 큰 것은 없다. 사계절이 쉬지 않고 운행하기 때문에 만물은 언제나 새롭고 풍요롭다. 겨울이란 계절이 비록 만물의 큰 작용이 쉬고 있는 때이기는 하지만, 이때야말로 모든 것이 준비되는 것이다.

지금 겨울은 점점 깊어져 가고 있다, 대전 지방에는 이미 눈이 쌓여 넓은 들판이 하나로 통해 있고, 계룡산의 나무들에도 흰 꽃들이 듬뿍 돋아났다.

눈이 내릴 때는 대지는 휴식하며, 사람은 내리는 눈을 바라보며 추억을 일깨운다.

달리는 기차 안에서 창 밖으로 내리는 눈을 바라보면, 차분한 가운데 지나간 추억들이 더욱 선명해지는 것이다.

지금 차창 곁에 앉아서 밖으로 내리는 눈을 바라보고 있는 한 중년 남자에게도 지난 긴 세월이 떠오르고 있었다. 이 사람은 서울을 떠나 계룡산을 찾은 지 10여 년 만에 고향을 향해 가고 있는 중이었다.

그런데 차 안이 몹시 소란했다. 이 사람은 애써 소리를 듣지 않으려고 먼 곳을 바라보고 있었다. 그러나 노랫소리는 점점 커져만 가고 그칠 줄을 모른다. 마음을 먼 곳에 두려고 해도 곁에서 들려오는 소리 때문에 바라는 대로 되지 않았다.

'도시는 정말 시끄럽구나, 산이 참 고요하지!'

이 중년 남자는 산에 있던 시절이 새삼 좋았다고 생각하고 있었다.

들려오는 노랫소리는 취중에서 나오는 합창이기 때문에 시끄럽기만 하지 흥이나 곡조가 전혀 없었다.

노래를 하는 당사자는 좋아서 소리를 지르는 것이겠지만, 듣는 사람은 여간 괴로운 것이 아니었다. 더구나 비좁은 기차 안에서 자기네들만 살겠다고 떠들어대니, 이는 남에게 크게 폭력을 휘두르는 것이나 마찬가지이다.

"선생님, 가서 조용히 하라고 시킬까요?"

중년 남자 옆에 앉아 있던 청년이 물었다.

"아니, 내버려두게…… 저러다 그치겠지."

중년 남자는 시끄러운 소리에 개의치 않고 창 밖으로 휘날리는 눈발을 바라다볼 뿐이었다.

"에이! 저놈들을 그냥……."

옆에 앉은 청년은 노랫소리가 몹시도 귀에 거슬리나 보았다. 그렇지만 귀에 거슬리는 것은 이 청년만이 아니었다. 차 안에 있는 모든 승객이 괴로워하고 있었던 것이다. 그러나 누구 하나 말릴 생각을 못 했다.

노랫소리는 이제 군가軍歌인지 뭔지로 바뀌었다.

—오늘은 어디 가서 땡깡을 놓고 내일은 어디 가서 신세를 진다……. 우리는 해병대—.

이들의 노랫소리를 들어 보니 해병대인가 보다. 이들 군인들은 해병대원 중에서도 고참병들인가 본데, 오늘은 웬일인지 10여 명 가까이 한 기차를 탄 것이다.

마침 한 군인이 지나갔다. 이 군인은 얌전하게 생긴 육군 상병이었다.

"이봐, 상병!"

떼로 모여 있는 해병이 지나가는 육군 상병을 희롱했다.

"야, 이리 와. 하하, 너희들이 군인이냐?"

육군 상병은 대꾸도 하지 않고 급히 도망가듯 다른 칸으로 사라졌다.

"자, 마셔라!"

"오늘도 걷는—다—만은 정처 없는 이—발—길…….'

또 노랫소리가 나온다. 한 사람이 시작하면 즉시 다른 사람도 따라해서 시끄러운 합창이 된다.

"여보세요, 좀 조용히 해 주세요!"

해병대의 합창을 용감하게 막아 선 사람은 앳되어 보이는 젊은 여인이었다.

"여보세요…… 조용히 해 주세요…… 하하."

해병 하나가 여자 흉내를 내면서 말했다.

"거참 귀엽게 생겼는데! 하하."

다른 해병 하나는 여자를 빤히 쳐다보며 희롱했다. 이들은 이미 술이 취해서 정신을 수습할 수 없어서인가, 아니면 인격이 덜된 사람들만 모여 있는 것인가?

군인이 차 안에서 이렇게 떠들어대는 것을 보면 확실히 군기가 빠져 있는 것 같다. 해병이든 육군이든 혹은 공군이든 기차 안에서 이 무슨 행패인가?

여자는 공연히 말했다고 생각하며 얼굴을 붉혔다. 이 군인들은 기사도 정신은커녕 예의 범절을 찾아볼 수가 없다. 게다가 한술 더 떴다.

"이봐 아가씨, 우린 해병대야. 용감한 아저씨들과 술 한잔 안 들래."

"……."

"고거 참, 예쁘기는…… 야, 네가 가서 꼬셔 봐! 하하."

이 해병은 자신은 용기가 없는지 옆에 있는 동료를 부추겼다.

그러자 한 해병이 벌떡 일어나 술을 한 잔 들이켰다. 그러더니 술병을 들고 여자 쪽으로 왔다.

"아가씨! 내가 한 잔 주지…… 어, 안 받어!…… 이 아가씨 사람 성의를 무시하는 거야? 제가 먼저 말 걸어 놓고. 자자, 어서 받아."

해병은 여자의 팔을 잡아 끌었다.

"어머! 왜 이러세요?"

"뭐, 내가 뭐 어쨌는데? 이리 와봐!"

"악!"

여자는 해병이 끌어안으려 하자 옆에 있는 노인 쪽으로 바싹 붙었다. 그러자 노인이 점잖게 한 마디 했다.

"이봐, 젊은이! 그만 해 두게."

"응, 이건 또 뭐야? 오호, 할아버지이시구먼…… 자, 그럼 할아버지가 한잔 하실래?"

"어허, 젊은이 너무하는구먼. 저리 비키지 못할까? 군인들이 정말 너무하는구먼."

"하하, 그러니 어쩔 거요? 자, 술이나 드시지."

이 해병은 도대체 어떻게 돼먹은 것일까? 술을 노인의 옷에 철철 흘리고 있다.

"이놈! 이 못된 놈!"

노인은 당황해하며 떨리는 목소리로 겨우 말을 하곤 자리에서 일어났다.

"가시려고? 그럼 잘됐지!"

해병은 노인이 자리에서 일어나자 그 자리에 털썩 앉았다. 그 옆에는 바로 여자가 앉은 자리였다.

"어머, 저리 비키세요!"

여자는 급히 일어났다. 그러나 나갈 수가 없었다. 그때 해병이 버티고 앉아 있다가 갑자기 여자를 덮치려 하였다.

"악! 사람 살려요!"

그러나 차 안은 고요하기만 했다. 이때 저쪽에서 마침 열차 공안원이 달려오고 있었다. 해병이 공안원이 오는 것을 보고 주춤하는 사이에, 여자는 빠져 나갔다.

공안원이 와서 보니 해병들은 술이 취해서 난장판이었다. 한쪽에서는 여전히 노래를 부르며 떠들어댔다.

"조용히들 하세요!"

공안원이 한 마디 했다.

"뭐, 조용히? 그렇게 못 하겠는데…… 하하…… 어서 꺼져, 다치지 말고!"

공안원의 얼굴이 붉어졌다. 주위 사람들은 숨을 죽이고 공안원이 어떻게 하나 보고 있었다. 공안원은 해병 하나의 어깨를 잡아 일으켰다.

"저리로 갑시다!"

"어허, 왜 이래…… 이 새끼가!"

해병 하나가 느닷없이 주먹을 날렸다. 그러자 또 한 명이 일어나 발길을 내질렀다.

뻑—.

공안원은 그 자리에서 고꾸라졌다. 뒤이어 또 주먹이 날아들었다. 공안원의 얼굴에는 이미 피가 흐르고 있었다.

"야…… 죽여 버려!"

일은 일단 벌어진 것, 술 취한 군인들은 이제 제정신이 아니었다. 이러한 작태는 기차 안에서는 종종 볼 수 있는 것이었으나, 오늘 일은 정도가 좀 지나쳤다. 아무래도 공안원은 크게 잘못 걸린 것 같았다. 이 사람은 용감하게 자기의 임무를 수행하려는 것이었지만 크게 역부족이었다.

"잠깐!"

이때 벼락같이 소리를 지르며 나선 사람은 바로 중년 남자 옆에 앉아 있던 바로 그 청년이었다. 이 청년은 누가 말릴 사이도 없이 그 와중에 뛰어들어 공안원을 한쪽으로 잡아 끌어 피신시켰다.

"어! 이건 또 뭐야?"

"이놈들! 조용히 못 해!"

해병은 새로 나타난 청년을 비웃으며 쳐다봤다. 그러나 청년은 조금도 기가 꺾이지 않고 당당히 맞서고 있었다. 그저 맞서는 정도가 아니었다. 벼락같이 소리를 지르며 버티고 섰는데 추호도 빈틈이 없었다.

그러나 해병들은 잠깐 놀랐을 뿐 몇 명이 일어났다. 그 중 하나가 돌연 청년의 멱살을 움켜잡았다. 그 순간, 청년은 멱살을 잡은 그 팔을 휘감아 비틀며 순식간에 꺾은 자세를 만들었다. 팔이 돌려 꺾인 해병은 꼼짝할 수가 없었다.

"어, 아악—."

청년이 팔을 더 비틀자 해병은 소리 쳤다. 그러자 다른 해병 하나가 청년의 얼굴을 향해 주먹을 날렸다. 그러나 청년은 자세를 낮추어 피하면서 머리로 받아 쳤다.

"악—."

머리로 안면을 받친 해병은 피를 쏟으며 주저앉았다. 이어 청년은 팔을 비틀고 있던 해병의 엉덩이를 무릎으로 힘껏 쳐 버렸다.

"억—."

해병은 앞으로 고꾸라지며 머리를 의자에 강하게 부딪혔다.

"어라, 이 자식이!"

세 명의 해병이 동시에 일어났다. 그러나 청년은 해병이 다가오기를 기다리지 않았다. 어느 새 청년의 몸은 해병의 곁에 바싹 접근해 있었다. 그리고 순간적인 몸놀림으로 두 명의 해병을 쓰러뜨린 것이다. 한 명은 무릎으로 사타구니를 질러댔고, 또 한 명은 복부를 강타했다.

"헉, 읍—."

두 명의 해병이 앞으로 고꾸라지자 청년은 의자 위로 뛰어올랐다. 이와 동시에 다른 해병도 일어섰지만, 청년의 발길질이 더 빨랐다. 청년은 앞으로 턱을 걷어차면서 그 발을 다시 돌려 가슴을 짓밟았다.

이제 세 명이 남았다. 그중에 두 명은 취해서 기울어져 있었는데, 일부러 쓰러져 있는 척하는지도 몰랐다. 청년은 우선 놀라서 쳐다보는 해병 하나를 그대로 밀어서 처박았다.

쿵—.

그 해병은 뒤통수를 차창 벽에 심하게 부딪히고 기절해 버렸다. 이제 해병 중에는 누구 하나 움직이는 사람이 없었다.

그러나 청년은 동작을 멈추지 않았다. 해병 하나의 멱살을 잡아당겨 열차 통로 밖으로 끌고 나갔다. 이어 화장실 문을 열고 해병을 그 안에다 밀어 던졌다. 그러고는 다시 들어왔다.

이 때 다른 해병 하나가 일어나는 중이었다. 그러나 미처 다 일어나지 못하고 다시 주저앉았다. 청년이 정강이를 후려 지른 것이었다. 청년은 이 해병을 끌어냈다. 역시 화장실로 끌고 가려는 것이다.

이런 식으로 해서 순식간에 화장실에 세 명을 날라다 놓았다. 이때 저쪽에서 공안원 두 명과 열차 승무원이 달려왔다. 이들은 급히 와서 상황을 파악하려는데, 쓰러져 있던 공안원 하나가 간신히 일어나면서 말했다.

"이놈들…… 나쁜 놈들이야…… 끌어내!"

뒤에 나타난 공안원과 승무원은 잠시 망설였다. 어떻게 처리를 해야 할지 난감한 모양이었다.

마침 이때 열차는 수원역에서 멈추었다. 청년은 이들 공안원이 무엇을 하든 개의치 않고 하던 일을 계속했다. 다시 한 명을 끌어내어 이번에는 기차 밖으로 밀어 던졌다. 그러고는 또 들어와서 한 명을 잡아 끌었다.

청년은 부지런하기도 했다. 그제서야 공안원은 방침을 정했는지 해병 한 사람을 일으켜 세우려 했다.

"이봐, 일어나!"

공안원은 해병의 뺨을 가볍게 쳤다. 그러나 해병은 깨어날 줄 몰랐다. 술에 취한 것인지 청년의 주먹에 쓰러진 것인지?

그 동안 청년은 또 한 명의 해병을 기차 밖으로 던져 버렸다. 공안원은 여전히 쓰러진 해병 하나를 깨우려고 부산을 떨었다. 청년은 다시 차 안으로 들어와 해병 하나를 잡아 일으켰다. 이때 공안원이 청년에게 말을 걸었다.

"그만두세요! 우리가 처리할 테니……."

그러나 청년은 이 말에 아무런 대꾸도 하지 않고 하던 일을 계속했다.

공안원이 청년을 제지하려는데, 매를 맞은 공안원이 자기 동료의 어깨를 당겨 말을 못 하게 했다.

매를 맞은 공안원은 합법적으로 일을 처리하기보다는 감정적으로 일을 처리하고 싶은가 보았다. 누구나 그럴 것이다. 그토록 심하게 매를 맞고 분이 쉽게 풀릴 사람이 있겠는가?

나머지 공안원도 청년의 위세에 눌려 망설이고 있었다. 어차피 일이 복잡하게 꼬였다. 군인이 관련되어 있으니 수습하기 곤란할 것이다. 될 대로 되겠지!

청년은 공안원을 전혀 의식하지 않았다. 또 한 명을 끌고 나갔다. 이번에도 열차 밖으로 밀어 던졌다. 모두 네 명이나 내다 버리고 있는 것이다.

청년이 다시 들어왔을 때 차는 서서히 출발했다. 이제 의자에는 두 명의 해병만이 남아 있었다. 세 명의 해병은 화장실에서 쉬고 있는 것일까?

공안원은 두 명의 해병을 메고 나갔다. 가만두면 필경 청년이 화장실로 끌고 갈 것이기 때문이다.

이렇게 되어 차 안의 소란은 진정되었다. 그러나 빈 좌석에 사람이 다시 와서 앉지는 않았다. 이 좌석에는 다음 역에서 타는 승객이나 앉게 될 것이다. ·

열차는 시원히 달리고 있었다. 청년은 화장실 쪽을 힐끗 쳐다보고는 다시 자기 자리에 와서 앉았다.

"선생님, 이제 조용해졌지요? 저도 시끄러운 것은 질색이에요!"

청년은 미소를 지으며 공손하게 말했다.

"음? 자네, 성질 한번 대단하군! 그렇게까지 안 해도 될 것을……."

중년 남자는 아무 일도 없었다는 듯이 다시 창 밖의 눈을 바라보기 시작했다. 청년도 눈을 감고 휴식을 취했다.

현재 이 자리에 앉아서 여행을 하고 있는 두 사람은 참으로 특이했다. 우선 젊은 청년만 보더라도 결코 평범한 사람이 아니었다. 이 사람은 저속하기로 말하면 철저히 인생의 밑바닥을 경험한 터이고, 중년 남자는 세상 물정이라고는 전혀 모르는 순수한 수도인修道人이었다.

이 두 사람의 만남은 운명적이겠지만, 서로의 필요에 의해 지극히 우연에 의한 것이었다. 그리고 중년 남자가 무명 수도인인 데 비해 청년은 상당히 유명한(?) 사람에 속했다.

청년의 이름은 강치복姜治福, 이 사람은 용산 일대의 깡패 두목으로 철저한 실전파實戰派였다. 원래는 그의 형인 강치민姜治民 휘하에서 2인자 노릇을 하고 있었는데, 최근 형이 죽는 바람에 지휘권을 인수하여 두목이 되었다.

그러나 두목이 된 뒤 조직은 분규가 그칠 날이 없었고, 조직력도 날로 약화되고 있었다. 문제가 된 것은 강치복이 주먹만 셌지 지도력이 좀 약하다는 점인데, 근래에 와서 속속 이탈자가 생기는 등 위기를 맞이하고 있었다. 이는 똑똑한 동지들이 보필輔弼해 주기는커녕, 서로가 주장 행세를 하려는 데서 기인한 것이지만, 강치복 자신이 의리보다는 지나치게 주먹을 앞세우는 것도 분규 요인 중의 하나였다.

이렇게 힘만을 앞세우다 보면 젊고 강한 싸움꾼만 득세하지, 지휘 계통이 확립되지 않고 오래 일한(?) 동지가 외면당하기 일쑤다. 급기야는 외부에서 힘센 일꾼(?)을 영입해서, 세력을 차지하려는 기도企圖가 발생하게 된 것이다.

현재 두 명의 강자가 나타나서 힘의 대결을 요구하고 나섰다.

물론 이 두 사람도 나중에는 서로가 힘을 겨루어야 할 판이지만, 지금 당장은 합심해서 강치복을 먼저 몰아내기로 묵계墨契가 되어 있었다.

말하자면 힘이 힘을 부른 셈인데, 저들의 주장은 강치복이 정히 힘만

내세운다면 아예 결투에 의해 두목을 뽑자는 것이다. 저들의 주장대로 한다면, 싸움은 그칠 날이 없게 되고, 결국 조직은 와해될 것이다.

물론 이런 상황이 된 것은 강치복의 책임이 크지만, 저들은 사실 강치민이 살아 있을 때부터 음모를 키워 왔던 것이다. 단지 강치민이 때마침 죽었기 때문에 그 표적이 바뀐 것뿐이다.

아무튼 모든 문제는 강치복이 해결할 수밖에 없거니와, 강치복은 저들이 내세운 강자 두 명을 물리칠 힘이 없었다. 그래서 강치복도 부득이 대책을 세우게 된 것인데, 지금 모셔 가는 중년 남자가 바로 문제 해결의 용병傭兵인 것이다.

이 중년 남자의 이름은 알 수 없고, 다만 도명道名을 경암耕嵒이라 하고 그 외에 특별한 명칭이 하나 더 붙어 있는데, 이름하여 북존北尊, 그는 4존四尊 중에 말석末席이라 한다.

강치복이 북존 경암 선생을 알게 된 것은 그의 형인 강치민으로부터인데, 강치민은 종종 경암 선생을 찾아가 무술 지도를 받곤 했던 것이다.

동생인 강치복은 형을 따라 한 번 경암 선생을 만난 적이 있지만, 경암 선생은 강치민이란 사람을 매우 아끼고 있던 터라, 그 동생이 곤란을 당하자 흔쾌히 수습해 주겠다고 나선 것이다.

그리고 실은 경암 선생에게도 속사정이 있었는데, 그것을 해결하기 위해서는 강치복의 도움이 절대적으로 필요했다.

경암 선생의 사정이란 다름아닌 어떤 사람 하나를 찾는 문제로써, 강치복의 형에게도 부탁한 바 있었다. 형이 죽은 지금에 와서는 그 일을 동생인 강치복에게 인계할 수밖에 없는데, 그러자면 먼저 강치복의 곤란을 해결해 줘야 하는 것이다.

더구나 북존 경암 선생은 이제 때가 되어, 산 속의 수도 생활을 그만두고 도시로 나와야 할 형편이었다. 경암 선생은 스승의 명命에 따라 좌도坐島라는 사람을 찾아야 하는바, 그 일만이 스승의 은혜에 보답하는 유일한 길로 알고 있었다.

스승은 경암과 더불어 4존에게 좌도를 찾으라 명했고, 그 사람을 찾는 즉시 제거하라는 것이다. 경암의 스승은 이렇게 말했다. "좌도라는 사람을 찾게. 도인道人이란 세상을 구하고 천명天命을 받들어 성취하는 것인데, 이 자는 천명을 크게 혼란시키고 있어, 도인은 창생을 보호해야 하는 것이지만, 자네들에게는 한 번의 살인을 허용해 주겠네. 이는 하늘의 명인 것이야."

그러므로 경암 선생은 지금 스승의 지시를 이행하기 위해 새로운 운명의 세계로 들어가고 있는 중이었다. 기차는 서서히 안양역으로 들어서고 있었고, 내리던 눈은 그친 듯했다.

강치복은 여전히 눈을 감고 있었다. 통로는 기차를 타고 내리는 사람들로 약간 붐볐다. 그때 저쪽편 통로로 네댓 명의 장정들이 들어서고 있었다. 이 장정들은 하나같이 날카롭게 보이고 걸음걸이가 시원시원한데, 위압적인 자세로 좌우를 살피며 들어오고 있었다.

"어, 여기 계셨네! 형님!"

이들은 자고 있는 강치복을 불렀다.

"아니? 너희들 웬일이냐?"

강치복은 갑자기 나타난 부하들을 보자 깜짝 놀라며 긴장했다. 이들은 이 기차를 탈 리가 없었던 것이다. 용산역에서 기다려야 할 사람들이 돌연 나타난 것이다.

물론 이들에게는 대전에서 출발하는 기차의 시간을 알려 주었기 때문에 굳이 이 기차를 타려면 탈 수는 있었다. 그러기 위해서는 일부러 안양역까지 와야 하는데, 굳이 그렇게까지 할 필요가 없었다.

도대체 무슨 돌발적 사태가 생긴 것일까?

강치복은 이들이 갑자기 나타난 이유를 물으려 하다가 급히 순서를 바꿨다. 마땅히 옆에 있는 경암 선생부터 소개해야 하는 것이다.

"얘들아, 인사 드려라! 이분은 치민이 형님이 모시던 선생님이야!"

"아, 네. 처음 뵙겠습니다."

부하들은 일제히 고개를 숙여 정중히 인사를 했다.

"음, 씩씩한 젊은이들이구먼. 자리에 앉게나."

"아닙니다, 저희들은 그냥 서 있는 게 좋습니다."

부하들은 경암 선생이 어려워서인지 규칙이 그러한지 좌석을 사양했다. 강치복은 경암 선생을 슬쩍 돌아보고는 즉시 부하들에게 물었다.

"그런데 너희들 웬일이냐? 일부러 기차를 탄 것이지?"

"네, 문제가 좀 생겼습니다."

"음, 문제?"

순간, 강치복의 얼굴은 긴장으로 날카로운 표정이 되었다.

"무슨 일이 생겼어?"

"네. 저쪽 애들 말이에요. 황소와 번개가 지금 용산역에서 기다리고 있습니다."

"뭐라고? 그놈들이 왜 기다려? 내일 만나기로 했잖아?"

"그렇긴 하지만 오늘 당장 해결하자고 하던데요! 내일까지 기다릴 필요가 뭐 있느냐고요."

"이런 나쁜 놈들! 자기네들은 실컷 쉬고 이쪽은 쉬지도 못하게……."

강치복은 화가 나서 치를 떨었다. 원래 저들과의 결투는 내일 밤 늦은 시간에 하기로 되어 있었다. 이쪽의 경암 선생은 오늘 여행했으니 하루쯤 휴식이 필요한 것이다.

그런데 저쪽은 그것을 알고 의도적으로 오늘 당장 결판을 내려 하고 있다고 한다.

‘이 비겁한 놈…….’

이것은 필경 저쪽의 모사꾼인 정규일이란 놈이 꾸며낸 일일 것이다. 강치복은 얼굴을 찡그리며 부하들을 쳐다봤다. 강치복이 지금 화를 내며 생각하는 정규일이란 자는 말하자면 배신자인데, 저쪽을 지휘해서 이번 일을 꾸며낸 자이다.

“어떡하지? 일단 피해야겠는데!”

강치복은 속으로 생각해서 이런 결론을 얻고 부하들의 의견을 물었다.

“네, 피해서 좀 쉬는 게 낫겠지요! 아무래도 여행 직후에는 힘을 잘 쓸 수가 없으니까요.”

“그래, 미리 내려야겠어!”

두목은 고개를 끄덕이고는 경암 선생을 쳐다봤다. 경암 선생은 이들의 말을 듣고 있었지만 참견을 않고 창 밖만 내다보고 있었다. 기차는 덜컹거리며 계속해서 용산을 향해 가고 있다.

“저…… 선생님!”

“음, 무슨 일인가?”

경암 선생은 강치복의 얼굴색이 나쁜 것을 쳐다보면서 태평히 물었다.

“네 죄송합니다만 다음 역에서 내려야겠습니다.”

“음? 왜?”

“실은 저쪽이 지금 용산역에서 기다리고 있다고 합니다. 이쪽이 쉴 사이 없이 오늘 당장 해결하려는 의도지요!”

“허, 그런가? 그 사람들 성격이 몹시 급하구먼! 원래는 내일 약속이 된 것 아닌가?”

“네, 약속은 그렇게 되어 있었지요. 그런데 저들이 일부러 서두르는 것입니다. 쉴 시간을 안 주려고…….”

강치복은 근심스런 표정으로 경암 선생을 바라보았다. 그러나 경암 선생은 여전히 편안한 모습이었다.

"그렇다면 할 수 없지, 하루 앞당길 수밖에."

"안 됩니다, 쉬시지도 못했는데!"

"괜찮아, 쉬나마나야!"

"네? 그래도 좀 쉬셔야지요. 산에서 급히 내려와서 기차를 탔는데……
식사도 제대로 못 하시고…….."

"걱정 말게. 어차피 넘어가야 할 일, 빠를수록 좋지 않나?"

"그렇지만 피곤하면 실수를 할지도……."

"실수? 글쎄…… 그것은 걱정 말고 저들에 대해 얘기나 좀 해 주게."

"저들요? 어떡하나…… 선생님, 정말 저들과 부딪쳐 보시겠어요?"

"허참, 내 일은 내가 알아서 할 테니 염려 말게. 저들 얘기나 해 보
게."

강치복은 망설였지만 경암 선생이 강한 의지를 보이니 할 수 없이 수
긍할 수밖에 없었다.

"네, 저들에 대해 말씀 드리지요."

두목은 마침내 경암 선생의 뜻에 맡기기로 하고 적들에 대해 설명하
기 시작했다. 부하들은 경암 선생을 슬쩍 바라보고는 속으로 실력을 가
늠해 보고 있었다.

"먼저 황소라는 별명을 가진 놈인데, 이놈은 힘이 장사예요. 맷집도
좋고, 시골에 있을 때 미친 황소를 맨손으로 잡고 일격에 때려죽였다고
합니다……. 당시 소문이 자자했었지요. 그래서 그 소문을 듣고 우리
편이었던 정규일이란 자가 일부러 끌어들인 거예요. 게다가 어려서부터
싸움판을 많이 다녔다고 합니다. 누구한테 한 번도 패한 적이 없다고
하는데, 저로서는 도저히 맞상대를 할 수가 없지요. 언젠가는 차력사 한
사람을 물리친 적도 있습니다. 아무튼 힘으로는 당할 장사가 없습니다.

누구든 한 방 맞으면 그것으로 끝이지요."

두목은 황소에 대해 설명해 나갈수록 기가 죽는 모습이었다. 부하들도 황소에 대해서는 질렸는지, 두목과 경암 선생을 번갈아 쳐다보며 근심스런 표정을 짓고 있었다.

'과연 저 선생이 황소를 물리칠 수 있을까?'

부하들은 속으로 이런 생각을 하고 있었는데, 경암 선생의 모습은 걱정이라곤 전혀 없는 듯했다. 사람이 걱정이 없는 모습은 보기에 좋겠지만 저렇게 무신경해도 걱정이다.

더구나 체격도 그리 좋지 않고, 혈색도 희고 연약해 보이는데 무슨 힘이 있을까?

산에서 도를 닦으며 무술을 수련해서 혹 동작이 빠르다 해도, 주먹에 힘이 실려 있지 않으면 무슨 소용이 있으랴!

"지금에 와서는 부하들이 눈치만 보고 있습니다."

부하들의 근심과는 상관 없이 강치복의 말은 이어졌다.

"처음엔 그래도 제 편이 많았는데, 날이 갈수록 저쪽에 붙는 자가 많아지고 있습니다. 정규일은 어쩌면 황소와 번개를 싸움 붙이지 않고, 저만 몰아내고는 두목이 되려고 할 것입니다. 황소와 번개를 서로 견제시키면서 공존하려는 것이지요!"

"음, 치복이 자넨 참 어리석군!"

"네?"

강치복은 경암 선생이 갑자기 말을 막자 영문을 몰랐다.

"힘으로는 모든 것을 지배할 수 없어. 처음부터 자넨 힘을 끌어들여 조화를 이루는 사람이 되었어야지. 정규일처럼 말일세!"

"네 제가 어리석어서 미처 몰랐습니다."

"좋아! 지금이라도 알았으면 됐네! 앞으로는 강자를 휘하에 둘 줄 알아야 하네. 힘으로 이기려 하지 말고. 깡패의 세계에서도 인격이 필요한 것이야. 결국 인격이 높은 자가 두목이 돼야지! 힘만으로 살아간다면 결국 두목이 늙으면 어떻게 되겠는가? 언젠가는 부하들의 힘에 굴복해서 쫓겨나지 않겠나?”

“죄송합니다!”

강치복은 입을 굳게 다물고 고개를 숙였다. 경암 선생은 이를 쳐다보고는 미소를 지으며 덧붙였다.

“자네 형은 그렇지 않더니만, 자네는 확실히 어리석어. 앞으로 내 말을 명심하고 부하들을 의리와 인격으로 다루게.”

“네, 잘 알겠습니다.”

“좋아, 번개에 대해서도 얘기해 보게!”

경암 선생은 결투를 해야 할 적을 묻는 데도 전혀 긴장하는 기색 없이 온화한 모습이었다. 강치복은 다소 얼굴색을 펴며 다시 설명하기 시작했다.

“번개는 황소보다 약간 힘이 부족하지요. 그러나 이 자는 정식으로 무술을 수련했고, 동작이 빠르고 날쌥니다. 무술 고단자 여러 명을 순식간에 물리친 적도 있습니다. 사람의 키를 쉽게 뛰어넘고, 발차기의 명수입니다. 황소하고는 막상막하로 보이는데, 서로 대결한다면 승부는 번개가 조금 유리할 것 같습니다. 물론 황소의 주먹을 먼저 맞지 않는다면 말입니다. 서로가 팽팽히 맞서 지구전이 되면 당연히 황소가 유리하겠지요. 그런데 번개 이 자는 아주 교활하여 수단 방법을 가리지 않습니다. 무기도 사용하고 있지요.”

“무기라면?”

“못이나 표창 같은 것을 잘 던집니다. 대못을 던져 기둥에 박아 넣을 정도지요! 항상 못이나 표창을 가지고 다닙니다.”

“알겠네, 저들 두 사람이 함께 내게 달려들 건가?”

"아닙니다! 규칙대로라면 한 명씩 덤비겠지요. 그렇지만 지금 태도로 보면 함께 덤빌 것 같군요. 이젠 시합이랄 것도 없어요. 어쩌면 저들은 숨어 있다가 몰래 공격할 수도 있어요!"

"음, 이젠 됐네. 자네들은 가보게."

경암 선생은 나타난 부하들에게 말했다.

"네, 저…… 저희들은 노량진에서 내리겠습니다. 선생님은 용산역에 도착해서 가급적 늦게 내리십시오. 그 동안 저희는 저쪽에 합류해 있다가 위험한 일이 있으면 알려 드리지요."

"고맙군, 하지만 그럴 필요 없네. 가보게!"

경암 선생은 부하들에게 친절한 표정을 지어 보였다. 강치복은 부하들을 데리고 통로로 나갔다. 아직 노량진에 도착하려면 멀었지만, 부하들이 어려워하니 미리 밖으로 내보내는 것이다.

기차는 시흥역에 도착했다. 타고 내리는 사람은 별로 없었다.

시흥역에서는 오래 멈추지 않고 다시 움직였다. 강치복은 기차가 출발한 지 한참 후에야 좌석으로 돌아왔다. 부하들은 멀리 다른 칸에서 여행하고 있을 것이다.

"선생님, 뭘 좀 드셔야 할 텐데! 차 안에 마땅한 것이 없어서……."

강치복은 급히 기차를 타느라 대전역에서 점심을 못 먹은 것이 걱정되나 보았다.

"나는 괜찮네. 자네도 수양을 하려면 굶는 것부터 배우게!"

경암 선생은 다시 창 밖을 내다봤다. 창 밖으로 넓은 들판과 허술한 집들이 지나가고 있었다. 경암 선생은 이 모든 것을 다정스레 바라보고 있었다. 이는 십여 년 만에 고향으로 와보는 것이기 때문에 길목의 모든 것이 정다워서 그럴 것이리라.

강치복은 옆에서 눈을 감고 있었지만, 앞으로 있을 일이 못내 걱정되었다.

얼마 후 기차는 또다시 정차, 영등포역을 지났다.

이제부터는 서울이었다. 아직까지는 멀리 들판도 보이지만 큼직큼직한 집들이 연이어 나타나고 있었다.

강치복은 속으로 생각이 많았다. 이제 얼마 안 있으면 운명의 대결이 시작된다. '나도 뛰어들어 경암 선생님을 거들어야 할까?' 하는 생각도 들었지만 그로서는 크게 역부족이었다.

자신은 황소나 번개하고 대결해서는 패할 것이 뻔했다. 단 일격에 승부가 날 것이다. 도움이 되지 않을 일에 뛰어든다는 것은. 성의는 가상하나 별 의미가 없다.

어차피 경암 선생이 저들을 물리칠 수 없으면 모든 것이 끝장이다. 그렇게 되면 자신은 용산 바닥을 떠나, 주먹 세계를 은퇴하리라 마음먹었다.

강치복은 웬지 서글픈 생각이 들었다. 자신과 형은 고아孤兒로 자라, 숱한 고생 끝에 용산에 겨우 자리를 잡았다. 형인 강치민은 어린 동생인 치복이를 돌보며 어려운 일을 도맡아 처리해 왔고, 이제 치복이가 커서 형 일을 도울 만할 때, 형은 돌연 세상을 떠난 것이다.

게다가 그 직후인 최근에는 형이 일구어 온 조직도 와해되기 일보 직전인 것이다. 어쩌면 강치복 한 사람만 쫓겨나고, 조직은 정규일 손에 유지될지도 모른다. 아니, 반드시 그렇게 될 것이다.

강치복은 창 밖을 내다보고 있는 경암 선생의 옆모습을 바라보며, 천지 신명께 무운武運을 빌었다. 경암 선생이 패하면 자신은 영원히 용산을 떠나 다른 길을 걸어가리라…….

복수도 꿈꿀 수 없다.

모든 것이 끝나는 것이다.

물론 이번에 패하면 경암 선생도 무사할 수는 없을 것이다. 저들은 재

도전을 막기 위해 반드시 불구로 만들어 놓을 것이고, 더 심하면 아예 죽여 버릴 수도 있다.

강치복은 잠시 운명이란 것을 생각해 봤다. '이번 일은 과연 어떻게 운명이 지어져 있는 것일까? 나의 운명은 과연 무엇일까? 여기서 물러나서 다시 비참한 생활로 돌아가는 것일까? 아니면 이겨서 저들을 몰아내고 형의 뒤를 이을 것인가?'

강치복은 생전 운명이란 것을 생각해 본 적이 없었다. 무슨 일이든 부딪쳐서 해결해야 한다고 믿었다. 그런데 이번 일을 당하고 보니 운명이란 것이 두렵게 여겨졌다.

운명이란 한 번 정해져 있으면, 결국 인간의 힘으로 어쩔 수 없는 것이 아닌가?

그렇다면 이번 일은?

강치복의 지금 심정은 시합에 나가는 사람이기보다는, 합격자 발표를 보러 가는 수험생이 된 기분이었다. 즉, 오늘 결투에서 '이기느냐 지느냐?'가 아니라, '이기게 되어 있느냐 지게 되어 있느냐?'인 것이다.

운명! 나의 운명…… 그리고 경암 선생의 운명!

강치복의 뇌리에는 수많은 운명이란 단어가 맴돌았다.

기차는 다시 정차, 노량진역에 도착했다. 운명의 장소는 점점 가까이 다가오고 있었다. 강치복의 부하들은 노량진역에서 내렸다. 이들은 용산 형제파 일원 중에서 유일하게 남은 강치복의 편이다.

오늘 결투에서 패하면 이들도 강치복과 같은 운명에 처할 것이다. 지금 용산역에서 기다리고 있는 형제파의 다른 일원들은 이기는 쪽에 붙을 것이다. 이들도 그것을 알고 있었다.

그러나 자신들만은 결코 강치민을 배신하지 않으리라 마음먹었다. 그 길은 바로 동생인 강치복을 끝까지 보필하는 것이었다. 이들은 역구내를 빠져 나와 급히 택시를 잡아탔다.

용산역에는 기차가 먼저 도착하겠지만, 기차에서 강치복이 늑장을 부려 주면 이들이 먼저 도착할 수도 있었다. 그렇게 되면 정규일 패거리의 동정을 파악할 수 있을 것이다.

정규일과 황소, 그리고 번개의 동정을 파악한다는 것이 결정적인 것은 아니지만 다소나마 도움이 될 수도 있다. 이들이 지금 할 수 있는 일은 그나마 이 일밖에 없었다.

만일 번개가 숨어서 뒤를 노린다면 그것을 기필코 파악하여 경암 선생에게 먼저 알려 주어야 한다.

이들은 이렇게 정성을 품고 용산을 향해 가고 있는데, 용산에는 이미 오랜 전부터 형제파 일원들이 모여서 강치복을 기다리는 한편, 정규일의 연설(?)을 듣고 있었다.

"너희들 내 말 잘 들어…… 치민이 형은 애당초 나를 후계자로 생각하고 있었어. 물론 나는 그럴 생각이 없었지. 우리 모두가 잘 되면 그만이야. 그런데 치복이가 형제파를 엉망으로 만들어 가고 있는 거야. 물론 치복이가 치민이 형 동생이라지만, 나는 우리 모두가 망하는 것을 볼 수가 없어. 그래서 할 수 없이 사람을 끌어들였어. 나도 이러기는 싫어. 그렇지만 망하는 것보다 낫지! 오늘 치복이가 선생인지 뭔지 하는 작자를 데려올 거야. 어차피 한판 붙어야겠지. 내일까지 갈 것 뭐 있어, 당장 결판을 내야지. 그리고 오늘 승부에 따라 치복이가 물러가든 내가 물러가든 양단간에 결정이 나겠지. 우리는 오늘 싸움에서 이긴 쪽이 지명하는 사람을 두목으로 정해야 돼! 너희들 알겠냐?"

정규일이 눈을 부릅뜨고 좌중을 훑어보자 몇 사람이 대답했다.

"네…… 알겠습니다!"

정규일은 대답 안 한 부하들을 잠깐 노려보는 듯하더니 시계를 봤다.

"도착할 때 된 거 아냐?"

이들 중에 황소와 번개는 보이지 않았다. 이 두 사람은 정규일의 지시에 의해 먼저 역 안으로 들어가서 대기하고 있는 중이었다. 어디로 피신할 수 없도록 단단히 감시하고 있는 것이다.

"자, 우리도 들어가 볼까!"

정규일은 부하들과 함께 역구내로 들어섰다. 이들은 표받는 곳을 통과해서 안으로 거침없이 들어섰지만, 철도 직원들은 이들을 그냥 통과시켜 주었다.

정규일이 역 안으로 들어서자 미리 와 있던 황소와 번개가 인사를 했다. 이들은 정규일이나 강치복과 동년배이지만 훨씬 어려 보였다. 황소는 그 육중한 체격에도 불구하고 걸음걸이가 가볍고, 눈에는 맹렬한 기색이 엿보였다.

여기에 비해 번개는 키가 크고 하얀 혈색에 눈매가 작고 날카롭게 보였으며, 얼굴은 길쭉하고 어깨가 넓어 독수리를 연상케 했다. 정규일은 이들을 보며 의미 있는 미소를 지어 보였다.

정규일 일행은 기차가 정차하는 위치에 서서 기다렸다. 정규일의 계획은 선생이 기차에서 내리자마자 기선을 제압하고, 역으로 나가지 않고 철도 저 위쪽 공터로 끌고 가 그곳에서 단숨에 일을 처리하려는 것이었다.

오늘 중에 일은 끝난다. 긴 세월 동안 꿈꾸던 형제파의 두목이 되는 것이다. 정규일은 마음이 조금 들뜨는 것을 느꼈다. 날씨는 화창했지만, 가끔 불어오는 찬바람은 처절한 느낌을 주고 있었다.

경적이 울리고 거대한 기차가 힘차게 들어서고 있었다. 점점 운명의 순간이 다가오고 있는 것이다. 황소와 번개는 기차가 정차하는 것을 잠시도 눈을 떼지 않고 주시하고 있었다.

마침내 기차가 서고 사람들이 내리기 시작했다. 내리는 사람은 그리

많지 않았다. 그리고 통로가 뻔하기 때문에 빠져 나갈 수는 없다.

'강치복은 내가 여기서 기다리는 것을 모르겠지!'

정규일은 이런 생각을 하며 걸어 나오는 승객들을 예리하게 살피고 있었다. 드디어 저쪽에 강치복의 모습이 보였다. 강치복은 기차에서 먼저 내려, 뒤따라 내리는 선생을 살펴보고 있는 모양이었다.

선생도 내렸다. 그런데 선생이란 작자는 정규일이 생각하던 그런 사람이 아니었다. 얼핏 보면 연약한 선비 같고 나이도 사십대 중반을 넘어선 듯했다.

정규일의 얼굴에는 자기도 모르게 미소가 떠올랐다. 들뜬 마음도 가라앉았다. 선생이란 작자가 저 자라면 공연히 긴장했던 것이다. 저 정도라면 정규일 자신이 나서도 될 것이란 생각도 들었다. 이런 생각은 옆에 있는 황소도 마찬가지였다.

'저 자인가? 별로 힘쓸 것 같지가 않군. 저쪽으로 끌고 갈 것도 없이 이 자리에서 한방 먹여 줄까?'

황소는 재미있다는 듯이 침을 한 번 삼켰다. 그러나 번개만은 경암 선생을 예민하게 주시하고 있었다. 얼굴 표정과 걸음걸이, 그리고 어깨와 허리 등을 훑어보고 손 모양도 살펴봤다.

'이상한데, 무술한 사람 같지가 않아. 선생은 저 자가 아니고 다른 사람일까?'

번개는 이렇게 생각하며 강치복의 멀리 뒤쪽을 살펴봤지만 아무도 따라오는 사람이 없었다.

'저 자가 천상 선생일 것 같은데.'

번개는 고개를 갸우뚱했지만 속으로 경계 자세를 풀지 않았다. 번개는 한 손을 주머니에 넣은 채로 표창을 만지작거리고 있었다. 여차하면 이것부터 던질 생각이었던 것이다.

번개는 선생과 황소를 먼저 싸움시켜 놓고 황소가 불리한 듯싶으면 그 와중에 뒤에서 표창을 던져 등에다 꽂아넣으리라 마음먹고 있었던 것이다.

그런데 아무리 생각해 봐도 그렇게까지 할 필요는 없을 것 같다. 필시 황소의 일격을 받고 꼬꾸라질 것이다. 수고스럽게 공터까지 갈 필요가 있을까?

이들이 각자 이런 생각을 하고 있는 중에, 강치복과 선생은 가까운 거리로 다가왔다.

"어이, 치복이!"

"음? 규일이 너 웬일이니?"

강치복은 이들이 나와 있는 것을 미리 알고 있었지만 짐짓 모르는 체했다. 경암 선생은 강치복이 누군가와 얘기하고 있었으므로 잠시 뒤처져서 딴 쪽을 보고 있었다. 정규일은 선생 쪽을 슬쩍 바라보면서 말했다.

"응, 애들한테 오늘 네가 온다는 것을 들었어. 그런데 저 사람이 선생이야?"

정규일의 말투는 노골적으로 비웃는 듯했다. 이에 강치복은 고개를 잠깐 숙였다가 다시 들어 정규일을 노려봤다. 강치복의 얼굴에는 어느새 싸늘한 미소가 서려 있었다.

순간, 정규일은 깜짝 놀랐지만, 뒤이어 나온 강치복의 말은 그야말로 정규일의 가슴을 크게 흔들어 놓았다.

"이 새끼가! 무슨 일을 꾸며 놓은 거야!"

"응? 너 무슨 말이야?"

정규일은 당황하며 헛소리를 했지만 이내 마음을 수습하고 말투를 고쳤다.

"뭐 이 새끼? 이 자식이 미쳤나!"

정규일도 당당하게 맞섰지만 갑자기 기선을 제압당해 아직도 가슴이 두근거렸다. 그러나 그것도 잠시뿐, 정규일은 오히려 잘됐다고 생각하고 즉시 자신의 계획을 진행시켰다.

"우리 긴소리 할 것 없이 저쪽으로 좀 갈까?"

정규일은 주위에 사람들이 있으니 아무래도 이 자리는 좋지 않다고 생각했다. 강치복은 말없이 정규일이 가리킨 방향을 쳐다봤다. 이때 황소가 끼어들어 한 마디 거들었다.

"형님들, 할 얘기가 있으면 저쪽 가서 하시우. 그런데 누굴 데려왔나 보군!"

황소는 평소 강치복에게 형님이란 호칭을 쓰는데. 오늘의 말투는 완전히 내리 깔보는 투였다. 그래도 말만은 깍듯이 형님이란 호칭을 사용하면서…….

강치복은 황소의 말에는 대꾸도 안 하고, 경암 선생의 팔을 잡아 끌어 앞장을 섰다. 뒤에서 웃음소리가 들렸다. 필경 선생을 비웃는 것이리라…….

두 사람은 빠른 걸음으로 철도를 건너갔다. 공터는 저쪽으로 조금만 가면 나타난다. 정규일 일행은 거리를 두고 연상 깔깔대며 쫓아왔다.

강치복의 얼굴은 분노로 일그러져 있었지만, 꾹 참고 공터에 도착했다. 강치복은 공터까지 오는 동안 경암 선생을 한 번도 쳐다보지 않고, 오직 자신의 운명이 좋기만을 하늘에 빌었다.

그러나 마음 한구석에는 이미 체념과 공포가 분출되고 있었다.

저쪽 멀리에는 용산 공업 지구의 거대한 건물들이 보였고, 주위에는 일체 사람들이 다니지 않는 가운데 살벌한 기운이 감돌았다. 강치복은 공터에 먼저 도착해서 뒤따라오는 무리를 바라봤다.

저들은 흡사 운명의 사자들처럼 점점 강치복을 향해 천천히 모여들고 있었다. 앞에서 오고 있는 정규일, 그리고 그 바로 뒤의 황소는 웃는 얼굴이었다. 강치복은 가능하다면 일각이라도 지체 없이 저들로부터 도망가고 싶은 심정이었다.

옆에 서 있는 경암 선생은 주변 경치를 살피는 듯, 줄이어 오고 있는 사람들에 대해서는 신경도 쓰지 않고 있었다.

"선생님, 괜찮으시겠어요?"

강치복은 겨우 할 말을 찾아 한 마디 처절하게 물어 봤다.

"……."

경암 선생은 말이 없었다. 잠시 후 정규일을 필두로 운명의 사자들이 도착했다.

"강치복! 오늘 시합은 사사로운 싸움이 아니다!"

정규일은 걸어오는 동안 생각해 둔 말을 점잖게 내뱉었다. 강치복은 끓어오르는 분노 때문에 말을 꺼내지 못하고 주춤하고 있었다.

"만일 오늘 싸움에서 우리 쪽, 아니 이쪽에서 이긴다면 너도 이쪽이 지명하는 쪽을 두목으로 받들어야 한다. 이것은 이미 우리가 약속한 것이지?"

정규일은 말을 실수해서 자기 마음을 드러내고 말았다. 그러나 내용은 뻔한 일, 지금 모여든 부하들의 마음은 잘 모르지만 강치복이 데려온 선생이 패하면 당연히 정규일이 두목이 될 것으로 알고 있다.

그러나 이들 중 누군가는 마음 속으로 강치복의 선생이 이기기를 빌고 있지 않을까?

강치복은 정규일의 말에 웃으며 대꾸했다.

"좋아! 하지만 황소와 번개가 선생과 싸우기 전에 우리 둘이 먼저 한 판 붙는 게 어떨까?"

"뭐? 그건…… 저…… 그건 나중 일이야!"

　정규일은 갑작스런 강치복의 말에 당황했다. 그러나 이내 냉정을 찾고 황소에게 눈짓을 했다. 그러자 황소는 잔인한 미소를 지으며 경암 선생을 노려봤다.

　"자, 떠들 거 없어. 선생, 이리 나와서 강치복을 구해 보시지. 하하하……."

　이렇게 결투는 시작됐다.

　선생은 조용히 걸어 공터의 한가운데로 나섰다. 모두들 황소의 거동만 살피고 있었다. 황소는 성큼 걸어 선생 앞으로 접근했다. 선생은 그 자리에 서서 움직이지 않았다.

　황소가 선생의 앞에 바싹 다가섰기 때문에 그들의 사이는 일 보 거리밖에 되지 않았다. 이어 황소는 얼굴이 약간 붉어지는 듯하더니 기합 일성을 토해 냈다.

　"야—압—."

　동시에 맹렬한 일격이 선생의 얼굴로 날아들었다. 황소는 바로 정면에서 필살의 주먹을 휘둘러 단 한 번으로 끝장을 내려는 것이었다.

　주위에 서서 구경하던 사람이 자세히 살펴볼 사이도 없이 황소의 주먹이 뻗어 나간 것이다. 순간, 구경하는 사람들은 선생의 머리가 박살나는 상상을 했다.

　그러나 선생은 머리가 박살나기는커녕 어느 새 자세를 약간 낮추어서 왼손 주먹을 올려친 듯 보였다. 물론 선생의 동작을 자세히 본 사람은 아무도 없었다.

　퍽—.

　둔탁한 소리가 들렸지만 이 소리도 황소의 기합 소리에 가려져서 들은 사람이 없었다. 그렇지만 누구의 눈에도 볼 수 있는 선명한 변화가 나타났다. 황소의 몸이 옆으로 기울어진 자세에서 무릎을 꿇고 있는 것이었다.

모두들 잠시 영문을 몰랐지만, 황소의 얼굴은 고통으로 일그러졌고, 얼굴엔 땀방울이 맺힌 채로 말도 못 하고 있었다.

"목숨은 살려 두겠네!"

선생의 말은 고요했으나 냉정하기 그지없었다.

이 무슨 말인가?

목숨은 살려 두겠다니! 선생이 사정을 봐준다는 뜻이 아닌가! 그렇다면 지금 황소는 어떻게 된 것일까?

그러나 그것을 당장 확인할 수는 없었다. 선생은 번개 쪽을 바라보고 있었다. 이것은 다음 사람을 청하는 자세였다. 모두들 숨을 죽이고 번개를 바라봤다. 그러나 번개의 행동은 빨랐다.

"얍—."

번개는 공중으로 곧장 날아올랐다. 그러나 그 바로 전에 이미 표창을 날려 보냈다. 선생은 여전히 선 자세에서 고개만을 옆으로 가볍게 틀었고, 이어 오른손이 날아오는 발을 옆으로 내리친 모양이다.

우직—.

무슨 소린가 들렸지만 자세히 알 수는 없었다. 번개는 날아들다 말고 곧장 추락했고, 땅에 엉덩방아를 찧었다.

쿵—.

번개는 땅에 떨어져서도 자신의 발목을 잡고 선생을 쳐다보고 있었는데, 그 얼굴엔 공포가 서려 있었다. 선생은 주저앉아 있는 번개를 향해 무엇인가를 던져 주었다.

"자, 이것은 도로 가져가게!"

선생이 번개에게 돌려준 것은 어느 새 잡아 둔 표창이었다. 선생은 날아오는 표창을 피하지 않고 왼손으로 잡아내면서, 다른 손으로는 날아

드는 발목을 비껴 쳐서 정강이를 부러뜨린 것이다.

황소는 갈비뼈가 부러져 있었다. 누구 하나 말을 꺼내는 사람이 없었다. 그러나 상황을 제일 먼저 눈치 챈 사람은 강치복이었다.

"선생님!"

강치복은 복받치는 감정 때문에 제대로 말을 잇지 못했다.

"강군! 이제 끝났네. 모두들 한곳으로 모이게 하게!"

경암 선생은 조용히 타이르듯 말했다. 그러자 강치복이 말할 사이도 없이 누군가 먼저 무릎을 꿇었다.

"형님!"

이어 여러 사람이 차례로 무릎을 꿇더니 마지막에는 정규일도 선생을 향해 무릎을 꿇었다. 모두들 선생의 처분을 기다리는 것이었다. 강치복은 선 채로 경암 선생을 바라봤다.

"선생님, 한 말씀 해 주시지요."

"음…….."

경암 선생은 고개를 천천히 끄덕이고는 먼저 황소와 번개를 향해 말했다.

"자네들, 오늘은 내가 사정을 두었네. 반성을 하란 뜻이야. 만일 또다시 이 사람한테 달려든다면 그때는 내가 반드시 죽여 버리겠네! 알겠나?"

경암 선생이 부드러운 가운데 살기를 품고 말하자 두 사람은 고개를 숙여 말했다.

"살려 주셔서 고맙습니다. 처분에 따르겠으니 거두어 주십시오."

황소와 번개는 자신들의 힘으로는 선생에게 대항한다는 것이 불가능하다는 것을 벌써 깨닫고 있는 것이다.

"음…… 강군, 이들을 치료해 주게. 그리고 모두들 듣게. 이제부터는 이 사람을 따라 합심 단결해야 하네. 나는 강치민을 가르친 사람이야, 알아듣겠나?”

경암 선생은 강치복의 어깨를 만져 주며 모두에게 강치복이 두목임을 선언해 주었다.

“네, 뜻에 따르겠습니다.”

부하들은 모두 기쁜 얼굴이 되었다. 갑자기 나타난 이 선생이란 사람은 인격과 힘을 갖추었을 뿐 아니라, 먼젓번 두목인 강치민의 스승이라 하니 그 감동은 이루 다 말할 수 없었다.

“그리고…….”

선생의 말이 이어졌다.

“강군, 자넨 대범한 마음을 가지게. 사사로운 원한은 풀고 용서와 관용을 가져야 하네. 그래야만 자네 형의 뒤를 이을 수 있어.”

“네!”

강치복은 눈물을 씻으며 정규일에게 다가섰다.

“규일이, 나를 도와주게!”

정규일은 어쩔 줄 모르며 강치복의 두 팔을 잡았다. 모두들 이 광경을 보고 박수를 쳤다.

“형님들 만세!”

이로써 용산의 결투는 결말이 나고, 형제파는 이제 치복파로 불리어지며 다시 탄생한 것이다. 주위에서 불어오는 차가운 바람은 모두의 가슴에 파고들어 새로운 희망을 일깨워 주고 있었다.

다시 찾은 조성리 마을

최여사는 새벽 3시 30분에 잠에서 깼다. 오늘은 조성리 마을로 도사를 만나러 가는 날이었다. 이토록 새벽에 일어나 서두르는 것은 가급적이면 당일로 여행을 마치고자 함이었다.

집안 식구들이 아직 잠자리에 있는 동안 최여사는 나갈 채비를 갖추었다. 이번 여행에서는 자신의 운명과 남편의 운명 등을 물어보려고 마음먹었고, 시간이 주어진다면 외동딸인 수정이의 장래도 물어 보고자 했다.

이외에도 최여사는 도사에게 물어 볼 중요한 사항이 있었다. 그것은 다름아닌 천서天書에 관한 것인바, 근래에는 그 책의 후편인 지편地篇도 구해졌으니 그 책의 내용을 알고자 하는 것이다.

천서, 즉《단군도역정수태극진경檀君圖易井數太極眞經》의 후편은 민여사가 구해 준 것이지만, 그 내용에 관해서는 전혀 알 길이 없었다.

단지 팔괘八卦의 그림이 가득 차 있고, 거기에 설명이 붙어 있으니, 주역周易과 관계 있는 책으로 얼핏 짐작할 뿐이었다.

그나마 지난번 도사를 방문했을 때, 주역에 관한 책이라는 것을 알았던 것이다. 그후 천서에 그려진 그림이 팔괘라는 것을 알고는, 약간의 상식 정도로 팔괘가 무엇인지 공부해 두었다.

최여사는 조성리 도사를 생각하면서 이번에는 김실장처럼 어떤 극적인 예언을 받고 오기를 희망했다. 물론 김실장처럼 불길하게 죽음에서 구원받는 예언이 아니라, 어느 날 어느 곳으로부터 행운이 닥친다는 예언 말이다.

최여사는 새벽 4시 10분에 집을 나섰다. 남편은 잠자리에서 선잠을 깬 채로 잘 다녀오라고 말하고는 다시 잠이 들었다. 이번 여행은 민여사의 차로 가기로 했기 때문에 출발 장소는 민여사의 집이었다.

문 밖에 나서자 상쾌한 공기가 가슴을 새롭게 일깨워 주었다. 어젯밤까지 내리던 눈은 그쳐 있었고, 거리에는 다니는 사람이 전혀 보이지 않았다. 최여사는 택시를 기다리면서 조금 앞으로 걸었다.

아직 사방이 어두워 불안한 기분도 들었지만, 최여사는 원래 낙관적이어서 사고의 위험 같은 것은 생각하지 않는다. 사실 최여사는 지금껏 살아오는 동안 이렇다 할 사고를 겪어 본 적이 없었다.

사람에 따라서는 걸핏하면 사고를 당하는데, 이런 사람은 운명이 그렇게 생겨 있는 것일까?

또 어떤 사람은 빈번히 행운이 찾아온다. 사람이 똑똑하다거나 착해서도 아니다. 특별히 좋은 일이 많은 사람이 있는 것이다.

최여사는 자신이 생각하는 것처럼 행운을 많이 경험해 본 사람은 아니다. 단지 불행한 일어 없어 문제가 생겨도 순탄하게 넘어가는 편이다. 이로 인해 최여사는 인생을 쉽게 생각하고, 자기는 좋은 운명을 가지고 있다고 믿는지도 모른다.

택시는 한참 만에야 왔다. 최여사는 늦었다고 생각하면서 급히 차에 올랐다. 차는 수분 만에 목적지에 도착했지만 정해진 시간에서 많이 늦어 있었다.

민여사는 이미 준비를 하고 기다리다, 최여사가 당도하자 즉시 밖으로 나왔다. 이어 최여사가 잠시 기다리고 있는 동안 민여사는 차고에서 차를 꺼냈다.

시간은 4시 40분, 드디어 두 여인은 도사를 만나기 위해 먼 여행을 시작했다. 차는 쉽게 도심을 빠져 나와 고속도로에 진입했다.

차의 속도는 자연히 높아졌다. 능숙하고 침착한 민여사는 차의 속도를 최대한 높였다. 도로에는 다니는 차들이 거의 없었다. 평일인데다 아직 캄캄한 새벽이어서 가끔 화물 트럭이 보일 뿐 도로는 텅 비어 있었다.

"언니, 자고 있어도 돼요."

민여사는 차의 운행이 순탄하고 기분도 상쾌해지자 옆에 있는 최여사에게 말을 걸었다.

"애는! 난 안 졸려. 운전하고 있는데 자다니, 그러면 안 되는 거야."

"하하, 그래요? 언니, 이렇게 가니까 재미있지요?"

"응? 그래그래."

민여사는 상당히 즐거운 모양이었다. 최여사도 덩달아 기분이 좋아지는 것을 느꼈다. 최여사가 민여사를 좋아하는 이유는 많지만, 그 중에서도 천진하고 활동적인 성격을 특히 좋아했다.

최여사도 다분히 활동적이지만 민여사의 천진하고 쾌속한 면에는 이르지 못하고 있는 편이다. 두 여인은 의기가 투합되어 편한 마음으로 달려가고 있었다. 이들은 도사가 이미 세상을 떠난 것도 모르고, 희망과 기대를 가지고 여행에 임하고 있는 것이다.

민여사는 당초 이번 여행에서 영민이의 장래와 자신의 운명에 대해 상세히 알아보고자 했다. 물론 천서에 관한 것이 우선이지만 영민이의 장래도 꼭 물어 보고 싶었다.

민여사는 여행에 앞서 영민이의 사주를 단단히 챙겼거니와, 추가로 시누이와 그 남편의 사주도 적어 가지고 왔다. 따라서 물어 볼 것이 많아 걱정이었다.

도사의 면담 시간이 짧아 무엇을 먼저 물어야 할지도 몰랐다. 그러나 무엇 하나 빼놓을 수 없었다. 단지, 시누이에 관한 것은 나중에 시간이 남으면 물어 보리라고 생각해 두었다. 시누이가 스스로 무어라 말했던 간에, 그 사람은 도사의 말에 귀를 기울일 인격이 못 되는 것이다.

민여사는 이렇게 생각하면서 얼굴을 약간 찡그렸다. 그러나 생각이 영민이에게 미치자 다시 표정이 밝아졌다.

민여사는 이번에 자신의 운명에 관해 묻지 못할망정, 영민이에 관한 것은 필히 물어 봐야겠다고 작정했다. 시간이 적다 하더라도 천서에 대해 물어 보면, 도사가 기특하게 생각하여 시간을 좀더 할애해 줄지도 모른다.

그때 영민이에 대해 물으면 된다. 민여사는 이런 식으로 일이 잘 풀려 나갈 것으로 생각하고 있었다.

최여사는 지금 이런 생각을 하지 않고 있었다. 민여사와 여행을 하게 되어 간 김에 물어 보면 되려니 하고 생각할 뿐이었다.

최여사는 한가한 마음으로 멀리 들판을 바라봤다. 아직 어두워서 보이는 것은 적었지만, 서서히 밝음이 찾아오는 것을 느낄 수 있었다. 지금 최여사가 바라보는 대지는 고요하고 신비했다.

자신을 포함해서 저 대지 위에 사는 사람들은 모두 땅에 의지하고 있는 것이다.

운명은 저 하늘에서 찾아온다. 그러고는 지나간 운명은 땅의 역사와 함께 과거로 묻혀 가는 것이다.

과거는 행복했다. 미래는 더욱 행복할 것이다.

최여사는 이런 생각을 하며 종종 차가 달리는 앞쪽을 바라봤다. 차의 속도는 여전히 높았지만, 얼핏 옆을 돌아보니 민여사의 자세는 지극히 안정되어 있었다.

최여사는 민여사의 운전 솜씨와 그 안정된 정신력을 믿고 있기 때문에 차의 속도가 높아져도 크게 불안하지 않았다. 더구나 최여사 자신처럼 운명이 좋은 사람이 차를 타고 가는데…… 위험은 있을 수 없다.

"음악을 틀까?"

"네, 좋아요!"

최여사는 민여사의 의향을 묻고 음악을 틀었다. 경쾌한 음악이 차 안에 조용히 흘러나오자 정신은 더욱 맑아졌다.

언덕과 벌판이 교대로 지나가고 어느덧 밝음이 느껴지기 시작했다. 도로에는 여전히 차가 없었고, 인적이 없는 벌판에는 상쾌한 하루가 시작되고 있었다.

오늘은 날씨가 맑으려나 보다!

먼 하늘 쪽은 훤히 트였고 주변의 경관은 더욱 밝아졌다. 날이 밝자 도로에는 차량 통행이 약간 증가했다.

두 여인이 탄 차가 광주 근교에 도착한 시간은 오전 9시 30분, 민여사는 차의 속도를 줄이면서 물었다.

"언니, 배고프지 않으세요? 식사를 할까요?"

이들은 아직 아침 식사 전이었다.

"글쎄, 난 괜찮은데, 너는?"

최여사는 아침 생각이 없는지 민여사에게 되물었다.

"나도 괜찮아요. 그럼 조금 더 갈까요?"

"그러지 뭐, 내가 운전할까?"

"아니에요, 컨디션 좋은데요."

두 여인은 이렇게 얘기를 나누고는 여행을 계속하기로 했다. 차는 광주 시내로 진입하지 않고, 외곽 도로로 우회하여 순천으로 향하는 길로 들어섰다.

민여사는 다시 차의 속도를 높여 쾌속 운행을 시작했다. 차가 달리는 길의 좌우로 논밭들이 계속 이어졌고, 도로는 좌측으로 완만히 휘어져 갔다. 멀지 않은 곳에 있는 푸른 소나무숲이 돋보였다.

간간이 작은 연못들도 나타났으나 평화스러움은 느껴지지 않았다. 그러나 겨울의 산야山野는 적막한 기운이 감돌아 마음을 차분하게 해 주었다.

민여사는 겨울이 되어 잎이 다 떨어진 앙상한 나뭇가지를 보는 것을 좋아한다. 특히 뿌리마저도 약간 드러나 보이면 더 좋아하는데, 그 이유는 진실이 드러났기 때문이다.

봄에 싹트고 자라는 것에 대해서도 큰 뜻이 있다고 보지만, 그보다는 겨울에 더 진실이 드러난다는 것이고, 만물의 기상氣像도 겨울에는 더 굳건해진다는 것이다.

민여사는 자기의 생애에는 큰 고통을 견디어 내야 할 만한 세월들이 별로 없었지만, 인간은 참고 기다리는 것에서 행운이 찾아온다고 믿었다. 말하자면 겨울을 참을 수 있는 자만이 봄을 맞이할 수 있다는 것이다.

차는 좌측에 산을 끼고 언덕을 올랐다. 옆에 보이는 낮은 산에는 앙상한 나무들이 한적하게 무리 지어 있었고, 가끔씩 나타나는 소나무숲은 고통 중의 휴식처럼 여유를 주었다.

차는 이제 언덕 아래쪽으로 향하고 있었다. 우측으로 넓은 논들이 시원하게 터져 있고 멀리에는 인가도 보였다. 길은 조금씩 넓어져 갔다.

잠시 후 좌측의 산도 없어지고 좌우로 전망이 넓어졌다. 차는 쉬지 않고 질주했다.

마침내 순천에 도착. 두 여인은 이곳에서 잠시 쉬기로 했다. 조성리까지는 이제 한 시간 남짓.

두 여인은 식사를 하면서 도사 면담 방법을 논의했다. 이번 여행은 민여사가 먼저 제안했고, 최여사는 민여사를 보호도 할 겸 따라온 것이므로 우선 민여사의 편의를 생각하기로 했다.

그래서 최여사가 먼저 들어가 천서에 대해 문의하고 이어 민여사의 시누이 건을 물어 보기로 정했다. 최여사는 지난번에도 도사를 면담했으므로 민여사의 입장을 먼저 생각하기로 한 것이다.

만일 최여사가 천서와 시누이 건을 다 물어 보게 되면 민여사가 들어가서 영민이에 대해 먼저 묻고 시간이 남으면 민여사 자신을 물어 보면 된다. 그리고 기다리는 손님들이 없으면 재차 들어가서 또 물어 보면 된다.

최여사는 이런 방침을 정해 두면서, 조성리 도사가 꽤 까다롭다고 생각했다. 다른 점쟁이들은 돈만 많이 준다고 하면, 시간은 얼마든지 할애해 주고 무엇이든지 실컷 물어 볼 수가 있었다.

그러나 최여사는 다시 생각해 보고 조성리 도사가 시간을 짧게 주는 것은 기다리는 사람에게 골고루 기회를 주려고 한다는 것임을 이해했다.

조성리 도사는 비록 면담 시간은 짧을망정 그 예언 내용은 정확하지 않은가!

실컷 들은 예언이 신빙성이 없다면 그게 무슨 소용 있겠는가?

조성리 도사의 예언이 확실한 것이라면, 2분간의 시간이라도 하늘이 내린 신성한 기회가 아닐 수 없다.

사실 말하자면 인간이 한평생을 찾아 헤맨다 하더라도 진정한 도사를 만나 본다는 것이 어찌 쉬운 일이겠는가?

최여사는 세상에 조성리 도사 같은 사람이 있고, 그런 사람을 이토록 쉽게 만나 볼 수 있다는 것에 오히려 감사했다. 서울에서 조성리 마을까지의 거리가 멀다 하더라도, 그것은 최여사 자신의 사정이지 도사의 탓이 아니다.

도사가 언제 사람을 청했던 것이냐?

그보다 더욱 먼 곳에 있다 하더라도 찾아볼 사람은 찾아봐야 하는 것이다. 최여사는 이렇게 스스로를 달래 놓고 보니, 도사의 얼굴을 한 번 보게 된다는 것만으로도 큰 행운이라고 느껴졌다.

단 한 마디라도 미래를 묻고 답을 들을 수 있다니 얼마나 다행한 일이냐? 게다가 도사에게 잘만 보이면(?) 묻지 않아도 말해 줄 것이 아닌가!

그러니 도사 앞에 가서는 더욱 자세를 경건히 가다듬고 착하게 보여야 한다. 서울에서 조성리까지가 조금(?) 멀어도 평생 찾아 다닐 수가 있다. 최여사는 자기도 모르게 얼굴색이 밝아지고 여행의 피로가 싹 가시는 것을 느꼈다.

지금 민여사가 무슨 생각을 하는지는 알 수가 없다. 두 여인은 신속히 아침 식사를 마치고 다시 조성리로 향했다. 이들 두 여인이 조성리 영역에 당도한 것은 이로부터 40여 분이 지나서였다. 차가 언덕을 넘어서자 저쪽 아래로 넓은 벌판이 보였다. 여기가 조성리 마을인 것이다.

귀신의 인체 탐색

　수진이는 오늘도 학교를 마치고 집으로 일찍 들어섰다. 요즘 수진이의 생활은 지칠 대로 지쳐 있었다. 어서 방학이 왔으면 했다. 방학을 불과 일주일 앞두고 있었으나 수진이는 하루하루가 길게만 느껴졌다.

　수진이는 하나밖에 없던 혈육인 오빠가 죽고 나서 마음의 휴식을 취할 사이도 없이 계속되는 학교 생활에 시달리고 있었다. 시간이 갈수록 자신이 외롭다는 것을 느끼고 더욱더 인생의 허무를 느꼈다.

　수진이에게는 이렇다 할 친척도 없었다. 아무리 침착하고 강한 의지를 갖고 있는 수진이라 해도 여자의 몸으로 홀로 인생을 산다는 것이 쉽지는 않았다. 게다가 나이도 어리고 마음에 여유도 없다. 어떡하든 고등학교라도 마치고 인생의 희망을 찾으려 하나 갈 길이 멀기만 했다.

　지금 수진이가 방으로 들어오자 오빠인 종수도 따라 들어왔다. 물론 종수라는 존재가 살아 있는 사람도 아니고, 굳이 수진이의 오빠라고 할 수는 있으나 수진이와 관계 없는 한낱 귀신이라 해도 좋았다. 이 귀신은 자기가 갈 길을 가지 않고 이곳에 붙어 있어 떠날 줄을 모른다.

　그러나 산 사람인 수진이는 죽어서 몸이 없는 귀신이 된 자기 오빠가 아직도 근처에서 서성이는 것을 모르고 있었다. 알 턱이 없다. 산 사람의 감각으로는 느낄 수 있는 세계가 한정되어 있기 때문이다.

그렇다고 해서 산 사람의 감각 세계가 결코 불편한 것은 아니다.

밤이 되자 수진이는 잠을 자기 위해 이불 속으로 들어갔다. 그런데 이 망할 놈의 귀신은 자기도 슬며시 따라 들어가 옆에 눕는다.

이놈은 무례하기 짝이 없다. 그뿐만이 아니다. 수진이가 목욕을 할 때도 바로 옆에 앉아 있다. 물론 그렇게 해도 수진이의 알몸을 산 사람처럼 환하게 볼 수 있는 것은 아니다.

이 귀신의 눈에는 물체란 윤곽이 그리 선명하지도 않고 입체 감각도 없었다. 그러나 이 귀신은 지난 1개월여에 걸쳐서 실로 눈부신 발전을 거듭했다.

귀신에게는 시간이란 개념이 산 사람처럼 일정한 것이 아니어서, 1개월이란 시간은 잠깐이라면 잠깐이고 길다면 영원과도 같을 수 있다.

이 귀신은 지금 거의 완벽하게 명암을 구분할 수 있기 때문에 물체를 보는 감각이 크게 향상되어 있었다. 명암이란 물체를 보는 데 있어서 원근遠近 관계와 더불어 가장 기본적인 시각이다.

지금 귀신이 된 수진이 오빠는 이미 밝은 곳과 어두운 곳을 구분하고, 물체에 비춰진 빛에 의해 나타난 명암을 세밀히 구분해 낸다. 그래서 물체의 입체 감각을 크게 발달시켰는데, 이는 우리가 흑백으로 잘 그려진 그림을 볼 때 느껴지는 입체감보다 훨씬 능가하는 것이었다.

오빠 귀신은 명암과 물체 감각을 익히기 위해 전선줄을 하루 온 종일 살펴보면서 줄이 있다는 것을 감지하는 훈련을 했다.

그것이 터득되자 이제는 벽에 붙어 있는 종이를 살피면서 벽과 그 종이의 경계선을 감별하는 훈련을 했다. 그리고 마침내 이것을 터득해 냈다. 이 정도면 명암에 의한 입체 감각을 익히는 것은 쉬운 일이었다.

여기에 원근을 가미하고 크기를 가미하자 이제는 거의 산 사람과 같은 수준의 물체 감각을 갖추게 되었다. 아직 색깔을 구분할 수는 없으나 흰색과 검은색은 물론 노란색과 검은색이 서로 다른 색깔이라는 것 정도는 구분해 낸다.

옷에 있어서는 단추가 달린 것과 옷에 진한 무늬가 있는 것 등을 구분하여 옷 입은 수진이와 옷 벗은 수진이의 차이를 선명히 구별해 낼 수가 있다.

그리고 이 귀신이 요즘 와서 특별히 발전한 것은 길 감각인데, 이젠 동네를 돌아다니다가 집으로 돌아올 줄 안다. 이 귀신은 시간시간마다 발전하기 때문에 당장 내일 아침 어떤 능력을 가질지는 알 수가 없다.

지금은 상당히 활동 영역이 넓어졌는데, 단지 자신이 물체에 대해 영향을 미치는 방법은 전혀 진전이 없었다. 아무리 애를 써도 먼지 하나 움직일 힘이 없는 것이다. 이는 외부의 문제가 아니라 수진이 오빠 자신의 내면에 문제가 있는 것이다. 수진 오빠는 우선 자기 자신을 보는 것이 아주 미숙하고 힘을 집중시키는 법을 모른다.

이 모든 원인은 자기 자신이 늘 진동하고 있으며, 이것을 안정시킬 수가 없기 때문이었다.

찰나지간이라도 자기 자체의 요동은 살아 있을 때에 비해 천 배·만 배나 되고, 모든 힘은 밖으로 분출되지 못하고 자체 흡수해 버리고 있다. 그래서 이 세계가 비록 안전眼前에 전개되어 있으나 그것을 만져 볼 수는 없는 것이다.

수진이 오빠는 이 점을 특히 아쉬워했다. 아직 자신은 세계에 참여하지 못하고 있기 때문이다. 수진이 오빠는 만일 물체를 만질 수 있고 물체에 힘을 가할 수 있다면, 그것은 곧 생을 얻은 것이라는 것을 잘 알고 있다.

만져 보고 싶은 것도 많고 하고 싶은 일도 많다. 수진이 오빠는 이제 수진이를 따라 먼 곳까지 갈 수도 있고, 옷 벗은 수진이를 제법 감상할 수도 있다. 그러나 더욱더 노력해서 산 사람처럼 되어야 한다.

무엇보다 먼저 물체를 현실적인 것으로 만들어야 한다. 그것은 힘을 집중하는 훈련을 통해서 가능한 것이다. 쉽지는 않다.

그러나 기필코 완수해 낼 것이다.

수진이 오빠는 현재 자신이 무엇에 능하고 무엇이 불가능한지를 충분히 깨닫고 있었다. 그리고 조급하게 서두르면 오히려 일이 더디게 될 것이라는 것도 잘 알고 있었다. 그래서 동네를 나돌아다니는 것도 최대한 자제하였다.

사실 수진이 오빠는 이제 차를 타고 멀리 여행을 해도 될 정도로 방향 감각이나 지리 감각을 익혀 가지고 있었다.

단지 사고, 예를 들면 길을 잃는 것 등을 방지하기 위해 먼 곳 출입을 삼가고 있는 것이다.

그날은 춥고 바람도 심히 불었다. 물론 수진이 오빠는 춥고 덥다는 것의 차이를 아직 못 느꼈지만, 바람이 분다는 것은 물체의 흔들림을 보고 간접적으로 알수 있었다.

아무튼 그날 수진이 오빠는 동네 밖에 나가 어느 집을 살피고 있었는데, 그곳에는 많은 사람들이 모여 있었다. 실은 사람이 많이 모여 있었기 때문에 수진이 오빠가 호기심을 가지고 살펴본 것이지만…….

사람이 많이 모여 있던 이유는 그날 바로 장례식이 있었기 때문이었다. 수진이 오빠는 한참 동안 살핀 후에 그것이 장례식, 즉 죽은 사람을 보내는 의식이란 것을 이해했다.

그날의 광경은 이렇다.

수진이 오빠는 사람들 틈에 끼여들어 관을 발견하고 관의 틈을 통해 그 안으로 들어가 죽은 사람을 관찰하고 있었다. 처음에는 몸이든 머리든 캄캄하기만 했었는데, 머리 쪽에서 서서히 이상한 힘이 발산되더니 점점 밝아지는 것이 아닌가?

그러더니 마침내 육체와 완전히 분리된 빛 덩어리를 이루었는데, 이 덩어리는 잠을 자고 있었다.

수진이 오빠가 깨달은 바에 의하면 잠을 자고 있으면 영혼이 가라앉아서 내계內界로 떨어지는 것인바, 이 영혼은 과연 내계로 끊임없이 떨어져 가고 있었다.

수진이 오빠는 상당히 깊은 곳까지 따라 내려가면서 이 영혼을 흔들어 깨우려 하였는데, 그는 종내 깨어나지 못하고 저 끝없는 아래로 사라져 갔다. 수진이 오빠는 이때 허무를 느꼈다.

저 끝없는 아래는 죽음의 세계였고, 어떻게 되어 있는지는 알 길이 없었다. 영원한 암흑의 연속일까?

그리고 영원히 깨어날 수 없는 수면 상태?

수진이 오빠는 이러한 의문에 답을 찾을 수는 없었지만 저 아래 세계가 무섭고 싫었다. 그래서 급히 위로 솟구쳐 올라왔다.

수진이 오빠는 인간이 죽는 것을 본 것이다. 자신도 몇 달 전에 저렇게 될 뻔했다. 조심해야 한다. 그리고 열심히 공부해야 한다. 지금은 무엇보다도 평정에 힘써야 할 것이다. 평정!

수진이 오빠는 한 영혼이 떠나가자 그 껍질, 즉 시신을 살피며 귓속으로 콧구멍 속으로 입으로 드나들면서 몸의 내부도 살펴봤다. 그러나 이상하게도 몸의 가장 깊은 곳, 즉 영혼이 앉아 있던 곳을 찾을 수가 없었다. 수진이 오빠는 인체의 모든 구멍을 헤집고 다녔다.

수진이 오빠로서는 혹시 뇌의 어딘가에, 혹은 몸의 어딘가에 신체를 움직일 수 있는 곳이 있지 않을까 하고 헤매었던 것이다. 결국 그런 곳을 찾을 수는 없었다. 그러나 소득은 있었다.

뇌의 한가운데 조그마한 공간이 있었던 것이다. 수진 오빠가 뇌의 곳곳을 다녀 본 결과, 그곳만은 물질의 밀도가 가장 적었는데, 이는 마치 바위 속에 미세한 공간이 있는 것처럼 뇌의 한가운데에 빈 장소가 있었던 것이다.

물론 수진 오빠는 의학에 관한 상식이 없고 인체 내부를 구경한 것도 처음이어서, 그곳이 뇌 속에 있는 송과선松果線이란 것을 모르고 있었다. 그러나 수진 오빠는 이날 이후 새로운 공부 계획 하나를 추가했다.

그것은 틈나는 대로 인체를 살피는 것으로, 특히 뇌 영역을 탐색해서 인체를 장악하는 방법을 배워야겠다는 것이다.

그리고 이날 들어가 봤던 뇌 속의 이상한 공간도 더욱 자세히 살펴보기로 했다.

수진이 오빠는 이날 이후 다시 죽은 사람을 만나 보지 못했다. 그러나 걱정할 필요는 없었다. 더 좋은 공부 재료를 찾았기 때문이다.

그 재료는 한도 없이 많았다. 그것은 바로 살아 있는 사람의 몸이었다. 수진 오빠는 이제부터 산 사람의 몸을 뒤지며 그 속이 어떻게 되어 있는지를 탐색하기로 마음먹었다.

나무꾼과의 상봉

길은 우측에 산을 두고 완만하게 내려갔다. 이 길로 곧장 가면 보성 읍내로 연결된다. 언덕길이 끝나고 평탄해지자 길은 둘로 나뉘었다. 민 여사는 차를 좌측으로 틀었다.

저 멀리 집이 한 채 보였다. 저기가 최종 목적지인 도사의 집인 것이다. 차는 도사의 집을 우측으로 바라보며 조금 더 달렸다. 길의 앞쪽에 여 러 채의 집들이 나타났고, 이윽고 차는 정지했다.

이곳에서부터는 논길로 가야 한다. 지난번 왔을 때 민박을 하던 곳은 조금 더 가야 하지만, 길눈이 밝은 민여사는 이곳에서 곧장 도사의 집이 보이는 것을 발견했다. 민여사는 버스 정류장 옆의 공터에 차를 주차하 고는 차에서 내렸다.

날씨는 화창했고, 마침 햇빛이 정류장 쪽을 따스히 비추고 있었다. 정 류장은 버스를 기다리는 사람이 한 명 있을 뿐 한적했다. 도사의 집으 로 가는 논길은 차 있는 곳에서 조금 뒤로 나와서 우측으로 꺾여 있었다.

두 여인은 한가한 마음으로 정류장을 지나쳐 걸었다. 그런데 누군가 갑자기 말을 건네 왔다.

“안녕하십니까?”

인사를 건넨 사람은 버스를 기다리던 사람이었는데, 두 여인은 속으로 가볍게 놀랐다. 이 산골 마을에 누가 아는 사람이 있어서 인사를 건네 오는가?

“어머! 누구신지?”

“하하, 선생님을 찾아오셨나 보지요? 저를 모르시겠어요?”

“네? 아, 네…… 아저씨군요!”

민여사는 나무꾼을 알아봤다. 최여사도 잠깐 만에 나무꾼을 생각해 냈다.

“서울에서 오셨지요? 먼 길을 오셨습니다.”

나무꾼의 음성은 자연스럽고 편안했다. 이 사람은 신기하게도 민여사 일행을 기억하고 있었던 것이다. 그토록 많은 사람들을 봐왔을 텐데, 어떻게 한 번 다녀간 사람을 기억하는 것일까?

아마 민여사 일행이 다른 손님들보다 고귀高貴해 보였던 것은 아닐까?

아무튼 민여사는 나무꾼을 만나자 몹시 반가웠다. 도사의 비서(?)를 만났으니 얼마나 다행인가?

그런데 어째서 이 사람은 이곳에 나와 있는 것일까? 민여사는 속으로 이런 생각을 하면서 인사를 건넸다.

“아저씨는 어딜 가시는 중인가 보지요? 선생님은 안녕하신가요?”

“글쎄요, 두 분은 선생님을 만나러 오셨을 텐데…….”

민여사는 느낌이 이상했다. 안녕하시냐는 인사에 대해 글쎄요로 대답을 하다니!

그리고 옆에 있어야 할 비서가 밖에 나와 있는 것도 이상했다. 한가하여 어딜 다니러 가는 중인가?

최여사도 옆에서 이런 생각을 하고 있었다. 그러나 한가하다면 마침

잘된 일이다. 어서 가서 도사를 만나 한참 얘기해야겠다.

“선생님은 안 계십니다!”

이어서 들려 온 나무꾼의 말이 두 여인의 생각을 여지없이 짓밟았다.

“네? 안 계신다고요? 어딜 가셨어요?”

민여사는 이렇게 말하면서 맥이 탁 풀렸다. 그 먼 길을 힘들게 찾아왔는데 집에 없다니!

“네, 어디 가셨지요. 영원히…….”

나무꾼의 말소리는 밝았지만 엄숙하게 들렸다.

민여사는 불길한 예감이 들어 잠시 말을 못 하고 있었는데, 나무꾼이 다시 말해 주었다.

“선생님은 돌아가셨습니다.”

“어머! 돌아가셨다고요?”

민여사는 깜짝 놀랐다.

도사가 죽다니! 그런 분도 죽는 것일까? ……아니, 그런 분도 죽는 것이다.

민여사는 인생의 무상無常을 느끼면서 잠시 할 말을 잃었다.

“여러 날 됐습니다. 그건 그렇고, 먼데서 이렇게 오셨는데 안됐습니다.”

나무꾼은 이 정도에서 말을 끝내려 했다. 민여사는 웬지 아쉬운 생각이 들어 무엇인가 더 말을 하고 싶었다.

그토록 위대한 분이 세상을 떠나시다니!

민여사는 갑자기 가슴이 북받쳐 오고 눈물이 감돌았다.

“그렇게 되었군요! 장례식에라도 올 것을…….”

민여사가 이렇게 말하는 것은 지금 당장의 감정일 수 있지만 진심이었다.

“장례식은 없었습니다.”

나무꾼도 무엇인가 아쉬움이 있는 것일까? 민여사의 말에 일부러 답변을 해 주고 있는 것이다. 아마 나무꾼도 도사에 대해 누구에게든 말하고 싶은 것 같았다. 민여사는 슬픈 감정 속에 있다가 나무꾼의 말에 정신을 차렸다.

"네? 장례식이 없었다니오?"

"선생님의 유언이셨습니다."

"유언요? 선생님은 무슨 병으로 돌아가셨나요?"

최여사가 물었다. 최여사는 이토록 신통한 도사가 자기 병을 치료 못하고 죽었다는 것이 궁금했다.

"선생님은 병이 없었습니다."

"그럼 사고였나요?"

"아닙니다, 그냥 돌아가셨지요."

나무꾼은 최여사의 말에 대답하면서 민여사를 바라봤다.

민여사는 급히 물었다. 마침 생각난 것이 있어서였다.

"선생님은 자신이 죽을 것을 몰랐나요? 이렇게 물어서 죄송합니다만……."

민여사가 조심스럽게 묻자 나무꾼은 두 여인을 번갈아 쳐다보고는 맥빠진 듯 말했다.

"웬걸요! 선생님은 열흘 전에 이미 아시고 제자를 불러모으셨어요. 하루 전에는 유언도 남기시고 잔치도 했습니다."

"그렇군요. 그런데 잔치라니오?"

"하하, 선생님은 자신이 떠나는 것을 기쁘게 생각했는지도 모르지요. 아무튼 선생님이 잔칫상을 차리라고 하셨습니다. 그러고는 밤새 술을 드시면서 제자들을 가르쳤지요!"

나무꾼의 얘기는 기이했다. 그러나 신비한 도사의 죽음이니 그런 일도 있을 만했다. 민여사는 무작정 길게 얘기하고 싶었다.

"선생님은 무슨 유언을 남기셨나요?"

"네? 그걸 알아서 무얼 하게요?"

나무꾼은 웃는 표정이었지만 말투는 냉정했다.

"아, 네…… 그저."

민여사는 미안해하면서 다른 말을 꺼냈다.

"저, 그런데 지난번 말이에요. 우리 일행 중에 한 사람을 다시 오라고 했는데……."

민여사가 이렇게 말한 것은 자신의 멋쩍음을 피하는 한편, 혹시 도사가 남겨 놓은 말이라도 들을 수 있을까 해서였다.

"네? 아, 그분…… 그건 선생님이 알아서 남겨 놓은 말이 있지요. 그 사람이 찾아오면 얘기해 줄 것입니다."

"그런 것이 있나요? 그럼 제가 알려 줄게요!"

최여사는 김실장에게 도사가 무슨 말을 남겨 놓았다고 하니까 그것이 궁금하기도 하고, 온 김에 그 내용을 들어 전달해 주면 좋을 것이라 생각했다.

"그분은 제 남편 친구거든요!"

"그건 안 됩니다!"

나무꾼은 최여사의 말을 일언지하에 거절했다.

"네? 온 김에 전달하면 좋을 텐데!"

최여사는 나무꾼의 기색을 살피면서 조심스럽게 말했다.

"그럴 순 없지요, 선생님의 유언인데 본인이 직접 와야 합니다. 선생님은 내게 직접 전하라고 명하셨습니다."

"그런가요? 그런데 그 사람이 안 오면 어떻게 되나요?"

"그렇다면 할 수 없지요. 그것도 그 사람 운명이니까! 그렇지만 일운 선생님께서 말한 사람들은 반드시 찾아올 것입니다."

"네? 일운 선생님요?…… 그리고 다른 사람에게도 남겨 놓은 것이 있나요?"

민여사는 나무꾼이 도사의 이름을 일운이라고 하는 것에 묘한 충격을 받았다.

일운! 어디서 들었던 것일까?

민여사는 흥분을 느끼면서 속으로 무엇인가 수많은 생각이 움직이기 시작했다. 그러나 민여사는 자신의 생각은 잠시 덮어두고 다른 것을 물었다. 나무꾼의 말에서 흥미 있는 부분이 있다는 것을 알았기 때문이었다.

"네, 선생님께서는 많은 사람들에게 할 말을 남겨 놓으셨습니다."

나무꾼의 이 말은 과장된 것이었다. 도사는 몇 사람들에게 말을 남겨 놓았지만 많은 사람들은 아니었던 것이다. 이는 나무꾼의 희망 사항일 뿐이다. 그러나 민여사는 나무꾼의 속사정은 알 길이 없고 자신의 일에만 신경이 쓰일 뿐이었다.

"그런가요? 그렇다면 혹시 저희들에게 남겨 놓은 것은 없나요?"

민여사는 공연한 기대를 해 보았다. 그러나 민여사는 자기 스스로를 대단하게 생각하고 있었기 때문에, 도사가 무엇인가 말을 남겨 놓을 수도 있다고 생각했다.

게다가 도사는 자기에게 큰 일을 할 사람이라고 하지 않았던가!

민여사는 나무꾼의 기색을 살피며 기다렸다.

"글쎄요? 그건 공책을 봐야 하는데…… 없는 것 같습니다."

나무꾼은 무엇을 기억해 내는 듯하다가 없다고 잘라 말했다. 사실 나무꾼은 생각할 필요도 없이 도사가 민여사에 대해 남겨 놓은 말이 없다는 것을 잘 알고 있었다. 그러나 공책에 적어 놓은 것이 많은 것처럼 보이고 싶었기 때문에 생각해 보는 척한 것이다.

"없는 것 같다고요? 확실히 없는지는 모르는 것이군요. 다시 확인해 줄 수 없을까요?"

민여사로서는 그토록 중대한 일을 확인 없이 지나가고 싶지는 않았던 것이다. 이제 서울로 돌아가면 다시 이 마을에 올 일은 없을 것이 아닌가?

만일 도사가 남겨 놓은 말이 있는데도 나무꾼이 지나쳐 버렸다면 이 얼마나 큰 손해인가!

나무꾼은 민여사의 말에 속으로 수긍을 했지만, 자신이 공연한 기대를 주었다고 생각했다.

"내 기억으론 없습니다. 네, 없었어요."

"그래도 한 번 확인해 보면 안 될까요?"

"틀림없어요. 서울 사람에 관한 것은 그 남자분 것밖에 없었어요. 있다면 내가 기억하고 있겠지요. 그리고 나는 지금 바쁩니다. 버스를 타야 돼요."

나무꾼이 이렇게 말하는데, 저쪽에서 버스가 오고 있었다. 민여사는 다급해졌다. 이 사람은 저기 오는 버스를 타려나 보다. 그렇게 되면 이젠 이 먼 타향에서 말 붙일 사람도 없이 서울로 돌아가야 한다.

이는 너무 허무한 것이다. 민여사는 매우 아쉬웠다. 이 먼 곳까지 와서 하릴없이 금방 떠나가야 하다니!

자신의 마음은 도사를 그토록 생각하고 있는데 그것을 알아주는 사람도 없이 허무하게 쫓겨가야 하다니!

나무꾼이 이렇게까지 말하는 것을 보면 민여사에게 남겨 놓은 말은 없는 것이 틀림없나 보다. 그렇지만 도사에 대해 더 얘기하고 싶었다. 그리고 일운 선생이란 것도 생각해 볼 여지가 있지 않은가? 그렇다, 이 사람을 더 붙잡아야 한다!

"어딜 가시는데요?"

민여사는 속으로 번뜩 나무꾼을 붙잡아 놓을 방법을 떠올리며 말했다.

"네, 뭐 가까운 곳입니다."

"어딘데요? 제가 모셔다 드릴게요. 제 차로 가면 더 빨리 갈 수 있어요."

"네? 저를 데려다 주시겠다고요? 저 차로?"

나무꾼은 망설였다. 흥미가 당기는 모양이었다. 민여사의 말은 맞는 말이다. 저런 차로 가면 쉬지 않고 갈 테니 버스보다 더 빨리 갈 것이다. 게다가 자신은 저런 차를 평생 한 번도 타보질 못했지 않은가!

민여사는 나무꾼의 마음을 간파했는지 급히 말을 이었다.

"저희는 먼 곳에서 왔잖아요, 그러니 조금만 시간을 내주세요. 가는 곳이 어디든 편하게 모셔다 드릴게요."

"글쎄요, 공연히 폐를 끼치는 것이 아닐까요?"

나무꾼은 민여사의 차를 다시 한 번 쳐다봤다. 이젠 된 것이다.

이때 마침 버스가 와서 일행들 앞에 멈추었다. 내리는 사람은 아무도 없었다.

"아니에요, 모셔다 드릴게요!"

민여사는 급히 말하면서 손짓으로 버스를 떠나라고 표시해 주었다. 버스는 주춤하더니 결국 가 버렸다. 이젠 버스를 놓쳤으니 나무꾼도 별수 없었다.

"그럼 저희 집으로 가실까요?"

나무꾼은 후회 없는 표정으로 두 여인을 둘러봤다.

"고맙습니다!"

최여사가 한 마디 거들자 나무꾼은 즉시 앞장 섰다.

민여사의 추리

이렇게 되어 민여사와 최여사는 도사의 집까지 일단 가게 된 것이다. 하마터면 집에도 미처 가보기 전에, 도사가 죽었다는 소식만 듣고 서울로 돌아갈 뻔했다.

나무꾼은 좌측으로 꺾어 논길로 내려섰다. 저쪽에 도사의 집이 보였다. 좌우로는 황량한 논이 전개되어 있고, 우측 멀리에는 낮은 산들이 연해 있었다. 도사의 집은 마치 바다의 섬처럼 사방의 드넓은 논들 한가운데에 자그마하게 솟아 있었다.

나무꾼의 걸음은 힘차고 빨랐다. 그나마 가끔 뒤돌아보면서 속도를 늦추고 있지만, 두 여인은 뛰어가야 할 판이었다. 나무꾼은 먼저 집으로 들어섰다. 집 안에는 나무꾼 부인이 무엇인가 일을 하고 있다가 남편과 맞닥뜨렸다.

"어머, 당신 지리산엘 간다더니?"

"응, 손님이 왔어! 조금 있다 가지 뭐……."

나무꾼이 이렇게 말하고 있는 중에 뒤이어 두 여인이 들어섰다.

"안녕하세요?"

최여사가 먼저 나무꾼 부인에게 인사를 건넸다.

"아, 네…… 어서 오세요!"

나무꾼 부인도 친절히 맞이해 주었다.

"자, 이리로 들어오시지요."

두 여인은 나무꾼의 안내로 방에 들어가 앉았다.

"여기 좀 앉아 계세요. 공책을 가져올 테니!"

나무꾼은 형식적으로나마 공책을 살펴보는 척하려는 것이다. 민여사는 나무꾼의 마음은 알 길이 없으니 약간의 기대를 가지고 기다려 봤다. 잠시 후, 나무꾼은 공책을 가지고 들어오고, 나무꾼 부인은 마실 차를 끓여서 들어왔다.

나무꾼 부인은 곧 다시 나갔다. 나무꾼은 한쪽 벽으로 물러서서 공책을 살피고 있었다. 나무꾼 자신도 혹시나 빠트리지 않았나 하고 한 장 한 장 세심히 들여다보았다. 그러나 역시 민여사나 최여사에 대한 글은 없었다.

"없습니다!"

나무꾼은 선언하듯 말하고는 민여사를 쳐다봤다. 민여사는 즉시 말을 꺼냈다. 이미 논길을 따라오면서 할 말을 준비해 두었던 것이다.

"저 물어 볼 것이 있어요. 선생님의 호號가 일운一雲이라고 하셨지요?"

"네…….."

"한 일一자에 구름 운雲자인가요?"

"그렇습니다만…….."

나무꾼은 대답을 하면서 궁금한 표정을 지었는데, 민여사는 속으로 상당한 생각을 해두었던 것이다. 민여사는 오늘 처음 도사의 호가 일운인 것을 알았거니와, 민여사는 서울의 김선생으로부터 천서天書의 배경 설명을 들은 일이 있었다.

그 설명에 의하면 천서는 장백삼호長白三皓라는 신비의 인물 세 사람이 공동 저작共同著作한 것이고, 그 인물들은 생사生死를 초월하여 세상에 빈번히 출몰하고 있다는 것이다.

민여사는 또 대금산大金山의 전설에서 일천一川 선생의 존재를 들었다. 장백삼호의 이름은 운雲·우雨·천川이다. 조성리 도사의 이름은 일운一雲, 즉 운雲이다.

조성리 도사의 경우, 금金을 좋아해서 평생 모아 두었다고 했다. 그래서 지난번에도 강도가 든 적이 있지만……. 금을 좋아한다는 얘기는 장백삼호가 금을 좋아하는 것과 부합된다.

대금산의 전설에 나오는 일천 선생이 금을 좋아했는지는 모르지만, 해방되는 해를 쉽게 말한 그 예언력은 조성리 도사를 방불케 한다.

조성리 도사가 일운一雲, 대금산 도사가 일천一川, 이들이 곧 《삼금신기三金神記》에 기록되어 있는 운선雲仙·천선川仙이 틀림없을 것이다.

여러 가지 사항이, 정황이 딱 들어맞는다. 그렇다면 이제 어디선가 우선雨仙 혹은 일우一雨란 분의 얘기가 들려 와야 한다. 그렇게 되기만 한다면 또 한 번 장백삼호가 모두 출현했다는 것을 알게 되는 것이다.

이는 《삼금신기》라는 책에 추가로 기록돼야 할 사건일 뿐만 아니라, 어쩌면 일우 선생이란 분을 친견親見할 수도 있을 것이다.

일우 선생이나 일천 선생은 조성리 도사, 즉 일운 선생과는 도반道伴이요, 일심 동체가 아니겠는가?

만일 일우 선생이란 분을 만날 수 있다면 이는 일운 선생을 만난 것이나 진배없다. 민여사는 이런 정도까지 생각해 둔 상태에서 나무꾼에게 회심의 질문을 던졌다.

"저 혹시 일우 선생이란 분에 대해 들어 본 적이 있나요?"

“네? 일우 선생요? 일우 선생!”

나무꾼은 크게 경악하며 갑자기 목소리가 커졌다.

“일우 선생이라고 했나요?”

“네, 일우 선생요!”

“아, 그분을 아십니까?”

나무꾼은 너무 놀라서 민여사 쪽으로 조금 다가갔다. 나무꾼이 이토록 놀라는 것은 당연했다. 나무꾼은 조성리 도사, 즉 일운 선생이 죽기 전날 밤 일우 선생에 대해 언급하는 것을 들었기 때문이다.

일운 선생은 일우 선생을 자기의 분신分身으로 생각하라고 했다. 그런데 느닷없이 일우 선생의 얘기를 듣게 되다니! 더구나 서울에서 온 여인으로부터……. 그렇다면 일우 선생이란 분은 서울에 있는 것일까?

나무꾼은 가슴이 두근거리고 꿈을 꾸는 듯한 기분이 들었다. 민여사는 나무꾼의 태도를 보고 자신의 추리가 적중했다는 것을 직감했다. 느낌이 적중한 것이다.

그 유명한 민여사의 느낌!

민여사는 자신의 느낌이 항상 옳다는 것을 다시 한 번 확인하면서 나무꾼을 당당하게 바라봤다.

“아니오, 저는 일우 선생을 만나 본 적은 없어요. 하지만 그분이 이 세상 어디엔가 있다는 것을 알고 있어요.”

“네? 아니, 그분에 대해 무엇을 알고 있습니까?”

나무꾼은 다급해졌다. 일우 선생이란 분이 세상에 존재한다는 것은 일운 선생으로부터 들었다. 지금 현재 나무꾼과 일운 선생의 제자들은 일우 선생을 찾는 것이 지상 과제가 아니더냐!

일운 선생의 유언 중에 일우 선생을 찾아보라는 것이 가장 중요한 유언이었다. 이것은 나무꾼과 지리산에 있는 두 제자들의 필생必生의 업무인 것이다. 나무꾼은 일운 선생이 죽기 전에 말한 일우 선생에 관한 부분을 속으로 그려 봤다.

"—내가 가면 일우—雨라는 사람이 너희들 스승이 될 것이야. 그분을 나의 분신으로 생각하게……."

일운 선생은 이렇게 당부했지만, 일우 선생이 어디 있는지는 밝히지 않았다.

'그것은 천기天機라서 누설할 수가 없다고, 그리고 운이 좋으면 그분을 만날 수 있다고 하셨지…….'

나무꾼은 민여사를 빤히 쳐다보며 대답을 재촉했다.

"일우 선생에 대해 아는 것은 없어요."

민여사의 대답은 나무꾼의 기대를 산산조각내었다. 그러나 나무꾼은 여기서 물러나지 않고 집요하게 물어 보았다.

"그럼 좌도坐島라는 사람에 대해 들어 봤습니까?"

"네? 좌도요? 모르겠는데요."

민여사의 대답은 이번에도 실망스러운 것이었다.

"그런가요. 그럼, 일우 선생에 대해 어디서 듣게 되었습니까?"

"어디서 듣게 된 것이 아니에요. 생각해서 안 것이지요!"

민여사의 말은 나무꾼이 듣기에는 더욱 놀라운 것이었다. 밑도 끝도 없이 생각해서 안 것이라니! 무엇을 어떻게 생각했단 말인가?

"생각해서요? 어떻게요?"

나무꾼은 민여사를 신기하게 생각하며 매달리듯 물었다. 민여사는 나무꾼의 태도에서 또 한 가지 사실을 느낄 수 있었다.

아무래도 나무꾼은 장백삼호에 대해 모르는 것 같았다. 뿐만 아니라 자기 스승인 일운 도사에 대해서도 아는 것이 적은가 보았다.

민여사는 나무꾼과 서로 아는 것을 연결해서 장백삼호 혹은 일운 도사에 대해 파고들기로 했다.

"글쎄요, 제가 생각한 것은 나중에 듣기로 하고, 저 장백삼호 얘기를 들어 본 적이 있나요?"

"장백삼호요? 못 들어 봤는데요. 누군데요?"

"그래요? 그분은 말이에요. 아니, 일운 선생은 말이에요. 바로 장백삼호 중의 한 분이지요!"

"네? 장백삼호 중 한 분이라고요? 우리 스승님께서?"

나무꾼은 또 한 번 놀라고 말았다. 자신은 스승에 대해서 아무것도 아는 것이 없는데, 이 서울에서 온 여인은 아는 것도 많았다. 스승이 장백삼호 중의 한 분이라니!

'장백삼호는 또 누구인가?'

"네 장백삼호는 일운—雲, 일우—雨, 일천—川 선생을 일컫는 말이지요. 이곳 도사님이 바로 일운 선생이고요!"

민여사는 자신의 추리를 마음껏 얘기하였다. 이렇게 해야만 자신의 권위가 인정되어서, 나무꾼과 대등히 서로 아는 것을 교환하거나 협력할 수 있는 것이다.

지금 현재는 민여사가 아는 것이 더 많았다. 그러나 대화를 진행하다 보면 아무래도 나무꾼이 더 많은 것을 드러내 보일 것이다. 적어도 일운 도사에 대해서만은 확실히 그럴 것이다. 아무래도 긴 세월을 모셨으니 아는 것이 있을 것이다.

민여사는 자기가 아는 것을 빌미로, 나무꾼에게 최대한 도사 얘기를 들어 둬야겠다고 생각했다. 나무꾼은 민여사의 이런 생각을 몰랐지만 확실히 민여사에게 압도당하고 있었다.

"우리 선생님이 일우 선생과 함께 장백삼호라고요? 일천 선생이라는 분도 있습니까?"

나무꾼은 아예 민여사에게 가르침을 청하는 자세가 되었다. 민여사는 당분간 이 상태를 견지하려고 마음먹었다.

"네. 그런데 그분은 이미 돌아가셨지요!"

민여사는 이렇게 말하면서 스스로의 말이 몹시 권위가 있다고 느꼈다. 그도 그럴 것이 일천 선생에 대해 쉽게 '그분은 돌아가셨습니다!' 하고 알려 줄 수 있다는 것은 대단하지 않은가!

나무꾼은 민여사의 얘기에 점점 더 심취해 가고 있었다. 나무꾼으로서는 자기의 스승인 일운 도사가 장백삼호로 불리어지든 어떻든, 중요한 것은 일우 선생이란 분의 행방이었다.

"일천 선생께서 돌아가셨다고요? 그럼 일우 선생께서는 어떻게 되셨습니까?"

나무꾼은 다시 일우 선생을 거론했지만, 민여사는 일우 선생에 대해 아무것도 아는 것이 없었다. 단지 장백삼호가 운雲·우雨·천川이라는 것, 그리고 운雲과 천川이 등장했으니 나머지 우雨가 등장해야 한다는 것을 알 수 있을 뿐이다.

그러나 민여사는 자신의 입장을 고백하지 않고, 짐짓 무엇인가 아는 듯해 보이면서 얘기의 방향을 자신이 원하는 곳으로 틀었다.

"저…… 그보다는 일운 선생의 유언에 대해 먼저 들려주세요. 그리고 좌도란 분에 대해서도요!"

"네? 선생님의 유언요? 아, 네 들려드리지요."

나무꾼은 자기 선생의 유언을 제삼자인 서울에서 온 여인이 묻는 것에 대해 잠시 거부감이 들었지만, 이미 민여사의 권위에 압도당해 있어서 마음을 고쳐 먹었다. 만일 이 서울에서 온 여인이 여기서 얘기를 중단하겠다고 하면 큰일이었다.

세상 어디에 가서 일우 선생을 찾는단 말인가? 이 여인이 일우 선생을 찾는 단서를 제공해 줄지도 모른다. 나무꾼은 이렇게 생각하고 정중한 자세로 이야기를 시작했다.

"네, 그럼 일운 선생이 돌아가시기 열흘 전부터 말씀드리지요."

나무꾼의 얘기는 지리산의 도인인 좌청坐淸이 찾아온 날부터 시작되었다.

"그러니까 좌청이란 분은 일운 선생의 제자, 저에게는 사형뻘이지요 —."

최여사는 옆에서 아무 말도 꺼내지 못하고 있었다. 도대체 어찌된 일인지 민여사가 일우니 일천이니 하면서 대화를 주도하고 있질 않은가? 민여사가 어떻게 도사에 대해 그토록 많이 알고 있는가? 최여사는 재미있고 신기해서 어쩔 줄을 몰랐다. 그러나 겉으로는 내색하지 않고 점잖게 듣고 있었다. 공연히 방해를 놓아서는 큰일 날 것만 같아서였다.

나무꾼의 얘기는 아주 자세히 진행되었다. 최여사로서는 도사에 대해 이토록 상세하게 듣게 될 줄은 몰랐다. 최여사는 도사 얘기가 절대로 남의 일 같지가 않았다. 마치 자기의 스승 이야기라도 듣는 것처럼 얘기가 진행돼 나갈수록 점점 더 경건한 자세로 변해 갔다.

최여사가 느끼기에 나무꾼의 얘기는 세상의 어떤 얘기보다도 신기했고 흥미가 있었다. 나무꾼은 오로지 민여사를 바라보며 길게 얘기해 나갔다. 민여사는 얘기에 열중하느라 홍조를 띠었고, 나무꾼은 자기가 아는 스승에 관한 모든 이야기를 가급적 빼놓지 않으려고 애를 썼다.

"어디론가 떠났어요. 금이 상당히 많았지요. 그 금은 수십 년간 벽 속에 놔두었던 것이에요."

나무꾼의 얘기는 마침내 죽음의 순간에 이르렀다.

"다음날 새벽, 스승이 말해 준 시간에 나가 봤어요. 그랬더니 숲 속에서 조금 나와 동네가 바라보이는 좁은 산길에 누워 계시는 것이었어요. 이미 운명을 하신 뒤였지요. 스승께서는 객사客死를 하신 것이지요. 일부러 그렇게 하신 데는 큰 뜻이 있는 것 같았어요. 저는 스승의 뜻에 따라 장례식도 치르지 않은 채 화장을 했고, 그분의 유골遺骨을 가루로 만들었지요. 그리고 오늘 지리산으로 가져가는 중이었어요. 물론 이것도 스승님의 지시였지요. 스승께서는 많은 유언을 남기셨고, 또 여러 사람들에게 무엇인가 글을 남겨 두셨지요. 그것은 모두 제가 처리해야 할 일입니다. 그래서 말입니다만, 서울 분께서 좀 도와주셔야겠습니다."

나무꾼은 드디어 도사에 대한 모든 얘기를 마쳤다. 그리고 마지막에 민여사에게 도움을 청한 것이다. 민여사는 나무꾼이 얘기한 것을 음미하느라 잠시 침묵했다.

"……."

최여사도 민여사가 무슨 말인가 하기를 기다리며 침묵하고 있었다.

"얘기 잘 들었습니다."

민여사는 작은 목소리로 얘기하면서 고개를 천천히 끄덕였다. 그리고는 조금 더 침묵을 유지했다. 나무꾼은 재촉하지 않고 민여사가 스스로 말을 꺼내기를 기다리고 있었다. 이윽고 민여사가 말했다.

"저, 지리산으로 가신다고 했지요? 두 분 제자를 만나러……."

"네, 그렇습니다만."

"그분들이 좌명坐冥, 좌청坐淸이라고 하셨지요?"

"……."

나무꾼은 말없이 민여사의 다음 말을 주의 깊게 기다렸다.

"좌명, 좌청이라면…… 좌도坐鳥와 같은 항렬이군요. 아저씨의 도명道名은 무엇인지요?"

"네? 저요?"

나무꾼은 민여사가 느닷없이 자기의 도명을 묻는 것에 가볍게 놀랐다. 그러나 속으로 크게 놀란 것은 좌도에 대한 것이었다. 민여사의 얘기를 듣고 보니 좌도라면, 좌명·좌청과 같은 계열이 확실했다.

그렇다면 좌도는 좌명·좌청의 사형뻘이거나 사제뻘이 될 것이다. 아무튼 일운 선생의 제자인 것만은 틀림없을 것 같았다. 그런데 자신의 도명을 물은 것은 난처했다. 사실 자기는 도명이 없질 않은가?

나무꾼은 자신에게 도명이 없다는 것이 새삼 놀라웠다. 그 동안은 그런 문제가 있다는 것조차 몰랐었다.

나는 왜 도명이 없을까? 스승님께서는 왜 내게 도명을 지어 주시지 않았을까? 내가 자격이 없어서? 아니면 큰 그릇이 되라고?

나무꾼은 자기에게 도명이 없다는 것을 아쉽게 느끼면서 민여사의 물음에 대답했다.

"네…… 저는…… 도명이 없습니다. 제가 뭐 도인인가요!"

나무꾼은 이렇게 말하면서 멋쩍어했는데, 민여사는 측은한 생각이 들었다. 민여사는 급히 화제를 돌렸다.

"지리산을 가야지요…… 지금 떠나지요?"

"네? 무슨 얘기를 안 해 주시고요?"

나무꾼은 놀란 표정으로 민여사를 빤히 쳐다봤다. 그 모습은 천진하고 순수했다. 민여사는 저절로 웃음이 나왔다.

"하하, 가면서 얘기해도 돼요! 시간이 많잖아요!"

민여사는 시간을 절약하기 위해 일단 지리산에 먼저 데려다 줘야겠다고 생각했다. 민여사가 이렇게 하고자 하는 것은 서울에 돌아갈 시간 때문이 아니라, 나무꾼으로부터 들은 얘기를 차분히 생각해 볼 여유를 가지려는 것이었다.

"그런가요? 그럼 떠나실까요?"

나무꾼은 몹시도 아쉬워했다. 자신이 지리산으로 가야 할 일도 잊은 모양이었다. 나무꾼과 서울의 두 여인은 다시 도사의 집을 나섰다.

운명 탐구

운명이란 밖에서부터 찾아오는 것이므로, 평범한 생각으로 그것을 알 수는 없다. 인간은 고작해야 그럴 듯한 것을 유추해서 미래를 예측하는 것인데, 운명이란 그럴 듯한 것이 아니다. 오히려 운명은 예측할 수 없이 돌연 찾아온다. 결코 자연스러운 것만은 아닌 것이다.

선한 사람에게 행운이 찾아오고, 악한 사람에게 불행이 찾아오는 것도 아니다. 운명은 저곳에서 오는 것이지, 이곳에서 찾아가는 것이 아니다. 그러므로 무엇이, 왜 찾아오는 것인지 알 수가 없다.

예부터 수많은 사람들이 운명을 알기 위해 무던히도 애를 써왔지만, 그것은 여전히 장막帳幕에 싸여 있다. 운명은 오직 시간이 되어서 그 장막이 벗겨질 때만 그 모습을 드러낸다.

사실 운명을 알 수 있는 지혜는 생명 속에 내장되어 있는 가장 근원적인 힘이련만, 인간은 이 힘을 사용하지 못하고 있다.

그래서 도인의 수행은 세상에서 무엇을 배우기보다는, 스스로에게 잠재되어 있는 힘을 일깨우는 것을 목표로 삼았다.

옛 성인은 운명을 알기 위해서는 사물의 뜻을 깨달아야 한다고 가르쳤으며, 또한 인간은 원래부터 사물의 뜻을 알 수 있는 힘을 가지고 있다고 가르쳐 왔다.

그런데 인간은 자연 스스로의 지혜를 거부하고, 보고 배운 한정된 지혜만을 추구하다 보니, 운명의 모습을 알 길이 없게 된 것이다.

그러나 인간은 무수한 세월을 살아오면서, 운명의 그림자나마 살펴볼 수 있는 지혜를 차츰 축적하기에 이르렀다.

물론 인간이 운명의 그림자를 살펴볼 수 있는 지혜를 학문으로 확립했다 하더라도, 이것은 본연의 지혜를 조금 모방한 것에 지나지 않는다.

이러한 인간의 학문은 자칫하면 영원히 운명의 본질을 깨달을 수 없게 할 수도 있다. 영민이도 이 점을 확연히 인지하고 있었다.

그러나 어쩌랴? 성인聖人의 뜻은 알 길이 없고, 인간의 학문은 난무하고 있으니!

영민이는 어떻게 해서든지 문자文字와 형상形象을 떠난 사물의 본뜻을 깨닫고, 생명 근처에 있는 운명의 지혜를 회복하려고 노력하고 있다.

어제에 이어 오늘도 영민이는 《주역》 책을 펼쳐 들었다.

'─ 공자孔子가 말하기를 글로써 말을 다 표현할 수 없고, 말로써 뜻을 다 표현할 수 없으니, 성인의 뜻은 알 수 없는 것인가子曰 書不盡言 言不盡意 然則聖人之意 其不可見乎?

─ 공자는 말하였다. 성인이 주역의 상象을 세워 뜻을 다 표현했으며, 주역의 괘卦를 만들어 사물의 본연의 뜻을 다 표현했고, 주역을 설명하여 할 말을 다 하였고, 변하고 통하는 이치로써 이로움을 다 밝혔고, 천하를 감응感應케 하여 신묘神妙함을 다 이루었다子曰 聖人立象以盡意 設卦以盡情僞 繫辭焉以盡 其言 變而通之以盡利 鼓之舞之以盡神'

영민이의 공부는 글을 통하여 더 먼 곳의 이치를 통달하기 위한 몸부

림이었다. 눈과 마음은 서로 하나가 되어 움직였다.

숨을 몰아쉬면서 근원根源의 힘인 원시 지혜原始智慧를 발굴하려고 안간힘을 다 하는 것이다. 몇 번인가 눈을 감고 생각하면서 진땀을 흘렸다. 그러나 공부라는 것은 억지로 되는 것이 아니다. 때가 되어야 비로소 열리는 것이다. 오늘은 지쳤다. 휴식과 여유가 필요했다. 영민이는 고개를 가로 젓고는 공부하던 책을 덮었다. 그러고는 집을 나섰다.

영민이는 원래 운명에 관한 잡학雜學과 주역을 병행하여 공부하는 방식을 취하기로 했으므로, 주역 공부에 지칠 때마다 생활에 부딪쳐 운명을 직접 연구해 보려고 하였다.

이번에는 점쟁이를 찾아가 자신의 운명을 알아보고자 했다. 이른바 사주四柱 풀이를 해 보고 싶었던 것이다. 영민이 자신도 이미 사주 풀이 하는 많은 방법을 터득하고 있었지만, 그것이 어떻게 활용되는가를 보기 위해 시중에 흔한 사주쟁이를 찾아가 보기로 한 것이었다.

영민이는 점쟁이가 많이 있는 미아리 고개로 향했다.

얼마 후 미아리 고개에 도착한 영민이는 버스에서 내려 언덕 쪽으로 걸었다. 언젠가 누구에게서 이 지역에 점쟁이가 많이 있다는 얘기를 들은 바 있었지만, 거리에는 점치는 집이 보이지 않았다.

날씨는 쌀쌀했고 바람도 가끔 세차게 불었는데, 영민이는 이때마다 묘하게 기분이 좋아졌다. 원래 영민이가 좋아하는 계절은 겨울로서, 그 중에서도 바람 부는 날을 가장 좋아했다.

영민이는 찬바람을 얼굴에 받으며 두리번거렸다. 이때 영민이는 자기도 모르게 웃음이 나왔는데, 이는 바람이 좋아서가 아니었다. 무슨 큰일이라도 난 것처럼 점쟁이를 열심히 찾고 있는 자신의 모습이 우스웠기 때문이다.

운명이란 참으로 묘한 것이다. 몇 달 전만 하더라도 영민이는 점이니 운명이니 하는 말만 나와도 질색을 하고 외면했었다. 이 때문에 민여사하고도 얼마나 싸웠던가!

그러던 영민이가 이제는 어느 새 운명학에 대해 거의 전문적인 수준에 이르렀고, 뜻하지 않던 주역이란 세계도 접하게 된 것이다. 그런데 또 하나 이상한 것은 영민이가 이런 공부를 하게 된 후부터는 인생살이에 불안이 없어지고 마음도 진실해진 것이다.

이 모든 변화는 불과 몇 달 사이에 태풍처럼 갑자기 일어난 사건이다. 이는 누구도 전혀 예기치 못했던 것이다. 영민이 자신도 운명이니 점이니 하는 것은 영원히 가까워질 수 없는 것으로 믿었었다.

언젠가는 민여사와의 관계도 민여사가 너무나 점이나 운명을 좋아해서 금이 갈 수도 있다고 생각했을 정도였다. 그러니 지금 이렇다 해도 또다시 무슨 운명에 휩싸일지는 알 수가 없다.

단지 현재의 영민이는 주역의 이치를 깨닫고 운명이란 것에 달관하겠다는 것이 지상 목표였다. 말하자면 영민이는 인생의 목표가 선 것이다.

이제 영민이에게는 사회적 영달이나 출세 등은 아무런 관심의 대상이 되지 않았다. 영민이가 이렇게까지 된 것은 너무나 급작스러운 것이어서 '자기 자신이란 도대체 무엇인가?' 하고 의심조차 들었던 것이다.

사람이란 누구나 자신의 앞날을 예측하거나 대비하면서 점차 그 방향으로 나아가려고 노력하는 것이 아닌가?

그리고 또 그래야만 자기가 자기이고 산다는 것의 의미가 분명해질 것이 아닌가?

즉, 자기의 항로를 스스로 선택해서 자기가 운전하면서 가야 한다는 것이다.

그런데 세상의 이치는 그런 것이 아니다. 나를 나만이 조절한다는 그 자체가 어딘가에 심히 갇혀 있는 것을 뜻한다. 자유스럽고 열린 인생이란 오히려 돌발적인 면이 있어야 하는 것이다.

영민이도 자신이 뜻하지 않은 곳에 와 있다 하더라도 이것이야말로 인생의 폭이 넓어졌다고 느끼는 것이었다. 아직도 앞길은 알 수 없고 무한한 사건이 기다리고 있었다.

나는 우주와 동떨어져서 독립된 존재가 아니라, 우주의 일부로서 대자연의 큰 흐름 속에 포함되어 있는 것이다. 따라서 내 인생이라 해도 결코 나 자신의 것일 수만은 없다.

오직 내가 나일 뿐이라면 그것은 편협되고 막혀 있는 것일 뿐만 아니라, 이러한 존재는 머지 않아 존재의 세계에서 사라지게 될 것이다.

현재 영민이는 운명이란 것이 자기를 덩굴처럼 감싸고 있다 하더라도, 그것으로 인해 오히려 자유를 느끼고 우주와 함께 한다는 것을 느꼈다. 말하자면 우주가 나를 운명이란 줄로 묶어 놓고 나를 잡고 있다면, 그 줄에 의해 우주가 바로 나에게 잡혀 있다는 뜻도 될 것이다.

우주와 나는 하나이다. 그러므로 운명이란 것이 있게 마련인 것이다.

영민이는 바람이 가슴에 와서 닿을 때마다 더 큰 섭리를 느끼며 무한대의 의지를 발동시켰다. 영민이는 쉽사리 점치는 집을 찾을 수가 없어 동네 할머니에게 물어 보았다.

"음, 학생은 점치러 왔구먼……. 저쪽에 가면 용한 도사가 있어!"

할머니는 영민이가 묻자 자기 나름대로 용하다고 생각되는 곳을 일러주었다. 영민이는 고맙다는 인사를 하고 언덕을 올라갔는데, 그쪽에는 점치는 집이 즐비하게 늘어서 있었다. 영민이는 이를 보자 또 다른 감명을 받았다.

'아니, 점치는 집이 이토록 많다니! 이들이 모두 운명을 알고 있단 말인가?'

영민이는 혼자 웃으며 고개를 가로 저었다. 운명이란 그렇게 쉽게 알아지는 게 아닐 것이다. 이 많은 사람들이 흔하게 알 수 있는 것이 운명일 수는 없다.

영민이는 이렇게 생각하며 들어갈 집을 골랐다. 집들은 거의 모두 단층집으로 유난히 작았는데, 자잘한 간판들이 제멋대로 달려 있어서 장난스러운 풍경이었다.

그런데 간판의 내용만은 엄숙해서 읽는 사람으로 하여금 경건함을 주기도 했다.

계룡산인·동자보살·천인도사·용화선생·천황보살·장님도사·삼신할머니 등 이렇게 한 지역에 모여 경쟁이라도 하듯 간판을 내걸고 운명을 감정하겠다고 하는 것을 보면 뭔가 믿는 구석이 있긴 있는가 보았다. 아무것도 모르면서 운명을 논할 수는 없을 테니…….

영민이는 간판을 읽고 집 안을 살펴, 여자가 있는 곳은 피하면서 들어갈 집을 골랐다. 마침 그럴 듯한 집이 하나 보였다.

이 집은 간판이 아주 작아서 명패 정도만했는데, 글씨가 명필로 내리씌어져 있었다.

'학선생.'

영민이는 안쪽의 기색을 살폈다. 혹시 학선생이 여자이면 다른 곳을 찾을 생각이었다. 그런데 문을 열자마자 바로 남자가 보였다. 이 사람은 아래위로 흰옷을 단정히 걸쳐 입고, 혈색이 고운 모습을 하고 있었는데, 얼핏 봐서 과연 학 같은 느낌을 주었다. 이래서 학선생이라고 했을까?

영민이는 조용히 인사를 하며 들어섰다.

"안녕하세요?"

"음, 어서 오시게!"

학선생은 콧수염이 유난히 검어 보였고, 눈매는 예리한 면과 다정한 면을 동시에 갖추고 있었다. 나이는 30대 중반 정도.

그러나 이보다 어릴지도 모른다. 일부러 엄숙하게 선생티를 내고 있어서 나이가 들어 보였지만. 콧수염을 잘라 내고 자연스런 모습을 하면 본래의 나이가 드러날 것이다.

영민이는 속으로 이런 생각을 하면서 자리에 앉았다. 방 안은 아주 좁아서 영민이와 학선생이 작은 상을 사이에 놓고 마주앉자 남은 공간은 거의 없었다.

학선생은 다정한 미소를 머금고 은근히 물었다. 참으로 단정하고 친절한 모습이었다. 영민이는 이 집에 들어오기를 잘했다고 생각하면서 용건을 얘기했다.

"사주를 보러 왔는데요."

"그럴 테지, 복채를 내게."

복채란 점쟁이들이 점을 칠 때 받는 돈을 말한다. 점쟁이들은 반드시 선불을 받는데, 이는 지극히 당연하다. 무슨 물건을 사고 파는 것이 아니라 내용을 설명해 준 대가를 받는 것이니, 미리 받아 놓지 않으면 시비가 생길 수도 있기 때문이다.

특히 운명을 감정받은 사람이 기분이 나쁘면 엉터리라고 하면서 돈을 안 줄 수도 있었다. 영민이는 복채의 액수를 물어서 돈을 꺼내 주었다. 학선생은 복채를 상 위에 놓여져 있는 작은 함 속에 넣고는 붓을 꺼내 들었다. 그러고는 다음을 진행했다. 이제 복채를 받았으니 운명 감정을 시작하려는 것이다.

"생년일시를 대보게."

"46년 9월 28일 술戌시입니다."

"음력인가?"

"네."

학선생은 음력을 확인하고는 책을 뒤적였다. 이제 이 생년월일을 가지고 사주를 세우는 것이다.

사주四柱란 연주年柱·월주月柱·일주日柱·시주時柱를 말하는 것으로, 각 주柱는 간지干支로 표시된다.

그렇게 되면 한 주당 일간干과 일지支가 있어서, 사주의 글자수를 다 합하면 8가지가 된다.

이래서 소위 사주팔자四柱八字라고 하거니와, 영민이는 이미 사주 세우는 법을 알아 자신의 사주를 외우고 있었지만, 일부러 생년월일시를 불러 주었다.

학선생은 잠깐 만에 사주를 세우고는 그것을 흰 종이에다 붓으로 곱게 써내려갔다. 연필이나 볼펜으로 하지 않고 붓으로 하는 것은 권위가 있어 보이도록 하는 것이겠지만, 학선생은 유난히 붓글씨를 좋아하는 것 같았다.

'丙戌 戊戌 己巳 甲戌.'

이제 사주팔자가 정해졌으니 이것을 가지고 조합시켜 해당되는 운수를 보면 된다. 이유는 없다. 옛사람이 그렇다고 정해 둔 것이다. 학선생은 여전히 한 손에 붓을 들고, 영민이를 쳐다보며 말하기 시작했다.

"음, 귀인貴人이구먼, 천덕귀인天德貴人과 월덕귀인月德貴人이야!"

"그게 뭔데요?"

영민이는 짐짓 모르는 체하며 물었다. 천덕귀인과 월덕귀인이란 월주에 술자戌字가 있고, 다른 기둥에 병丙이란 글자가 있으면 된다. 영민이는 월주가 무술戊戌이니 술戌자가 있고, 연주가 병술丙戌이니 병丙자가 있다.

이것은 영민이가 이미 연습삼아 풀어 본 것이었다. 학선생은 이런 사실을 모르는 채 보통 사람이 알기 쉽게 설명했다.

"천덕귀인은 하늘의 은혜가 있어 행운이 있고 조상의 덕이 있는 것이며, 월덕귀인이란 땅의 은혜가 있는 것이지. 이것은 좋은 일이 있으면 더욱 좋게 하고 나쁜 일이 있으면 없애 주는 것이지. 천신天神이 도움을 주고 있어서 액운을 면한다는 것이야."

학선생은 말하는 도중 영민이를 한 번 쳐다보고는 미소를 지었다.

"원진살元嗔煞이 있어. 이것은 신경 쓸 필요 없고……."

학선생은 원진살을 설명하지 않고 넘어가려 했다. 이는 나쁜 일이니 기분상 설명할 필요가 없는 것이지만, 그보다는 원진살이 영민이의 경우에는 맞지 않기 때문인 것 같았다.

원진살은 연주年柱 병술丙戌의 술戌자와 일주日柱 기사己巳의 사巳자가 있으면 해당되는 것인데, 이는 용모가 깨끗지 못하고, 음성이 탁하고 음습한 것인데, 영민이는 용모가 수려할 뿐만 아니라 음성도 특별히 고운 편이었다.

그래서 학선생도 이러한 영민이를 살펴보고 원진살에 대한 것은 넘어간 것이었다.

"그리고 신경쇠약과 정신 이상, 돌발적이고 변태적인 기질이 있어."

영민이는 고개를 끄덕였다. 이것은 맞는 말이었다. 자신은 분명 정신에 이상이 있는 것을 알고 있었다. 이것은 귀문관살鬼門關煞이라고 하거니와, 영민이도 스스로 이것을 풀어 보고 수긍했던 대목이었다.

"물을 조심해야 돼. 물에 빠져 죽을 수가 있어."

학선생은 계속했다. 영민이는 속으로 생각했다. 물을 조심하라는 것은 낙정관살落井關煞이 있기 때문이었다.

"의지가 강하고 고집도 세지. 여자를 여럿 얻을 거야. 하하…… 그리고 26세 근방에는 액운이 많구먼, 되는 일이 없어."

영민이는 또다시 고개를 끄덕였다. 이것도 거의 맞는 얘기였다. 자신의 지금 처지로 봐서 내년에 특히 곤란한 일이 많을 것이다.

이는 대운大運이 26세에 신축辛丑이기 때문이지만, 영민이의 경우에는 특히 졸업(?)한 해에 해당되기 때문에 사회적 진로 문제에 근심이 많을 것이다.

"오래 살겠구면, 큰일을 성취하고……."

학선생은 한참 동안 계속했지만 특별한 내용은 없었고, 영민이가 이미 풀어 본 것이나 학선생 자신이 적당히 생각해서 덧붙인 것뿐이었다.

"대체로 운수가 좋아, 크게 출세할 운수지."

학선생은 결론적으로 좋은 운명이라고 선언하고는 사주팔자 풀이를 마쳤다. 그러고는 다시 다정한 모습을 보였다.

"고맙습니다."

영민이도 밝은 모습으로 인사를 건네고는 잠시 그대로 마주 앉아 있었다. 이때 영민이는 속으로 한 가지 생각을 하고 있었는데, 그것은 사주四柱 추명학推命學에 관한 어떤 명제였다.

말하자면 학술적인 질문을 하려는 것인데, 학선생이란 사람이 그런 질문을 해도 될 만한 사람인지 아닌지가 문제였다.

우선 학선생이 그만한 학식이 있는가가 문제였고, 두 번째로는 사주 풀이를 하러 왔다가 느닷없이 그런 질문을 해서 기분이 상하지나 않을까가 문제였다.

그래서 영민이는 가만히 기색을 살펴봤다. 학선생이 학식이 있는 사람이란 것은 이미 음성과 글씨, 그리고 사용하는 단어나 방법, 얼굴 표정, 자세, 호흡 등을 통하여 판별이 끝난 상태이지만, 기분과 성격이 어떠한 사람이냐 하는 것을 살피고 있는 것이었다.

영민이는 원래부터 사람을 판단하는 능력이 탁월했지만, 최근에 팔괘 八卦를 연구하면서 더욱 예민하고 침착한 경지에 이르러 있었다.

이윽고 영민이는 결론을 내렸다. 학선생이란 사람과는 더불어 논할 수 있다고 판단이 선 것이었다.

"저, 선생님, 한 가지 물어 볼 것이 있는데요?"

"물어 보시게."

학선생은 어떤 운명에 관한 질문이려니 생각했다. 으레 운명을 감정하는 자리에는 질문이 오가는 법이어서 학선생도 대수롭지 않게 대꾸했던 것이다. 그런데 영민이의 질문은 그게 아니었다.

"제가 물어 보려는 것은 제 운명에 관한 것이 아니라 운명학에 관한 것입니다만……."

학선생은 호탕하게 웃으며 영민이를 다정히 바라봤다.

"그럼 물어 보겠습니다."

영민이는 학선생의 인품이 대범한 것을 알고는 마음 놓고 질문을 시작했다.

"저, 선생님, 일주日柱의 간지干支 말인데요……."

영민이는 조용히 서두를 꺼냈고, 학 선생은 숙연한 자세로 듣고 있었다.

"갑자일甲子日 다음에는 을축일乙丑日이지요?"

"음? 그렇고말고!"

"그리고 을축일 다음엔 병인일丙寅日이고요."

"그렇지, 그런데 무엇을 묻는 건지……."

영민이의 질문이 느닷없는 것이어서 학선생은 의아스럽게 생가했다.

"그런데요, 이것은 과거 오래 전부터 계속되어 온 것이지요?"

"그렇겠지."

"얼마나 됐을까요?"

"음? 글쎄, 수천 년은 되었을 걸, 아마……."

"네 알겠습니다. 그러니까 수천 년 동안 갑자甲子·을축乙丑·병인丙寅·

정묘丁卯·무진戊辰·기사己巳…… 이런 식으로 쉬지 않고 계속되어 왔다는 말이군요."

"그렇고말고!"

"좋아요, 그렇다면 예를 들어 무진戊辰일이라면 무진일인 이유가 어디 있지요?"

"음? 무슨 말이야?"

"네, 선생님. 무진일 전날이 정묘일이지요? 즉, 정묘일 다음 날이 무진일이고, 그렇다면 무진일이 정묘일 다음 날이란 것말고는 무진일이라는 이유가 없지요? 말하자면 해나 별·달 등 천체天體에 무진戊辰과 상응相應하는 현상이 있느냔 말이에요?"

"허 질문의 뜻은 알겠는데…… 대단한 질문이구먼. 내가 다시 질문의 뜻을 환기시켜 보지. 자네의 질문은—."

학선생은 영민이의 질문을 진지하게 받아들이고, 그것에 답하기 전에 질문의 뜻을 다시 한 번 음미하려는 것이었다. 학선생은 말을 이어 설명해 나갔다.

"예를 들어 자시子時라면 밤이고, 오시午時라면 낮이고, 자월子月이면 겨울이고, 오월午月이면 여름인 것처럼, 자일子日과 오일午日은 천체 현상의 무엇과 부합되느냐, 이것을 묻는 거지?"

학선생은 영민이를 날카롭게 쳐다보며 다짐하듯 물었다.

"네, 바로 그겁니다."

"하하, 자넨 엄청난 것을 물었군. 좋아, 내가 답하기 전에 질문의 뜻을 좀더 부연해 보세."

학선생은 원래 논리적이고 학구적인 사람인가 보았다. 영민이는 자신의 판단이 적중했다고 생각했다.

"갑자甲子일로부터 60일이 지나면 또 갑자일이고 그로부터 또 60일이

지나면 또 갑자일이지, 이렇게 수천 년을 내려왔고 앞으로도 이것은 영원할 것이네. 하지만 천체가 60일을 주기로 이에 상응하는 정확한 현상이 있느냐가 문제지. 시간의 경우는 정확히 24시간마다 똑같은 천체 현상, 즉 태양에 대한 지구의 자전각自轉角이 분명하지. 물론 달도 그렇지. 그런데 날짜는 그런 것이 없단 말이야. 그리고 해도 마찬가지지. 자년子年이나 오년午年의 차이가 없단 말이야. 안 그래?"

학선생은 영민이의 질문을 음미하다가 자기도 한 가지를 덧붙였다. 학선생이 덧붙인 질문은 연年에 관한 것인데, 이것도 날짜와 마찬가지로 각 해에 배정된 간지干支와 부합되는 천체 현상이 없었다.

단지 연年에 관한 것은 북극성과의 관계로 12년 혹은 10년 주기 내지 60년 주기설이 있고, 먼 옛날 공자孔子가 어떤 해의 간지가 한 번 틀린 것을 바로잡았다는 설說도 있다.

공자 같은 성인聖人이 그런 일을 했다면, 필경 해의 간지가 의미가 있기 때문일 것이다. 아무 해나 기준을 정해서 갑자甲子년으로 하고 다음 해는 을축乙丑년으로 정해 나가지는 않았을 것이다. 물론 공자를 믿고 속설俗說을 인정하고 해의 간지를 의미 있는 것으로 본다 해도, 아직 천체 현상과 정확히 부합시키지는 못했다.

결국 미신 수준에 머무르는 것이지만, 그나마 그 정도의 근거가 있어서 해의 간지가 의미 있다고 주장할 수 있으나, 날짜에 관한 것은 근거될 만한 것이 전혀 없었다.

원래 오午와 자子는 기氣의 등락登落이나 강약强弱·상하上下 등 구별이 뚜렷한데 유독 날짜에는 그것이 없었던 것이다. 이는 큰 문제가 아닐 수 없다.

더군다나 사주 추명학에서는 날짜의 간지를 중심으로 해서 판단하는데, 그것의 근거가 없다니!

학선생은 영민이의 이런 질문을 평소 생각해 본 듯, 자세하게 그 질문의 뜻을 다시 부연하고는 대답할 자세를 갖추었다.

영민이는 사실 이것이 몹시 알고 싶었다. 사람이 태어난 해와 달·날짜, 그리고 시간을 가지고 운명을 판단하는 데 있어 논리의 근간根幹이 되는 것이 바로 간지인데, 그 간지가 근거가 없다면 운명학이라는 자체가 성립될 수 없기 때문이었다.

학선생은 잠시 무엇인가 생각하면서 영민이를 얼핏 쳐다보며 웃었다.

"자네의 질문에 이제 답해 주겠네. 그런데 그보다 먼저 할 일이 있지……."

학 선생은 이렇게 말하면서 상 위에 놓여지 있는 함 속에서 돈을 꺼냈다.

"자, 우선 이 돈을 돌려주겠네."

"네? 아니에요, 놔두세요."

영민이는 당황해하며 급히 말했다.

"아닐세. 돈을 넣어 두게. 이건 사귀자는 뜻이니 내 말대로 하게!"

"……."

영민이는 고개를 끄덕이고는 돈을 받아 넣었다. 학선생의 뜻을 수긍했기 때문이었다. 이제 질문에 대한 답이 남아 있었다. 영민이는 미소를 지으며 학선생을 바라봤다.

학선생도 밝은 표정으로 설명을 시작했다.

"자네가 내게 물어 본 것은 나도 옛날에 수없이 물어 본 내용이야. 남에게도 묻고 나 자신에게도 물었지. 나는 수많은 학자·어른 들에게 이것을 묻고 나름대로 연구도 해왔어, 결론은……."

학선생은 고뇌하는 얼굴을 하고서 영민이의 질문에 대답을 해 주었다. 학선생의 얼굴은 깊은 학문을 성취한 학자의 풍모가 역력했다. 학선생은 아주 천천히 말을 이어나갔다.

"날짜 간지의 뜻은 결국 없다, 라는 것이네. 날짜 간지는 무의미한 것이야. 이것이 나의 결론일세. 내 대답이 마음에 드나?"

"네? 아, 네. 결국 선생님도 저와 생각이 같군요. 그렇다면 어떻게 운명을 감정하지요?"

"음? 그거, 정밀할 수는 없겠지. 그러나 사주 중 시간과 달은 정확하지 않나? 그것만을 가지고도 상당히 많은 것을 알 수 있어!"

"그렇군요! 예를 들면 어떤 것을 정확히 알 수 있나요?"

"하하, 자넨 참 집요하군. 내게 강의료를 지불해야겠는데. 복채를 다시 내놓게!"

학선생은 농담인지 진담인지 알 수는 없지만 복채를 도로 내놓으라고 했다. 영민이는 어떻게 할까 하고 망설였는데, 학선생의 표정이 심각하고 기다리는 것으로 봐서 진담일 것이라고 판단했다.

영민이는 복채를 두 배로 해서 상 위에 올려놓았다. 학선생은 돈을 얼핏 가늠해 보고는 웃으며 말하기 시작했다.

"예를 들어 보지, 오시午時가 되면 태양이 머리 위에 있어. 이럴 때 사람은 태양의 인력과 땅의 인력의 중간에 있게 되는 거야. 즉, 인력이 서로 상쇄된 저인력低引力 상태에 있게 되지. 이때는 몸이 가벼워지고, 신경 활동이 활발하겠지.

자시子時와 비교해 보자고. 자시는 태양이 지구 아래에 가 있으니 태양 인력과 지구 인력이 중첩되어 있어. 따라서 사람은 인력이 높은 상태에 있게 되지. 이때는 몸이 무겁고 신경이 쉬는 거야. 그리고 강한 인력 상태에 적응하기 위해서는 뼈와 근육 등이 강화되어야겠지. 이렇기 때문에 오시午時에 태어난 사람은 대체로 신경질적이고, 두뇌가 좋다든가 근면하다든가 정력이 약하다든가 활발하지만 들떠 있는 경우가 많아. 그렇지만 자시子時에 태어난 사람은 정력이 좋고 뼈와 근육이 강하며, 행동은 느리지만 침착하고 혹은 게으르지……. 남자는 잘생기고 여자는 못생기고 대체로 이렇게 되는 거야.

시간으로만 봐도 사람을 일단 12가지 종류로 볼 수 있지 않은가? 크게 넷으로 나눈다 하더라도 새벽형·대낮형·저녁형·심야형 등으로 구분되지 않나? 그리고 새벽형은 새벽 같은 성질, 대낮형은 대낮 같은 성질…… 대충 이런 것이지만, 이런 정도만 가지고도 인간성을 상당히 많이 알 수 있어! 대체로 운명은 인간성에 많이 좌우되지!"

학선생은 자유 자재한 언변으로 단숨에 많은 것을 설명해 나갔다. 영민이가 생각하기에도 학선생 말대로 시간 하나만 가지고도 인간성을 많이 알 수 있다고 하는 것이 상당히 근거가 있다고 느껴졌다.

"선생님! 그러면 달을 가지고는 또 무엇을 알 수 있나요?"

"잠깐, 지금부터는 선생님이라고 하지 말게. 나는 이제 겨우 서른한 살이야. 그냥 형이라고 하게. 그리고 달의 뜻? 자네도 어지간하군! 이 직업을 가지려 하나? 아무튼 운명 판단은 학술 논리를 떠나서 경험과 임상도 큰 몫을 차지하는 거야. 이유를 너무 심하게 따지지 말고 평소 인간을 판별하는 습관을 길러 두게.

그리고 달? 좋아, 이것은 분명하지 않은가? 여름에 덥고, 겨울엔 추운 것, 여름은 오午야, 대낮하고 의미가 비슷해. 단지 시간하고 비교해서 단위가 좀 큰 것뿐이지. 운명에 적용하면 학업이나 결혼·친구·형제 등에 해당되지. 대체로 오午월에 태어난 사람은 두뇌가 빠르기 때문에 깊지 못한 흠이 있고, 사람을 사귀는 데 있어서도 까다롭기 때문에 친구가 적고 여자와도 많이 싸우지. 그 대신 맺고 끊는 것이 분명해.

자子월은 시간으로 말하면 한밤중이지. 이런 사람은 성질이 느긋하고, 대인 관계가 원만해. 단지 깊은 사랑은 못 하지. 의리는 있는 편이고……. 자자, 우리 그만할까? 운명 사주는 한이 없어. 무엇인가 큰 깨달음이 있어야 해. 간지술干支術 가지고는 안 돼!"

학선생은 고개를 젓고는 영민이를 빤히 바라봤다.

"저, 선생님, 한 가지만 더 물어 볼게요."

영민이는 미안한 자세를 취하면서 급히 한 마디를 덧붙였다.

"허, 선생님이라고 부르지 말라니까. 물어 볼 게 뭔데?"

"네, 저 인간이 태어날 때 천체, 즉 별자리 변화 상태가 몸과 마음 속에 그대로 각인刻印된다는 뜻인가요?"

"음? 그래 그렇지. 말하자면 태어날 당시 혹은 태胎중에 있는 동안, 천체의 영향을 받아서 만들어지기 때문에 운명도 그 비슷하다는 것이겠지. 그런데 실은 몸보다는 태어날 때의 천체 조건이 영혼이란 것에 각인되는 것일 거야."

"네? 영혼요?"

영민이는 가볍게 놀랐다. 사주란 천체의 상태로서 태어날 때의 환경 조건인데, 이것이 영혼에 영향을 미친다면 분명 운명과 결부되는 힘이 클 것이다.

아무래도 몸보다는 신경이 예민하고, 신경보다는 영혼이 더 예민할 것이 아니겠는가? 그런데 영혼은 무엇일까?

영민이는 사주와 운명의 관계에 영혼이 개재介在됨으로써 더욱 밀접해질 것이라고 느꼈다. 오늘 영민이는 한 가지 문제를 얻었다. 즉, 영혼이란 무엇일까? 그리고 날짜의 간지干支는 근거가 없거나 약하거나 아무튼 뜻이 분명하지 않다는 것이다.

영민이가 또다시 물어 보려는데 학선생은 이미 일어나 있었다.

"자네, 술 마실 줄 아나?"

"네? 술요? 좋아하기는 하지만……."

"그래, 잘됐군. 오늘 영업은 끝났어. 내가 한잔 사지. 자, 따라나와."

학선생은 영민이가 사양할 사이도 없이 벌써 문을 열고 나섰다. 영민이도 웃으며 따라 나섰다.

영민이가 도박과 바둑 다음으로 좋아하는 것이 있다면 그것은 바로 술이었다. 두 사람이 문 밖에 나오니 골목은 한적했고, 즐비한 간판들은 여전히 장난스러웠다.

학선생은 큰길로 나가지 않고 골목 안으로 더 들어가서 샛길로 언덕을 내려갔다. 시간은 아직 대낮인데 이 동네는 온통 조용하고, 나다니는 사람도 없었다.

샛길에도 점쟁이 간판이 자주 보이고 있어서 이 동네 전체를 사주 마을이라고 이름 붙여도 좋을 것 같았다.

학선생은 좌우도 살피지 않고 아랫동네까지 곧장 내려가서 어느 허름한 집으로 찾아 들었다.

문에는 간단히 주酒라는 간판이 종이로 써붙여져 있었다. 아마 학선생의 단골집인 듯 주모가 인사를 했다.

"오늘은 일찍 나오셨군요!"

"네, 그리 됐습니다. 술이나 한 되 주세요. 자자, 여기 앉아."

학선생은 주모에게 술을 시키고는 영민이에게 자리를 권했다.

영민이는 학선생의 시원시원한 성품에 묘한 감명을 받고는 기분이 좋아졌다. 영민이는 지금 어느 깊은 산 속에서 기인奇人을 만난 듯한 기분이었다.

그리고 이곳이 비록 작은 집들이 다닥다닥 붙어 있고 골목도 여기저기 많기도 했지만, 조용하기는 산 속에 버금가는 것 같았다. 어쩌면 산 속의 숲을 닮아 있는지도 모르겠다.

잠시 후 주모가 술을 내왔는데 다 찌그러진 주전자에 두부 한 모, 그리고 김치 한 그릇이었다. 상당히 소박한 느낌을 주었다. 좌석은 두 사람이 앉은 곳말고도 두 개가 더 있었는데, 손님은 없었다. 술집 분위기는 깊은 산중처럼 고요하고 한가하기만 했다.

학선생이 먼저 영민이에게 술을 따랐다.

"자자, 한잔 하지."

영민이도 급히 학선생에게 따라 주고는 주전자를 받아 놓았다.

"마실까?"

"네, 그러지요."

영민이와 학선생은 막걸리 한 사발을 들이켜고 다시 잔을 서로 채워 놓았다.

"자네, 이름이 뭔가?"

학선생은 술을 한잔 마시고는 한가한 말투로 물었다.

"아, 네, 제 이름은 전영민입니다."

"그래? 이름이 좋군. 내가 볼 때 자넨 보통 사람이 아닌 것 같아."

"하하, 아니에요. 전 아주 못난 사람입니다."

영민이는 웃으며 겸손을 표했지만 학선생은 영민이의 음성에서 심상치 않음을 느끼고 있었다.

"자, 아무래도 좋아. 나는 이재학이란 사람인데 앞으로는 형이라고 부르게."

"네? 그래도 되겠어요?"

영민이는 학선생의 성품이 좋고, 오늘 만남도 특이한 인연이란 생각이 들어서 스스럼없이 대하기로 마음먹었다.

"허허, 되겠어요라니? 선생은 오히려 자네일 거야. 우리 그런 것 따지지 말게나."

"좋습니다, 형님. 한잔 드시지요."

두 사람은 서로 술잔을 향하고 또 한 잔 시원하게 들어 마셨다.

"형님, 그런데 형님 이름의 '학'자字가 '학 학鶴'자인가요?"

영민이는 학선생의 학자가 재학 이름의 학자와 같은 한문인가를 물었다.

"아니, 내 이름의 학자는 배울 학學인데, 발음이 같아서 학 학鶴으로 변형해서 부르는 거야. 특별한 뜻은 없어! 그건 그렇고 영민이는 이 공부 얼마나 했어?"

"공부는 무슨 공부예요. 며칠 전 책 몇 권 봤을 뿐이에요!"

"그래? 책을 몇 권씩이나 봤다고? 나보다 낫겠는데, 하하."

학선생은 일부러 놀라는 표정을 지었는데, 천진하고 재미있는 사람이었다.

"네? 하하, 형님은…… 공연히 저를 추어올리지 마세요."

영민이도 학선생의 말투가 재미있어서 마음을 툭 터놓고 웃었다. 두 사람은 시간이 갈수록 의기가 투합했고, 술도 몇 주전자나 더 시켰다.

"자, 받으세요. 어, 이런!"

영민이가 실수를 해서 학선생의 옷에 술을 따른 것이다.

"허허, 새옷을 버려 놓다니! 그러나 좋아, 징조가 좋다고! 잔치할 일이 생기겠군."

"죄송합니다. 그런데 좋은 징조라니오? 정말이세요?"

영민이는 학선생의 옷을 적셔 놓아 미안했지만 학선생이 의미 깊게 한 말을 놓치지 않았다.

"허허, 그럼 풍천소축風天小畜 ䷈ 아닌가? 틀림없이 돈 쓸 일이 생기겠어, 아마 잔치가 되겠지!"

"네? 풍천소축요. 그건 주역의 괘상卦象 아니에요?"

"그렇지! 자네도 주역 공부를 했나?"

"아니오. 그냥 한 번 봤어요."

"그래? 그럼 나하고 비슷하겠군, 하하."

학선생은 제법 공부를 많이 했나 보다. 영민이는 새삼 감명을 받고는 다시 물었다.

"저, 형님. 풍천소축이라니오? 그것이 술 쏟은 것하고 무슨 관계예요?"

"음? 그걸 몰라? 술은 천天∶☰이야. 흘린 것은 바람風∶☴이지. 모든 사물은 팔괘八卦로 분류되는 거야. 이것으로 세상에 일어나는 모든 사건의 뜻을 아는 거지. 풍천소축은 잔치야. 그리고 소비란 뜻도 있지. 특히 기분 좋아서 쓰는 돈을 풍천소축이라 하지. 좋은 징조야, 하하."

"네? 그런 뜻이 있었군요. 그럼 말이에요……."

영민이는 학선생이 뜻밖에 꺼낸 팔괘의 분류와 그것을 사용한 64괘, 그리고 징조 등에 대해 심한 충격을 받았다.

'모든 것이 팔괘로 분류된다? 사람도? 운명도? 사건도? 허, 대단하구나!'

영민이는 학선생의 말 한 마디에 크게 동요받고, 팔괘의 깊은 뜻이 마음 속에서 소용돌이치는 것을 느꼈다.

"형님, 사람의 운명도 팔괘나 64괘로 표현할 수 있나요?"

"그럼, 당연하지!"

"그래요? 어떻게 분류하지요?"

영민이는 또다시 물고늘어졌다.

"허허, 나도 잘 몰라! 단지 그런 방법이 있을 거라고 생각할 뿐이지. 자자, 그만하지. 공연히 술맛만 달아나잖아. 그만!"

학선생은 정말로 잘 몰라서인지, 적당한 자리가 아니라서 그런지, 극구 논의를 사절했다. 영민이도 더 이상 매달릴 수 없다고 생각하고 술이나 더 들기로 했다.

"형님, 오늘 여러 모로 고맙습니다. 드시지요."

“그래, 술이나 들자고. 어려운 얘기는 말고.”

두 사람의 자리는 이렇게 어우러져 해가 진 후에야 끝이 났다.

두 사람은 서로 어깨를 기대며 술집을 나섰다.

“형님, 어디로 가세요?”

영민이는 다정히 학선생의 방향을 물었다. 이제 헤어질 때가 된 것이다.

“나? 하하, 난 다시 올라가야지. 아까 거기가 내 집이야. 내게는 집이 절이고, 절이 집이지. 영민이 너는?”

학선생은 따로 집이 없는가 보았다. 그 좁은 점치는 방에서 사는 것이겠지! 그렇게 사는 데는 나름대로 사연이 있을 것이다.

영민이는 더 이상 묻지 않았다.

“네, 저는 하숙집으로 가요!”

“그래? 그럼 잘 가라! 아무 때나 놀러 오라고.”

학선생은 비틀거리며 언덕길을 올라갔다. 영민이는 그의 뒷모습을 한참 동안이나 바라봤다.

‘좋은 사람이구나. 주역 공부도 상당히 많이 한 것 같아!’

영민이는 이런 생각을 하면서 돌아섰다. 영민이의 걸음걸이는 술 먹은 티가 나지 않았고, 얼굴에도 술 먹은 표가 나지 않았다. 이는 영민이가 워낙 술이 세고 정신이 맑아서이겠지만 오늘은 정말 기분이 좋았다.

영민이는 어디 가서 술을 좀더 마셔야겠다고 마음먹고는 어디론가 급히 사라졌다.

지리산으로

민여사 일행은 논길을 지나 큰길로 나왔다. 길에는 일체 사람의 모습이 보이지 않았고, 지나가는 버스도 없었다. 지리산으로 가기 위해서는 이곳까지 오던 길을 되짚어 순천까지 가서 다시 남원으로 통하는 길로 올라가야 한다.

버스가 다니는 길로 곧장 가면 지름길도 있는 모양이나, 아는 길로 가려면 차를 돌려야 된다. 조금 돌더라도 아는 길로 가는 것이 확실한 것이다.

운전은 최여사가 하기로 하고 민여사와 나무꾼은 뒷좌석에 올랐다. 최여사는 능숙한 솜씨로 차를 돌려 방향을 잡았다. 이제 순천까지는 아는 길을 가는 것이니 쉬지 않고 달릴 수 있었다. 순천에 가서는 남원 가는 길을 물어 보면 될 것이다.

날씨는 화창했고 바람도 불지 않았다. 겨울이라 밖에 나와 있는 사람도 없는 가운데, 고급 승용차 한 대만이 마을을 조용히 빠져 나갔다.

이 직후 어느 집에선가 사람이 나왔다. 그는 멀리 민여사의 차가 사라져 가는 것을 보더니 급히 논길로 들어섰는데, 도사의 집으로 가는 사람인 것 같았다.

그런데 그 사람은 일부러 나무꾼이 사라지기를 기다려 도사 집으로 가고 있는 것이었다. 그의 옷차림은 깨끗했지만, 얼굴에서 풍기는 인상은 어딘가 모르게 불량스러웠다.

나이는 20대 후반 정도, 걸음걸이는 당당했고 몸도 상당히 날렵해 보였다. 지금 도사의 집에는 나무꾼 부인만 혼자 있었다. 이 젊은 사람은 무슨 일로 나무꾼을 피해 도사 집을 찾아가는 것일까?

그는 빠른 걸음으로 도사의 집에 당도해서는 거침없이 안으로 들어섰다.

"실례합니다."

이 젊은이는 목소리가 상당히 컸다. 나무꾼 부인은 방 안에 있다가 놀라서 급히 나왔다.

"어떻게 오셨는데요?"

"네, 도사님은 뵈러 왔는데요."

"아, 네, 그분은 지금 안 계십니다. 돌아가셨어요!"

"네. 저런!"

청년은 짐짓 놀라는 척하더니 말을 이었다.

"저, 그럼 그분을 모시고 있던 분은 안 계신지요?"

"무슨 일이신데요?"

"아니, 뭐 물어 볼 것이 좀 있어서……."

"그러세요? 그분도 지금 없는데…… 방금 나가셨어요!"

"그런가요? 기다리지요. 먼델 가셨나요?"

"오늘은 안 돼요! 지리산엘 가셨어요. 2~3일은 걸릴 거예요."

나무꾼 부인은 청년이 기다린다고 하니까 급히 말렸다.

"네? 2~3일이 지나서 오신다고요? 알겠습니다, 다음에 다시 와야겠군요."

청년은 별로 실망하는 기색도 없이 선선히 물러나왔다. 나무꾼 부인이 집 밖에까지 전송했다.

"어디서 오신 분이라고 전할까요?"

"아니, 그럴 필요 없습니다. 그냥 점보러 온 사람입니다."

청년은 급히 논길을 걸어 나갔다. 잠시 후 청년은 마을 우체국을 찾아 어디론가 전화를 걸었다.

"아, 여보세요! 형님이세요? 네, 지리산으로 떠났어요. 따라가지 못했어요. 자가용 차로 가던데요. 네, 서울에서 온 고급 승용차입니다. 네. 차량 번호요? 네, 서울 1루 8136입니다. 네, 저는 버스로 가지요. 그쪽에서 잘해야 될 텐데요! 글쎄요, 몇 시간 걸리겠지요! 네……."

찰칵—.

보아하니 이 청년은 나무꾼의 뒤를 밟으려다 나무꾼이 느닷없이 민여사의 승용차로 떠나는 바람에 놓친 것 같았다. 청년은 아마도 나무꾼이 지리산으로 갈 것을 미리 알고 기다린 듯 보였다. 지리산 쪽에도 사람이 있는가 본데, 청년은 지금 그쪽으로 떠났다는 보고를 한 것이다.

이들은 누구이며 무엇 때문에 나무꾼의 행적을 추적하려는 것일까?

나무꾼은 자기 집에서 이런 일이 있는지도 모르고 편안히 차에 앉아서 여행을 하고 있었다. 그는 평생 처음 타보는 승용차이기 때문에 약간은 긴장하며 창 밖을 내다보고 있었다.

차는 거침없이 달리고 있었다. 차창 밖으로 전개되는 겨울의 농촌 풍경이 지금 나무꾼에게는 신기한 느낌마저 주었다.

'자가용 차란 참으로 편리하구나. 차의 가격이 엄청나겠지! 경치도 대단히 좋고…….'

나무꾼은 속으로 이런 생각을 하면서 처음 승용차를 타는 어색함을 달래고 있었다.

차는 어느덧 순천 영역에 도착, 최여사는 차를 잠깐 세우고 남원으로 가는 길을 물었다.

지리산은 순천과 남원의 중간쯤인 구례에서 갈라져 들어간다. 이제 구례를 향해 열심히 가기만 하면 되었다. 차가 정상 궤도에 들어서서 속도를 회복하자, 나무꾼이 먼저 말을 꺼냈다.

"저 지금 말을 해도 되나요?"

"네? 아, 네, 무슨 말씀이신데요?"

민여사는 친절하게 대꾸했다.

"아까 하려던 얘기를 해 주세요. 일우 선생이나 장백삼호 말이에요!"

"그래요. 얘기해 드릴게요. 저, 아저씨는 책 얘기 들어 봤어요."

민여사는 책 얘기를 서두에 꺼냈다.

"책요? 무슨 책인데요?"

"책 제목이 좀 길어요!《단군도역정수태극진경》이라고 하지요."

"못 들어 봤는데요. 그게 어떤 책인데요?"

나무꾼이 옆으로 돌아보며 물었다.

"그 책은 장백삼호가 쓴 책이지요. 바로 일운·일우·일천 선생 말이에요."

민여사는 책 얘기로 시작하여 자신이 알고 있는, 혹은 생각한 것을 상세히 설명해 나갔다. 대부분 김선생으로부터 들은 것이지만 얘기를 처음 듣는 나무꾼은 깊게 빠져 들었다.

나무꾼은 자기의 스승인 일운 선생이 장백삼호 중의 한 분이라는 것과, 장백삼호가 7,000여 년 전부터 출현해 왔다는 것에 크게 놀라는 한편 묘한 감명을 받았다.

'틀림없구나! 금을 어디에 모아 두시는 것일까? 생生과 죽음이 자유

자재하구나. 그렇다면 지금도 이 세상 어딘가에 계시는 것이 아닐까?'

나무꾼은 민여사의 얘기에서 수많은 관점을 끌어내서 음미하고 있었다. 민여사의 얘기는 한참 동안 계속되었다.

천서天書가 두 권이란 것, 장백삼호의 스승이 소곡천인疏谷天人이란 것, 장백삼호는 최근 500여 년 전에도 출현했다는 것 등을 얘기하고, 마지막에 출현한 조성리 도사, 즉 일운 선생이 김실장에게 각별한 관심을 가지고 있다는 것까지 얘기하고 있었다.

"김실장요? 그분…… 확실히 그분한테는 관심을 많이 두시고 있군요. 저의 공책에도 그분에게 남겨 놓은 지시가 있지만. 아참! 그런데 말이에요."

나무꾼은 민여사의 말에 대꾸를 하다가 갑자기 무엇인가 생각난 듯 민여사의 말을 막았다.

"……?"

"저 말이에요. 일운 선생은 김실장말고도 크게 관심을 써준 사람이 또 있어요. 어떤 할머니의 아들인데, 선생님은 그 사람을 아주 중요한 사람이라고 하시면서 사주를 풀어 주셨어요!"

"그런가요? 그 사람 이름이 뭐라고 하시던가요?"

"글쎄요. 이름은 모르고 서울에서 대학을 다니는 학생이라고 하시던데요."

민여사는 나무꾼이 얘기한 이 부분에 대해서는 별 흥미를 갖지 않고 간과해 버렸다. 민여사의 얘기는 다시 이어졌다.

"이 세상 어딘가에 일우 선생이 계시다는 것은 틀림없어요. 어쩌면 일운 선생께서도 다시 나타나실지 모르고."

"네? 일운 선생이 다시 나타나신다고요?"

나무꾼은 일운 선생이 다시 나타날지도 모른다는 민여사의 말에 크게 관심을 나타냈다.

"아니, 뭐 추측일 뿐이에요. 원래 장백삼호는 세상에 자주 나타났어요. 그분들이 세상에 그토록 긴 세월을 두고 나타나는 것은 분명 이유가 있을 거예요. 중대한 일이 있겠지요. 그 일이 끝났다고 볼 수만은 없겠지요……. 그건 그렇고, 중요한 얘기가 있어요!"

민여사는 잠시 간격을 두었다. 나무꾼이 듣기에 민여사의 얘기는 어느 것 하나도 빼놓을 수 없는 중요하고 신비스러운 것이었다. 나무꾼은 민여사의 얘기에서 일우 선생이나 좌도라는 사람에 대해 어떤 단서를 잡기 위해 온 정신을 집중해서 듣고 있었다. 그런데 중요한 얘기가 있다니?

나무꾼은 긴장을 하면서 민여사의 말이 나오기를 기다렸다.

"이건 최근의 일이에요. 그리고 전설 얘기가 아니라 현실적인 얘기에요. 상당히 중요한 뜻이 있는 것 같아요."

민여사의 서두는 약간 길었다.

"어쩌면 일천 선생에 대해 중요한 것을 알 수 있을지도 몰라요. 아 참!"

민여사는 말하다 말고 갑자기 무엇이 생각난 듯했다.

"저, 아저씨! 일운 선생의 유언 중에 사시던 그 집을 팔라고 한 유언은 없었나요?"

"네? 아니, 어떻게 그걸 아셨나요? 거참!"

나무꾼은 깜짝 놀라서 민여사 쪽으로 몸을 돌려 한참 동안이나 빤히 쳐다봤다. 그러나 놀라기는 민여사 쪽도 마찬가지였다. 운전을 하고 있던 최여사도 놀란 것 같았다. 차의 속도를 갑자기 낮추며 말했던 것이다.

"아니, 자기 어떻게 그런 걸 다 알아? 언제 그렇게 연구를 많이 했어?"

"아, 네…… 뭐, 그냥 조금 생각해 본 거예요. 하하."

민여사는 기분이 좋아져서 즐겁게 대꾸하고는 다시 자기 생각을 음미했다.

민여사는 대금산의 전설, 즉 일천 선생이 자기가 살던 집을 남에게 팔려고 한다는 것에서, 혹시 다른 장백삼호 중의 한 사람인 일운 선생도 그런 유언을 남기지 않았을까 하고 막연히 생각해 보았던 것이다.

그런데 그것이 적중하다니!

장백삼호들은 묘하게 같은 습관이 있는 것 같았다. 대금산에 가서 그 집 주인에게 물어 보면 필경 일천 선생도 금을 좋아해서 모아 놓았다는 애기를 들을 수 있을 것이다.

이 점에 있어서는 특히 확인해 보리라 민여사는 마음먹었다. 필시 금에 얽힌 무슨 이야기를 들을 수 있으리라.

물론 금 애기가 중요한 건 아니다. 단지 그런 애기가 나오면 그분들이 장백삼호라는 것이 더욱 분명해지기 때문이다.

장백삼호에 관한 것은 한 분에 대해 안 것을 다른 분에게 적용할 수가 있어서 연구하기가 쉽다.

집을 누구에게 주라는 것도 비슷한 것인가? 그렇다면 일운 선생도 집을 남에게 팔라고 하면서 책까지 남겨 놓은 것은 아닐까? 민여사는 대담하게 추리를 확대시켜 보았다.

"그리고 아저씨, 일운 선생님은 책도 누구에게 주라고 남기시지 않았는지요?"

"네? 저, 집은 말이에요, 남에게 팔라고 한 것이 아니라 주라고 했어요. 정확히 말하면 집이 아니라 방이지요! 책도 마찬가지로 그 방과 함께 주라고 했지요!"

"아, 네, 그렇군요! 결국 비슷하군요!"

민여사는 자신의 추리가 약간은 빗나갔지만 뜻에 있어서는 비슷한 것을 알았다. 집을 남에게 팔라고 한 것이나 방을 남에게 주라고 한 것은 많이 닮아 있었다. 어쨌든 자신이 살던 곳을 남에게 넘기라는 것이 아닌가?

도대체 자신들이 살던 집을 왜 남에게 넘기라고 하는 것일까?

일천 선생의 경우는 상당 기간을 지나서 남에게 팔라고 했는데, 일운 선생의 경우는 어떠할까?

책에 관한 것은 두 분이 똑같았다. 아마도 집보다는 책이 더 중요한 것 같았다. 집은 혹시 터가 좋아서 책을 공부하기에 적합해서일지 모른다. 민여사는 짧은 순간에 많은 것을 생각해 냈다.

"집을, 아니 방을 누구에게 주라고 했나요?"

"글쎄요. 그게, 저…… 말하기가 좀……."

나무꾼은 대답을 망설였다. 그 이유는 스승의 유언을 남에게 말하고 싶지 않아서일 것이리라. 민여사도 이것을 눈치챘다. 그러나 민여사는 나무꾼으로부터 대답을 받아낼 자신이 있었다.

"말하기 곤란한가 보군요. 혹시 누구의 아들하고 관련이 있나요?"

민여사는 또다시 흥미 있는 추리를 전개한 것이다. 민여사가 아들 운운한 것은 대금산의 일천 선생의 경우를 적용시켜 본 것이었다. 일천 선생은 제자의 아들에게 집을 팔도록 했었다.

물론 처음부터 제자의 아들을 지목한 것은 아니었지만, 세월을 길게 잡으면 천상 제자가 일을 처리 못 하고 제자의 아들이 일을 처리할 수밖에 없었다. 일운 선생의 경우는 나무꾼의 아들이 집을 처리하게 될지도 모를 일이다.

민여사는 이렇게 대담하게 추리를 전개했지만 이번만은 추리가 틀렸다. 단지 누군가의 아들 얘기가 나온 것만은 틀림없었나 보다. 아들이라는 얘기가 나오자 나무꾼이 심하게 놀라고 말았던 것이다.

"아니! 어떻게 그렇게 자세히 알고 있나요? 일운 선생께서는 어떤 사람의 아들에게 그 방을 주라고 했지요! 허, 서울 분은 정말 대단하군요."

나무꾼은 자기도 모르게 여기까지 말했지만, 민여사는 자기가 아들이란 단어를 얘기한 것이 적중하여 나무꾼이 놀란 것에 대해 흐뭇해했다.

사실 민여사 자신은 '누구의 아들에게 방을 주라고 했나요?' 하고 물은 것은 아니었다.

민여사는 '누구의 아들이 그 방을 처리할 것이 아니냐?' 하고 물었던 것이다.

아무튼 민여사의 이 말에 나무꾼은 마음의 장벽이 완전히 무너져 버렸다. 민여사도 이것을 알고 다음 질문을 자신 있게 할 수 있었다. 대답을 안 하고는 못 배길 것이었다.

"아저씨, 제가 묻는 말에 대답해 주세요. 말하고 싶지 않은 것은 알지만, 저도 일운 선생에 대해 자세히 알아야 일우 선생을 찾는 일에 협조할 것 아니에요?"

"아, 네 죄송합니다. 무엇이든 물어 보세요."

나무꾼은 당황해하며 변명했다. 이로써 나무꾼은 민여사가 묻는 모든 말에 대답할 준비가 된 것이다. 민여사는 미소를 지으며 상냥하게 물었다.

"고마워요. 저, 누구의 아들에게 방을 주라고 했나요?"

"당신의 일행이지요. 서울의 그 남자분!"

"네? 전번에 우리와 함께 왔던 김실장 말인가요?"

"네. 그분의 아들에게 방과 책을 주라고 일운 선생께서 유언하셨습니다."

"어머! 그분의 아들한테요?"

민여사는 상당히 놀랐다. 그런데 그때 앞에서 운전을 하던 최여사가 끼어들었다.

"일운 선생이 그런 유언을 하셨다고요? 그거 이상하네요? 김실장은 아들이 없는데요!"

최여사는 김실장 집안을 잘 알고 있기 때문에 그 집안에 아들이 없다는 것을 알고 있었다.

"어머! 그래요?"

민여사는 최여사의 말에 당황하면서 옆으로 나무꾼을 쳐다봤다.

어쩌면 좋은가? 도사가 실수를 한 것이 아닌가!

그러나 나무꾼은 태평하게 답변했다.

"물론, 지금은 아들이 없겠지요. 그러나 곧 아들이 생길 겁니다. 그때 주라고 한 것이지요!"

'그러면 그렇지!'

민여사는 이렇게 생각하면서 안도감을 가졌다. 도사의 예언은 틀림없을 것이다. 앞으로 김실장은 아들을 갖게 될 것이다. 나무꾼의 이 말에 최여사가 먼저 반응했다.

"그래요? 그거 잘됐네요. 그 집안에 아들이 생긴다니! 가서 알려 줘야겠네요. 하하."

"네? 안 됩니다! 선생님의 말씀은 제가 직접 전달해야 됩니다. 아시겠어요? 그렇지 않으면 지금부터 저는 아무 말도 안할 거예요!"

"아, 네. 알았어요. 염려 마세요. 전하지 말라고 하면 전하지 않을게요."

"그래요, 언니! 여기서 들은 얘기는 어디 가서 하면 안 돼요."

민여사도 급히 덧붙였다. 민여사로서는 한참 잘 풀려가는 판에 일에 지장이 있을까 봐 요령껏 얘기한 것이었다. 나무꾼은 워낙 순진한 사람이라서 최여사의 말을 쉽게 믿었다.

"네, 꼭 그렇게 해 주세요!"

나무꾼은 부드럽게 말하고 다시 민여사를 바라봤다. 민여사는 다시 얘기를 시작했다.

"저, 《소곡심서疏谷心書》라고 들어 보셨나요?"

"못 들어 봤는데요."

"못 들어 봤군요. 《옥허서玉虛書》라고도 하는데……."

"네? 《옥허서》요? 글쎄요, 아, 네, 들어 봤어요. 언젠가 일운 선생께서 좌명 사형에게 말하는 것을 들었어요. 그리고 좌명 사형은 종종 그 책을 얘기한 것 같아요!"

"그래요? 그 책을 봤나요?"

"아니오! 책은 없었어요. 단지 그 책의 내용을 조금 알고 있을 뿐이지요. 좌명 사형은 그 책을 통째로 보고 싶어했는데, 일운 선생께서는 그 책이 없다고 했어요."

"좋아요, 그럼, 그 책에 대해 얘기하지요. 아니, 그 책은 좌명 선생이란 분에게 직접 얘기해야겠네요!"

"네? 그분을 만나시게요?"

"하하, 그럼요. 이왕 지리산에 가는 길이니 가서 그분을 만나 봐야지요. 그분한테 물어 볼 말도 있고요."

민여사는 웃으며 나무꾼은 바라봤는데 나무꾼은 난처한 표정을 지었다.

"글쎄요? 그분한테 미리 허락을 받는 게 좋은데……."

"그러세요. 가서 근처에서 기다리지요. 저는 《소곡심서》가 있는 곳을 알아요. 어쩌면 제가 구할 수도 있어요. 그리고 일천 선생에 대해서도 저는 아는 것이 있어요. 이분들이 모두 장백삼호니까 좌명 선생도 저와 서로 아는 것을 교환하는 게 좋을 거예요. 혹시 알아요, 일우 선생을 찾을 수 있을지?"

민여사의 말은 거침이 없었다. 민여사는 이미 이들의 약점(?)을 알고 있었다. 이들, 즉 나무꾼과 좌명·좌청 등은 일우 선생을 결사적으로 찾으려 하는 것이다.

그렇기 때문에 이들에게는 민여사의 힘이 절대적으로 필요하다. 혹시 대금산에 가면 일우 선생을 찾을 단서가 있을지도 모른다. 대금산의 집 주인이 무엇인가 알고 있을 수도 있고, 책을 통해서 무엇인가 단서를 잡을 수도 있다.

더구나 좌명인가 하는 사람은 도道가 높고 생각이 깊은 사람인가 본데, 지금까지의 내용만 기지고도 무엇인가 유용한 것을 찾아낼지도 모른다. 민여사는 이렇게 생각하면서 나무꾼을 쳐다봤다. 나무꾼은 완전히 감동하는 자세로 고개를 끄덕였다.

'서울 분과 좌명 사형이 만나서 얘기하면 더 많은 것을 알 수 있을 것이다.'

나무꾼은 속으로 이렇게 생각하면서 마음을 편히 가졌다.

"좋습니다. 그런데 지리산에 오를 수 있을까요?"

나무꾼은 이제 산에 오르는 것이 걱정되는 것 같았다. 아무래도 여인의 몸으로 그 높은 산에 오르는 것은 무리라고 생각했던 것이다. 그러나 서울 여인의 대답은 자신 있어 보였다.

"그 점은 염려 마세요. 그런데 언니는 어떡할래요?"

민여사는 자신의 방침은 정해졌지만 최여사가 어쩔까 해서 물어 본 것이다. 최여사가 대답했다.

"뭘 어떻게 해? 우린 한편인데…… 하하. 나도 산에 오르는 것 자신 있어. 게다가 도인을 만나러 가는 데 내가 빠질 수 있어?"

"네? 그렇군요, 하하."

아무튼 대단한 여인들이었다. 원래 민여사는 산을 좋아하고 산을 잘 오르는 편이지만, 최여사도 그 점에 있어서는 민여사에게 지고 싶은 마음이 없는 것이다.

이렇게 해서 서울에서 온 두 여인은 지리산행을 결의하게 되었다. 나무꾼도 속으로 일이 잘되어 간다고 생각했다. 단지 여인들이 자신한 만큼 산에 오를지가 걱정될 뿐이었다.

차는 잠시 후 구례에 도착했다. 최여사는 '지리산'이라고 씌어 있는 푯말을 보면서 차를 오른쪽으로 틀었다. 이제 조금만 더 가면 지리산이었다.

드디어 차는 지리산으로 향하는 직선도로에 들어섰고 속도도 높아졌다. 시간은 오후 2시가 가까워지고 있었다.

·
·
·

회합

김실장은 지난 밤부터 몸과 마음을 단정히 하고 여행 준비를 했거니와 상서로운 꿈도 꾸어서 기분이 몹시 상쾌했다. 김실장은 부인에게 즐겁게 꿈 얘기를 했는데, 그 내용은 조성리 도사가 웃으며 머리를 쓰다듬더라는 것이었다.

"어머, 그런 일이…… 그 도사님이 당신을 오라고 하는 것 같군요!"

김실장 부인은 남편과 가족의 은인인 도사가 꿈에 나타난 것에 대해 크게 감동했다. 김실장은 속으로 이번 방문에서는 도사가 친절히 맞이해 줄 것으로 믿었다.

인생이란 참으로 가엾은 존재이다. 도사가 세상을 떠난 지 이미 여러 날이 지났건만, 어리석은 인간은 그 일을 까맣게 모르고 있다. 어떤 육감조차 없단 말인가?

꿈에 도사가 나타나 머리를 쓰다듬은 것은 김실장 자신이 항상 도사를 생각하고 지내기 때문에 그런 잔영이 남은 것인지, 혹은 신통한 도사가 정말 꿈에 나타나 김실장을 격려했는지는 알 길이 없다.

그렇건만 그토록 사모하던 스승이 죽었다면 무엇인가 불길한 기분을 느꼈다든지, 혹은 무슨 징조를 느낄 수도 있다. 그런데 오히려 꿈에 도사의 밝은 모습을 보다니!

그러나 평범한 인간인 이상 어쩔 수 없는 일이다. 인간은 한 치 앞도 내다볼 수 없는 가엾은 존재이므로 이 점은 뭇 짐승보다도 못한 존재일까?

김실장은 가벼운 마음을 가지고 천천히 집을 나섰다.

'이번 여행은 징조가 좋다. 필경 도사를 만나 예언을 받든지 가르침을 받게 될 것이다.'

김실장은 이렇게 생각하며 조성리 도사를 상상했지만, 김실장이 바라는 것은 예언이 아니라 어떤 가르침을 받는 것이었다.

예언이란 반드시 필요할 때가 있지만 그것이 빈번하면 오히려 사람의 생활이 위축될 염려가 있다. 김실장은 이제 조성리 도사가 필생의 스승인 것이다.

물론 이를 도사에게 허락받은 것은 아닐지라도 스스로 이미 그렇게 정했던 것이다. 현실적으로 만일 도사가 김실장을 제자로 맞아들일 수 없다면 김실장은 결사적으로 매달려서 기필코 허락을 받아내겠다고 작심하고 있었다.

차는 큰길에 들어섰다. 날씨는 김실장의 기분만큼이나 화창했다. 오늘의 날씨는 전국적으로 맑고 따스하다고 했다.

지리산의 아침은 더욱이나 맑아서 그야말로 일망무제一望無際…….

먼 들판이나 계곡의 나무들이 섬세하게 보였고, 청량한 산의 기운은 뼛속까지 시원하게 해 주었다. 민여사는 어제는 그토록 고생을 하면서 산을 올라왔지만, 오늘은 도인을 배견하기 위해 새벽같이 일어나서 단단히 준비를 했다.

지난 밤에도 산장의 주인인 좌명坐冥 도인을 만나 보긴 했지만 길게 대화를 나눌 새가 없었다.

민여사와 최여사는 나무꾼의 안내를 받아 장장 7시간을 행군하여 어렵게 산장에 도착했다. 나무꾼은 어려운 산행인데도 불구하고 쉽사리 산장에 안내한 것이었다.

나무꾼이 애를 먹은 것은 두 여인이 혹시 도중에 쓰러지지나 않을까 근심한 것뿐이었는데, 다행히 두 여인은 조금도 피곤해하지 않고 긴 행정을 무사히 끝마쳤던 것이다.

단지 어두운 밤이어서 걸음의 속도가 좀 늦고 도중에 몇 번인가 휴식을 취했지만, 두 여인은 아주 침착하게 대처했다. 두 여인은 산행 경험이 아주 많고 인내심도 대단했다.

물론 나무꾼 자신만이 알고 있는 비밀한 지름길을 통하여 최선의 안내를 한 것도 크게 힘이 되었을 것이다. 산장에는 밤 10시쯤에 도착했는데, 좌명 도인은 반갑게 맞이해 주었다.

"어허, 이런 밤중에 산엘 오시다니 고생이 많으셨겠소. 오늘은 쉬고 내일 다시 보기로 하지요. 누가 찾아올 징조가 보이더니만…… 허허."

민여사와 최여사는 몸도 피곤하고 해서 그 밤은 좌명 도인을 만나서 인사만 나누고 일찍 잠자리에 들었다. 나무꾼만은 좌명 도인과 긴 대화를 나누며 두 여인이 찾아온 배경에 대해 얘기해 두었다.

어느덧 새벽이 왔다. 산에서의 밤은 금방 지나가지만 산은 피로를 풀어 주는 힘이 있다. 두 여인은 지난 밤은 급히 쓰러져 잠으로 빠져 들었지만 이상하게도 일찍 잠에서 깨어났다.

이것이 이 두 여인의 정신력이기도 하려니와, 지리산의 이 산장이 인간에게 크게 생기生氣를 공급해 주는 신령한 터였던 것이다.

두 여인은 그런 것을 알 턱이 없었지만, 아무튼 그녀들은 새벽부터 밤을 짓고 반찬을 마련하는 등 풍성한 아침상을 차려 놓았다.

원래 이 산장에는 쌀이 있는 날이 거의 없었다. 하지만 이것을 나무꾼으로부터 들은 민여사는 산행에 앞서 이를 준비했던 것이다. 민여사와 최여사는 지리산을 바로 앞두고 지나는 길목에, 쌀과 반찬, 산에서 마시는 차, 그리고 술까지도 준비했었다.

물론 배낭이라든지, 물통·플래시·비상 식량 등 등산에 필요한 장비를 단단히 챙기고 산을 올랐다. 덕분에 짐이 많아져서 나무꾼이 수고를 했지만, 그는 그 많은 짐을 지고서도 쉽게 산을 오르는 것이었다.

"허, 잔치상을 차려 놓았군!"

좌명 도인은 세속인들의 음식상을 흔쾌히 받아들이면서 인자한 미소를 지었다.

좌명 도인은 얼마 만에 쌀밥을 먹어 보는 것일까?

도시에서 온 맹렬한 여인 둘과 산에 사는 도인, 그리고 순박한 나무꾼은 한가족처럼 둘러앉아 아침 식사를 마쳤다. 식사는 좌명 도인이 기거하는 큰방에서 이루어졌는데, 이 방에는 오늘 아침 불까지 지펴 놓아 방이 따뜻했다.

이 방에 불이 지펴진 지는 근 2~3년 이내로는 없었다. 좌명 도인은 한겨울에도 방에 불을 지피는 경우가 없었고, 더구나 이불을 덮고 자는 법도 없었다.

사실 잠이란 그 자체도 자는지 안 자는지 알 길이 없다. 좌명 도인이 누워 있는 것을 누구도 본 적이 없었기 때문이다.

민여사는 아침상을 물리고는 즉시 차를 끓여 내왔다. 좌명 도인은 자신의 취향은 아니지만 묵묵히 두 여인이 하는 것을 보기만 할 뿐이었다. 이윽고 한가하게 앉아서 얘기할 수 있는 시간이 왔다.

네 사람은 방 한가운데 둘러앉았다. 방문은 두 여인이 추울 것을 생각해서 닫아 두었지만 그래도 산의 기운을 느낄 수가 있었다.

"선생님."

민여사가 먼저 서두를 꺼냈다.

"저에 대해서 미리 들은 것이 있으신지요?"

"네, 어젯밤 대충 들었소만, 상당한 것을 알고 계시더군요!"

좌명 도인은 먼저 민여사의 지식에 대한 칭찬을 했다.

"그럼 그 다음부터 얘기하겠어요. 저는 조성리 도사, 즉 일운一雲 선생님에 대해 최근에야 관심을 갖게 되었지만, 우연히 몇 가지 중요한 사실을 알게 되었어요. 제가 알게 된 것은 일천一川 선생에 대한 것인데……."

민여사는 서적 전문가 김선생에게서 들은 대금산大金山 얘기를 시작했다.

"그분이 80여 년 전에 대금산이란 곳에 사셨던 모양입니다."

"허, 대금산이라고 하셨나요?"

좌명 도인은 민여사가 얘기를 시작하자마자 막아 섰다. 대금산에 대해 어떤 느낌이 있는 모양이었다.

"네, 대금산요!"

민여사는 대금산을 강조해서 대답하고는 좌명 도인을 쳐다봤다. 좌명 도인은 무엇인가 생각하는 듯하더니 천천히 고개를 끄덕였다.

"틀림없군요, 나도 대금산을 들은 듯합니다."

"네? 무엇을 들었는데요?"

민여사는 흥분하기 시작했다. 민여사가 얘기를 꺼내자마자 무엇인가 맞아 돌아가는 것이다. 좌명 도인이 조용히 말했다.

"언젠가 스승께서 대금산이라고 말씀하신 적이 있지요. 그때는 얼핏 지나가는 말이어서 귀담아 듣지 않았는데……."

좌명 도인의 얘기는 이러했다. 어느 날 일운 선생과 마주앉아서 금金

을 화제로 얘기한 적이 있었다.

"스승님, 금을 그리 많이 모아서 무엇을 합니까?"

"응? 내 금이 많다고? 아냐, 대금산 친구보다 적어!"

"네? 대금산요? 그곳에 친구분이 계시다고요?"

좌명은 놀라서 물었다. 좌명은 스승의 내력에 대해 무엇이든지 알고 싶었기 때문에 친구라는 말이 나오자 급히 반문한 것이었다. 그러나 일운 선생은 더 이상 말을 하지 않고 얼버무렸다.

"아니 뭐, 지금 이야기는 아니지, 아무튼 금이 많아!"

"대금산이란 곳이 정말 있나요?"

"글쎄, 금이 많이 모이면 대금산이라고 해도 되겠지. 그만하세……."

일운 선생은 이렇게 말했는데, 그 당시 좌명은 금에 대한 농담이려니 생각하고 넘어갔던 것이다. 그런데 긴 세월이 지난 지금 대금산이 현실로 존재할 뿐만 아니라 그곳에 살았던 일천 선생의 얘기를 듣게 되다니!

좌명은 심각한 표정으로 민여사의 얘기를 독려했다.

"얘기를 계속하시지요. 중대한 사실이 드러나는군요."

민여사는 마음 속으로 다시 한 번 확실한 결론을 얻었다.

'대금산의 일천 도사는 일운 선생과 더불어 장백삼호가 틀림없구나!'

민여사의 얘기는 다시 이어졌다.

"일천 선생은 제자를 기르시고 돌아가실 때 유언을 남겼습니다. 그리고 그 제자도 지금은 세상을 떠났지만 그 아들에게 스승의 유언을 전달하면서 실현을 당부했던 것입니다. 유언은 일천 선생이 남겨 놓은 책을 누구에게 넘기라고 한 것인데, 그 제자는 그만큼 오래 살 수가 없어서 아들에게 스승의 유언을 넘겨준 것이지요."

민여사는 대금산 얘기를 쉽게 요약해서 말하고 있었다. 옆에서 듣고 있던 최여사로서는 민여사의 얘기가 기상 천외해서 감히 끼여들 생각도 못 하고 있었다.

"일천 선생의 유언은, 1971년 제자의 아들이 현재 살고 있는 집을 팔라고 하면서, 그 집을 사는 사람에게 책을 함께 넘기라고 했습니다. 그 책 제목은 《소곡심서疏谷心書》라고 하는데, 일명 《옥허서玉虛書》라고도 하지요."

"《옥허서》라!"

좌명 도인은 《옥허서》를 되뇌이면서 또 민여사의 말을 막았다. 민여사는 좌명 도인이 말을 막으면 필경 중요한 사실이 등장할 것으로 알고 가만히 기다렸다.

"《옥허서》는 나도 알고 있지요. 그런데 《옥허서》를 《소곡심서》라고 합니까?"

"네, 대금산에 다녀온 분이 그렇게 말했어요."

"그거 대단한 일이군요. 《옥허서》는 일운 스승님의 스승님께서 공부하시던 것이라던데."

좌명 도인은 깊은 생각을 하는 듯 고개를 들어 허공을 응시했다. 좌명 도인은 지난날 일운 선생이 한 말을 회상하고 있었던 것이다.

'좌명! 내가 한 구절 일러주지. 아주 귀한 말이야. 우리 스승께서도 이렇게 공부했지.

—산과 바다가 다 한 곳에 낙원은 스스로 나타난다고山海盡處 樂園自現. 그러니 다음 순간을 예측하지 말고 그때 그때 전심 전력을 다 하게…….'

"네? 그것 보세요!"

민여사는 자기도 모르게 소리 쳤다.

"음?"

민여사의 목소리가 갑자기 커졌기 때문에 모두들 놀라서 민여사를 쳐다봤다. 민여사는 멋쩍어하면서 목소리를 낮추어 말했다. 그러나 민여사의 논지는 분명했다.

"장백삼호의 스승은 소곡천인疏谷天人입니다.《옥허서》는 바로《소곡심서》, 즉 소곡천인의 가르침을 적은 글입니다. 이 책을 소곡천인이 직접 썼던, 장백삼호가 썼던 간에 내용은 소곡천인의 마음을 쓴 것입니다. 그리고 일운 도사님께서 직접 당신의 스승께서 공부하신 글이라 했으니, 무엇보다도 일운 도사가 장백삼호인 것만은 틀림없군요."

민여사의 말은 추호도 빈틈이 없었다. 좌명 도인은 천천히 고개를 끄덕여 민여사의 논지를 수긍해 주었다. 최여사와 나무꾼은 영문을 몰랐으므로 좌명 도인과 민여사를 번갈아 쳐다볼 뿐 종잡을 수 없다는 얼굴이었다. 민여사의 말이 다시 들려 왔다.

"선생님! 저,《소곡심서》라는 책을 가지고 있나요?"

"허허, 그 책은 내게 없습니다. 나도 그 책을 한 번 봤으면 합니다. 내가 아는 것은 몇 구절 안 돼요."

좌명 도인은 정말로 그 책에 관심이 있는지 민여사를 의미 있게 바라봤다. 민여사는 좌명 도인의 시선을 자연스럽게 피했지만 단호한 표정을 지으며 선언하듯 말했다.

"저는 대금산의 그 집을 기필코 사겠습니다. 그래서 책을 소유할 것입니다."

모두들 말이 없었다. 좌명 도인은 그 책에 관심이 아주 많았지만 대금산의 집과 결부되어 있어서 책을 손에 넣을 수가 없을 것이었다. 단지 속으로는 대금산에 가서 그 집을 한번 살펴보리라 마음먹고 있었다.

"그래, 네가 사면 좋겠다!"

최여사가 부러운 표정을 지으며 민여사를 바라봤다. 최여사는 속으로 자기가 그 집을 사고 싶었는지도 모른다. 그토록 유서 깊은 집이라면 책이 아니더라도 별장으로서 큰 가치가 있을 것이었다.

최여사는 고개를 끄덕이며 잠시 그 집을 생각해 봤다. 그리고 민여사가 그 집을 보러 갈 때 자기도 따라가리라 마음먹었다. 혹시 민여사가 가격 문제로 집을 사기를 포기한다면 자기가 대신할 수도 있을 것이다.

"그리고 선생님!"

민여사는 다시 말을 시작했다. 원래부터 오늘 대화의 주도권은 민여사에게 있었다.

"좌도坐島에 대해서 아시는 것이 있는지요?"

"글쎄요, 좌도에 대해서인지 모르겠으니 그 비슷한 것을 알고 있습니다. 그것도 어젯밤에야 생각해 본 것이지만……."

좌명 도인이 어젯밤이라 말한 것은 나무꾼으로부터 민여사의 추리를 듣고 나서라는 뜻이었다. 좌명 도인은 민여사의 추리를 전해 듣고 무엇을 알아냈을까?

좌명 도인은 민여사를 향해서 말했다.

"언젠가 스승께서 이런 말씀을 하신 적이 있습니다. '어쩌면 너희들에게 사제師弟가 생길지도 몰라…….'"

그 당시 배경은 이렇다.

일운 스승은 좌명과 좌청의 발전을 복돋우면서 푸념인지 뭔지를 늘어놓은 적이 있었다.

"너희들 공부가 참 더디구나! 공부는 몸과 마음이 함께 해야 하는 것이야. 몸은 그나마 신선이 되어가는데 마음은 뒤떨어져 있어. 때가 안 된 것이겠지. 그런데 어쩌면 너희들 사제가 생길지도 몰라. 아주 훌륭한 사제가……."

"아니, 스승님, 스승님께서도 모를 것이 있습니까?"

좌청은 스승이 훌륭한 사제가 있을지도 모른다고 하니까 은근히 빈정 대는 투로 물었던 것이다. 좌청은 언제나 스승이 가르침을 주지 않아 불만이 많았었다.

열 번을 찾았을 때 한 번이나 말해 줄까말까 하는 스승이 못내 아쉬웠던 것이다. 일운 스승은 좌청의 마음을 아는지 웃으며 말했다.

"음? 무슨 소릴! 천하에는 모를 것이 더 많아!"

그 당시는 스승께서 어쩌면 앞날에 다른 제자를 받아들일 생각일지도 모른다고 생각했을 뿐이었다. 그러나 수십 년이 지난 지금까지 다른 제자에 대한 얘기는 없었고, 더구나 스승이 세상을 떠난 지금은 의미가 없어진 얘기였다.

그런데 스승께서 유언을 남겨 좌도를 찾으라 한 것이다. 물론 유언을 들을 당시엔 좌도라는 사람에 대해서는 아무런 생각이 없었는데, 민여사에 의해 좌도는 좌명·좌청과 같은 항렬이라는 것을 지적받았다.

좌명 도인은 깊이 생각하는 듯 잠시 눈을 감았다 뜨면서 다시 말했다.

"지금 와서 생각해 보니 그 당시 스승께서 사제 운운하신 것이 좌도를 일컬은 것 같군요. 그런데 스승께서는 누구를 가르친 적이 없는데……."

좌명 도인은 이렇게 말하면서 나무꾼을 흘끗 쳐다봤지만, 나무꾼은 아무런 반응이 없었다.

"저, 선생님!"

민여사가 말을 받았다.

"제 생각에는 말이에요. 좌도라는 사람은 일우一雨 선생이란 분이 가르친 사람이 아닐까 싶습니다. 왜냐 하면 일우 선생은 장백삼호의 한 분으로 일운 선생님과는 일심 동체一心同體입니다. 만일 일우 선생의 제자가 있다면 좌명 선생님과 사제 혹은 사형이 될 수도 있잖아요?"

민여사의 배분 논리는 그럴 듯했다. 그러나—.

좌명 노인은 고개를 끄덕이며 웃었다.

"글쎄요? 스승께서는 좌도라는 사람을 찾아서 일우 선생께 데려가라 했어요."

"물론 그랬었지요. 그렇다 하더라도 그 말뜻은 일우 선생과 좌도란 분이 서로 만나 본 적이 없다는 뜻은 아닐 수도 있어요. 혹시 좌도라는 사람이 예전엔 일우 선생에게 배우다가 지금은 떨어져 있는지도 모르지요. 그리고 혹시 좌도란 분이 일천 선생의 제자일지도 모르고……."

"일천 선생? 허, 그럴 수도 있겠군요."

좌명 도인은 민여사가 느닷없이 일천 선생과 좌도를 결부시켜 말하는 바람에 가볍게 놀라는 한편, 약간의 수긍을 표시했다. 민여사는 또다시 말했다.

"그리고 말이에요, 좌도라는 사람을 찾는 문제에 대해서 생각해 봤는데요. 그분은 혹시 정말로 좌도라는 섬에 살고 있지 않을까요?"

"음? 그렇군요! 좌도라는 섬이 있나요?"

좌명 도인은 흠칫 놀라며 민여사를 쳐다봤다. 그런데 이때 느닷없이 소리친 사람은 바로 최여사였다.

"있어요! 좌도라는 섬 말이에요!"

최여사가 갑자기 큰 목소리로 뛰어드는 바람에 모두들 웃었다.

"언니, 좌도라는 섬을 알고 있어요?"

"그럼, 바로 조성리 마을 근처야!"

"네? 조성리 마을 근처요?"

최여사의 말은 흡사 벼락처럼 들렸다. 조성리 마을 근처에 좌도라는 곳이 있다니! 모두들 잠시 침묵하면서 좌도라는 섬의 의미를 음미했다.

좌도라는 사람! 좌도라는 섬! 조성리 마을 근처!

무엇인가 연관이 있을 듯 생각할 점이 많아 보였다. 필경 무엇인가 있을 것이다.

좌명 도인은 다른 사람이 생각을 끝냈는데도 홀로 한참 동안이나 더 생각했다.

'음, 좌도라…… 허참, 모를 일이야!'

좌명 도인은 속으로 이렇게 생각하며 근간 좌도를 탐색하리라 마음먹었다.

"좌도가 어디에 있습니까?"

좌명 도인은 최여사를 쳐다보며 조용히 물었다. 그 목소리는 흡사 어떤 깊은 생각에 지쳐 있는 듯했다.

"네, 바로 조성리 마을 아래 고흥반도에 그런 섬이 있어요. 친구 중에 거기를 여행했던 사람이 있어서 들어 본 적이 있어요"

최여사의 목소리는 활기를 띠었다. 자기는 조성리에서 지금껏 도무지 대화에 끼여들 틈이 없었다. 그런데 결정적인 순간에 좌도라는 섬이 있다는 것을 밝혀 주었으니 공을 세운 셈이다. 이제 조금씩 대화에 끼여들어도 괜찮을 것 같았다.

"저, 선생님."

드디어 최여사는 당당한 자세로 얘기를 꺼낼 수 있었다.

"'천서天書'를 읽어 보신 적이 있나요?"

"네? 천서라니오?"

"아니, 참 《단군도역정수태극진경》이라고 하지요."

최여사는 짐짓 천서라는 것의 제목을 미처 못 얘기한 듯 말했지만 내심은 그게 아니었다. 최여사의 심정은 일부러 천서라 강조함으로써 화제를 그쪽으로 돌리는 한편, 자신이 대화의 주도권을 잡으려 한 것이다.

"네, 그 책요? 읽어 보지 못했습니다만, 허허…… 오늘 여러 모로 내가 무식한 것이 드러나는군요!"

좌명 도인은 민여사를 돌아보며 말했다.

"그럼 내용은 알고 계시나요?"

최여사는 다시 물었다.

"글쎄요? 내용은 조금 알고 있지요. 스승께서는 자주 그 책의 내용을 강의하셨습니다."

"아, 네 그렇군요. 저희는 그 책의 상·하권을 모두 가지고 있는데요!"

최여사는 책 자랑을 해놓고 좌명 도인의 기색을 살폈다. 좌명 도인은 매우 놀랐다.

"네? 대단하군요, 그런 책을 가지고 계시다니. 서울 분들은 아주 귀하신 분들이군요."

최여사는 적이 만족했다. 그러고는 민여사를 바라봤다. 다음 이야기를 이어 가자니 막상 생각이 나질 않았기 때문이다.

"선생님, 저 부탁이 하나 있는데요!"

민여사가 최여사의 말을 받으며 좌명 도인에게 다시 말을 건넸다.

"……."

좌명 도인은 말없이 민여사를 바라보며 인자한 표정을 지었다. 부탁이 있으면 해 보라는 뜻이었다.

"'태극진경' 말이에요. 제가 책을 선생님께 드리면 도움이 되겠는지요?"

"도움이 되다뿐입니까! 내게 큰 행운입니다."

"좋아요! 그 책을 드리지요. 그 대신 제게도 그 책의 해설서解說書를 하나 써주세요."

"허허, 조건부군요! 그렇게 하지요. 한데 내가 학문이 짧아서 그 책을 다 해석할 수 있을지 모르겠군요."

좌명 도인은 천진한 모습을 보이며 기뻐했다. 민여사는 눈을 반짝이며 다시 말을 이었다.

"선생님, 그리고 《소곡심서》라는 책을 구하면 가져다 드릴 테니 마찬가지로 해 주세요."

"네? 허허, 있는 힘을 다 해 보지요. 그 책만 구할 수 있다면."

좌명 도인은 이렇게 말하면서 목소리가 커지기까지 했다. 그토록 책을 갖고 싶었던 것이다. 이제 네 사람의 대화는 끝날 때가 되었다.

오늘의 대화는 좌도와 일우 선생, 그리고 '천서'와 《소곡심서》 등을 얘기하면서 논의가 깊어졌지만, 좌도와 일우 선생을 찾는 문제에 대해서는 결정적인 진전이 없었다.

단지, 좌도라는 섬과 대금산을 탐방하면 무엇인가 단서가 드러나지 않을까 하는 느낌이 들 뿐이었다. 물론 이제 조성리 도사, 즉 일운 선생은 장백삼호라는 것이 움직일 수 없는 사실로 드러났고, 그 외에 민여사로서는 '태극진경'과 《소곡심서》의 해설서를 가질 수 있게 된 것이 큰 소득이었다.

물론 《소곡심서》가 아직 손에 들어온 것은 아니지만, 이번에 서울로 올라가면 기필코 대금산의 집부터 계약하리라 마음먹었다. 민여사가 대금산의 집을 사겠다는 결심은 이번 지리산 여행으로 더욱 굳어졌던 것이다.

그것은 단순한 호기심이라든가, 《소곡심서》라는 책을 떠나서 장백삼호 중에 한 사람인 일천 도사와의 시대를 초월한 인연이 크게 가치가 있다고 느낀 때문이었다.

대금산 집을 갖게 되는 사람은 하늘이 낸 사람이다. 그것을 일천 도사가 점지한 것이다. 민여사는 그 사람이 자기가 아니어선 안 된다고 마음 굳게 믿었다.

일천 도사는 곧 일운 도사이다. 지금 조성리 도사가 죽은 마당에 일천 도사가 살던 집을 인수하고 나아가서 일우 도사까지 찾는다면, 이는 장백삼호의 역사에 관여하는 것이 된다.

장백삼호는 영원을 산 신선들이고, 하늘의 거대한 섭리를 실현시키기 위해 이 세상에 출현한 것이다. 이분들의 일에 동참하는 것은 하늘의 운행運行과 그 뜻을 함께 하는 것이다.

인생에 이보다 소중한 일이 또 있을까?

민여사는 이곳 산장에 와서 어느덧 자신이 태어난 보람을 느꼈고 인생의 큰 목표를 발견했다.

최여사도 지금 생각이 많았다. 이제 산을 내려가야 하지만 이곳에 온 보람을 전신으로 느끼고 있었다. 자신도 무엇인가 민여사처럼 큰일에 뛰어들어야겠다고 다짐했다. 당초 조성리 도사를 발견(?)한 것은 최여사 자신이 아니었던가!

두 여인이 말없이 생각에 잠기자, 나무꾼은 조용히 회합이 끝난 것을 알렸다.

"이제 내려가야겠군요! 서울까지 가시려면 서둘러야지요."

민여사는 좌명 도인을 쳐다보며 미소를 지었다.

"허허, 내게도 큰 도움이 되었습니다……. 내려가서야겠습니다. 이 사람이 데려다 줄 것입니다."

"고맙습니다. 근간 책을 가지고 다시 오겠습니다. 그런데 다시 찾아올 수 있을지 걱정입니다."

민여사는 좌명 도인에게 고개를 숙여 인사를 건네면서, 다음에 이곳을 찾아올 수 있을지를 걱정했다. 그러자 옆에서 최여사가 한 마디 거들었다.

"음? 그건 염려 말아. 난 한 번 와본 곳은 절대로 잊지 않아, 아무리 깊은 산중이라도. 하하."

최여사는 자신 있게 말했다.

"허허, 조심해서 내려가십시오!"

좌명 도인은 최여사를 인자한 모습으로 바라보며 고개를 끄덕였다.

"자, 가십시다. 다음에 오실 때 저와 함께 오면 되지요."

나무꾼은 하산을 재촉했다. 나무꾼은 두 여인을 데려다 주고 다시 산을 올라와야 하기 때문에 시간이 촉박했던 것이다.

"그럼, 안녕히 계십시오."

이렇게 해서 두 여인은 산중의 도인을 무사히 탐방하고 다시 험난한 산길로 하산을 개시했다. 산길은 한없이 조용했고, 맑은 공기가 전신을 휘감았다. 두 여인의 발걸음은 몹시 가벼웠고 마음도 신선했다.

저 멀리 하늘에는 구름이 신비한 모양을 이루고 있었다. 지리산의 아침은 점점 밝아져 갔다.

김실장의 도사 방문

　김실장이 조성리 마을 일운 도사의 집에 도착한 시간은 오후 6시가 좀 지나서였다. 넓은 들판엔 이미 어둠이 깔리고 있었고, 도사의 집은 전등불이 희미하게 밝혀져 있었다.

　김실장은 집 안으로 들어서면서 이상한 기분이 들었다. 지나치게 조용했던 것이다. 오늘은 토요일이어서 평소 같으면 도사를 찾는 사람으로 북적될 터인데, 웬일인지 사람의 그림자도 보이지 않았다.

　김실장이 집의 안쪽 마당으로 들어서서 도사의 방 쪽을 보니 이미 불이 꺼져 있었고, 마루에도 꺼져 있었다. 불빛은 우측 끝에 있는 방에만 켜져 있었는데, 사람의 기척은 들리지 않았다.

　"실례합니다, 아무도 없어요?"

　김실장은 크지 않은 소리로 사람을 불러 보았다. 그러자 즉시 말소리가 들리고 한 여인이 나왔다.

　"어떻게 오셨나요? 아무도 없는데……."

　김실장이 방에서 나온 여인을 살펴보니 지난번 왔을 때 봤던 낯익은 사람으로, 바로 나무꾼의 부인이었다.

"저, 선생님을 뵈러 왔는데요."

"네? 선생님요? 아, 네…… 도사님을 뵈러 오셨군요?"

"네, 그렇습니다."

"어디서 오셨나요?"

부인은 난처한 표정을 지으며 물었다.

"서울에서 왔습니다만."

"저런 먼 길을 오셨군요. 어쩌나, 선생님은 안 계시는데요!"

"출타 중이신가요?"

"아니에요. 선생님은 돌아가셨어요."

"네? 선생님이 돌아가셔요?"

김실장은 순간 머리에 무엇인가 심하게 부딪친 느낌이었다. 가슴도 두 근거렸다.

"아니, 선생님이 돌아가시다니!"

김실장의 마음은 허탈감과 함께 현실감을 잃었다.

"……"

"아니! 그럴 수가…… 그런 분이 돌아가시다니!"

김실장은 한동안 말도 못 하고 있다가 혼잣말로 중얼거렸다.

"먼 길을 오셨는데 안됐군요. 그런데 집에 아무도 없어서……."

나무꾼의 부인은 김실장의 마음이야 어떻게 되었든 간에 도사가 죽은 이 마당에 길게 얘기할 필요를 못 느꼈다.

도사를 찾아온 사람은 으레 놀라기 마련인데, 지금은 집에 아무도 없으니 외간 남자를 안으로 들일 수는 없는 노릇이었다. 단지 먼 곳인 서울에서 온 것이 좀 안돼 보였다.

"아, 네 알겠습니다. 이만 가겠습니다."

김실장은 나무꾼의 부인의 말뜻을 금방 알아듣고 일단은 집을 나왔다.

'도사가 죽다니!'

김실장은 집을 나서서 논길을 걸으며 생각했다.

도무지 영문을 모르겠다. 그런 분도 죽는 것일까?

그렇겠지! 죽음은 아무도 피할 수 없다.

그러나 무엇인가 석연치가 않았다. 그분은 자신이 죽을 것을 모르셨을까? 병으로 죽었을까, 아니면 사고였을까?

김실장은 한없는 허무를 느꼈다. 그분을 스승으로 모시고자 먼 길을 달려왔는데, 얼굴 한 번 못 보고 죽었다는 소식만 들어야 하다니…….

김실장의 마음은 캄캄해지고 무엇을 어찌 생각해야 좋을지 몰랐다. 김실장은 고개를 젓고는 걸음을 빨리했다. 지금은 마음이 어지러워 뭐가 뭔지 모르겠다.

자신은 도사를 마음으로부터 흠모하고 의지하며 지냈는데 이렇게 돌연 세상을 떠나다니! 더군다나 자기에게 다시 오라고까지 하지 않았나? 김실장은 도사가 그렇게 말한 이유를 생각해 봤다.

'그 당시 내게 할 말을 다 했기 때문에 볼 필요가 없어서 단순히 지나가는 말로 다음에 오라고 했던 것일까? 아니야, 선생님은 일부러 나를 골라내서 만나지 않겠다고 하셨어. 왜 그랬을까? 그러면서도 이사할 것을 지시해 주어서 내 목숨을 구해 주셨지. 그런데 다시 오라고 한 것은 분명 뜻이 있었을 텐데…… 모를 일이야, 나를 왜 다시 오라고 하셨을까? 게다가 지금은 이렇게 세상을 떠나지 않았나?…… 자신의 죽음을 예측 못 한 것은 아닐까? 글쎄, 그렇지는 않을 거야. 그런 분이 자신의 죽음을 모를 리가 없어, 그렇다면? 나를 구한 것은 특별한 뜻이 없고 단지 불쌍한 사람 하나를 구해 줬다는 것뿐일까? 하긴 도사는 사람을 빈번히 구해 주면서 평생을 사는 것이니 나를 구해 준 것에 특별히 뜻을 두지는 않으셨을 거야. 그렇다면 다시 오라고 할 필요는 없지 않았을까? 모를

일이야, 정말 모르겠어.'

김실장은 고개를 심하게 흔들었다. 허전한 마음을 어찌할 수가 없었다. 도사의 마음을 이해할 수 없었고, 지금의 운명도 이해할 수 없었다.

'나는 앞으로 어떻게 되는 것일까?'

김실장은 잠깐 불안한 생각도 들었지만 이내 그 생각을 지워 버렸다. 마음 한구석에 자신의 운명에 대한 자신감이 강하게 일어나고 있었기 때문이다.

'나의 액운은 모두 지나갔어! 선생님께서 다 구해 주신 거야.'

김실장은 이런 생각을 하며 다소 안정을 했지만 허무한 마음은 달랠 길 없었다.

'좀더 일찍 와서 돌아가시기 전에 얼굴이나 뵈올 것을…… 내가 너무 늦게 왔어. 어쩌면 선생님은 나를 기다리셨는지도 몰라!'

김실장은 이렇게 생각하며 죄책감과 함께 커다란 슬픔을 느꼈다. 그러고는 저절로 눈물이 쏟아졌다. 김실장의 걸음은 어느 새 느려져 있었고. 논길은 끝나고 있었다. 저만치에 주차해 놓은 승용차가 보였다.

시간은 오후 7시가 지나 있었다. 서울까지 가기에는 너무 늦은 시간이었다. 그러나 가는 데까지 가보다가 도중에서 자고 가기로 했다. 지금의 착잡한 심정이야 어떠하든 잊어버리고 안정을 찾아야 했다. 훗날 이곳을 다시 찾을 수도 있을 것이다.

김실장은 입을 굳게 다물고 빠른 걸음으로 차 있는 곳으로 향했다. 잠시 후 김실장이 탄 차는 서서히 마을을 빠져 나갔다. 도사의 집을 에워싸고 있는 넓은 논들은 이미 캄캄해졌고, 도사의 집은 점점 보이지 않게 되었다.

김실장은 내일이나 서울에 당도할 것이다.

이럴 즈음, 지리산을 내려온 민여사와 최여사는 몇 시간 전에 이미 하

산을 완료, 산 아래에서 잠시 휴식을 취한 후 바로 서울로 향하였다. 이
들은 경부 고속도로를 타고 올라와 현재 대전을 눈앞에 두고 있었다.

"언니, 피곤하지 않아? 내가 운전할까?"

민여사는 옆에 앉은 최여사에게 물었다. 운전은 지리산을 떠난 이래
줄곧 최여사가 하고 있었다.

"아니, 괜찮아! 힘이 나는데, 하하."

최여사는 웬지 기분이 좋아져서 힘있게 대답했다. 아마 여행의 힘든
부분을 마치고 이제 보람을 안고 서울로 향하고 있게 때문이리라. 두 여
인이 탄 차는 잠시 후 대전을 쉬지 않고 통과, 서울을 향해 시원하게 달
리고 있었다.

대진전

 영민이는 이상한 꿈을 꾸었다. 지난 밤 꿈에 영민이는 어떤 괴인을 만났는데, 이 괴인은 검은 도포를 걸치고 검은 갓을 쓴 모습이었다. 자기는 '운명의 사자'라 했다.

 저승에서 왔는데 영민이의 생사를 주관하는 천신의 사자라는 것이었다. 이 사자는 영민이에게 봉투 두 개를 주면서 하나를 선택하라고 강요했다. 이 봉투 속에는 각가 '생生'이라는 글자와 '사死'라는 글자가 씌어져 있는데, 선택하는 데 따라 운명이 정해진다는 것이었다.

 만일 '사死'라는 글자를 뽑으면 5년 이내에 죽고 '생生'이라는 글자를 뽑으면 장수한다고 했다.

 "자, 어서 골라라!"

 영민이는 꿈에 몹시 두려워했다. 어떻게 해서든지 봉투를 선택하지 않으려고 애썼다. 그러나 사자는 그것을 허락하지 않았다. 봉투를 선택하는 것을 기피한다면 이는 천신을 모독하는 것이니 당장 죽이겠다고 했다.

 영민이는 하는 수 없이 봉투 하나를 골랐다. 봉투의 겉모습은 똑같았지만 영민이는 이것을 한참 동안 살펴보고 나름대로 깊이 생각한 후 고른 것이었다.

사자는 영민이가 고른 봉투를 받아 채고는 그 속에서 종이를 끄집어 내었다. 글자는 '사死'였다.

5년 내로 죽는다!

영민이는 두려움에 떨었고, 사자는 잔인하게 웃으며 떠나갔다. 영민이는 놀라서 잠을 깼는데 꿈이었다. 영민이의 전신은 땀으로 흠뻑 젖어 있었다. 몹시 불길한 꿈이었다.

단순히 꿈이려니 하고 지나치기에는 웬지 기분이 편치 않았다. 영민이는 이 꿈을 의미 있는 것으로 보고 나름대로 해석을 했다.

인간은 운명을 모르고 살면 5년이 아니라 5개월 이내에도 죽을 수 있다. 운명을 알고 산다면 액운을 피해 당연히 오래 살 수 있을 것이다. 이 꿈은 이러한 것을 상징하고 있다.

영민이는 꿈을 이렇게 해석하고는 고개를 끄덕였다. 다소 기분이 풀리는 것 같았다. 결국 운명을 깨닫지 않을 수 없는 것이다. 영민이는 조용히 책상 앞에 앉아 궁리를 해 봤다.

어떻게 하면 학문의 큰 진보를 이룩할 수 있을까?

당장에 큰 깨달음을 얻을 수는 없는 것일까?

무엇이 막혀 있어서 나아가지 못하는 것일까?

무엇을 알아야 하는가?

사물을 어떤 식으로 생각해야 하는가?

영민이는 무엇인가 잡힐 듯한 커다란 섭리를 찾아 정신 세계를 헤매었다. 그곳은 무한히 넓은 숲과도 같아서 길도 없고 방위도 알 수 없었다. 무작정 헤매는 것이다. 무엇인가 찾아내야만 한다.

영민이는 호흡을 멈추고 끝없는 심연 속으로 점점 더 깊게 파고들었다. 그러나 계속되는 암흑뿐, 진리의 불빛은 보이지 않았다.

어느 곳으로 가야 거대한 진리의 섬에 도달할 것인가?

그곳에는 무엇이 있을까?

모든 곳이 바라다보이는 곳.

혼돈混沌의 바닷속에 우뚝 솟은 진리의 섬.

그곳에 가는 방법은?

생각은 묘한 기분을 일으키며 한없이 이어져 나갔다. 영민이가 지금 추구하는 것은 모든 잔망한 생각을 떠나 모든 것을 일시에 관통하는 거대한 원리를 발견하려는 것이었다.

영민이의 얼굴 표정은 여러 모습으로 바뀌며 몸은 더욱 굳어져 갔다. 영민이는 긴 시간 동안을 이런 상태로 있었다. 그러나 얻어지는 것은 아무것도 없었다. 더 이상 생각을 한다는 것이 무의미했다.

영민이는 허탈한 표정을 지으며 생각에서 깨어났다. 그러고는 무심히 《주역周易》 책을 읽기 시작했다. 영민이의 공부 방식은 생각하고 나서 읽고, 읽고 나서는 다시 생각을 전환하여 깨달음을 기다리는 것이었다.

'―옛날 포희씨가 천하를 다스릴 때 우러러 하늘의 상象을 관찰하고, 굽어 땅의 법칙을 관찰하여, 나아가 새와 짐승의 모양, 초목의 상태까지 그리고, 가까이는 자기 신체, 멀리는 물건에 이르기까지 온갖 것을 관찰하고, 이것을 유추하여 팔괘八卦를 만들었다. 그리하여 이것으로 천지 신명天地神明의 덕德에 통하고, 만물의 뜻을 유별類別하였다古者包犧氏王天下也 仰則觀象於天 俯則觀法於地 觀鳥獸之文與地之宜 近取諸身 遠取諸物 於是始作八卦 以通神明之德 以類萬物之情.'

영민이는 갑자기 책을 덮었다. 무엇인가 마음 속에 섬광처럼 와닿는 것이 있었다. 영민이의 미간이 찡그려졌다. 그러고는 고개를 옆으로 비스듬히 돌리며 입을 꼭 다물었다.

눈은 빛나고 혈색이 밝아지고 있었다. 그러더니 갑자기 미소를 지으며 자리에서 일어났다. 어떤 깨달음이 도래한 것이다.

향상向上의 길은 먼 곳에 있는 것이 아니었다. 바로 눈앞에 있었던 것이다. 만물을 팔괘로 나눌 수 있다면 영민이 자신도 그것을 몸소 시행해 봐야 할 것이다.

도대체 무엇을 깨닫고자 했단 말인가?

모든 것을 분류해 보자. 분류가 안 되는 것이 있으면 연구를 거듭하여 기필코 규명해야 한다. 그리고 이미 어떤 사물이 팔괘로 분류되고 그것의 뜻이 밝혀졌다면 또 다른 사물을 찾아 나아가야 한다.

천하에 사물은 끝없이 많다. 그것을 찾아 쉬지 않고 규명해 나아가야 할 것이다. 그 길은 영원하다. 막히면 뚫고 나가고, 뚫리면 앞으로 전진해야 한다. 결코 지치거나 싫어해서는 안 된다.

자! 만물을 유별類別하여 그 뜻을 규명해 보자.

천하에 사물이 아무리 많다고 해도 그 뜻은 팔괘를 넘어서 있지 않으니 길은 한정되어 있는 셈이다. 이것은 얼마나 간편하고 손쉬운 일이냐?

먼 옛날 성인이 처음 이런 생각을 하고 만물을 유별했다고 하니 나도 그 길을 걸어가야 한다.

하늘이란 무엇이냐? 이것은 건乾 : ☰이다.

땅은 무엇이냐? 곤坤 : ☷이다.

바다는? 새는? 자동차는? 길은?

영민이는 머리에 떠오르는 대로 몇 가지를 생각해 보았다. 그러자 어렵지 않게 그것의 답이 동시에 떠올랐다.

'그렇게 어려운 것만은 아니구나!'

영민이는 이런 생각을 하고는 급히 하숙집을 나섰다. 아직 조반을 들지 않았으나 지금은 밥 생각이 없었다. 어서 빨리 나가 찬바람을 쏘여야 겠다. 걸으면서 차분히 생각해 보자. 지금 이 자리에 그냥 앉아 있어서 는 모처럼의 깨달음이 갇혀 버릴 우려가 있었다.

영민이가 밖으로 나오자 마침 가벼운 바람이 불어왔다, 그러나 이 정 도로는 마음에 차지 않았다. 호숫가로 나가 보기로 했다. 영민이는 방향 을 언덕 위로 잡아서 호숫가로 향했다.

가는 도중에는 몇 가지 쉬운 것만 문제를 삼아서 그 의미를 부연해 보 았다. 곧바로 답이 떠오르지 않는 것은 즉시 지워 버리고 다른 문제를 떠올렸다.

연못은 태兌：☱이다. 바다는? 이것도 태兌이다.

그릇은? 주머니는? 방은? 절제節制는? 형식形式은? 즐거움은? 이 모든 것이 태兌인 것이다.

자동차는 진震：☳이다. 흐름은 손巽：☴이다. 움직임은 진震이다. 함정 은? 아름다움은?

영민이는 수많은 것이 저절로 답이 나오는 것을 느꼈다. 어려운 것도 조 금만 생각하면 답이 나왔다. 모든 사물이 팔괘로 분류되고 있는 것이다.

만약 이렇게 계속하여 모든 것을 분류할 수 있다면 이는 모든 사물의 뜻을 알 수 있는 것이 된다. 사물의 뜻을 안다면 만물의 이치를 규명할 수 있고, 이로써 천지의 운행運行을 살필 수 있는 것이다.

이것은 실로 엄청난 일이 아닐 수 없다. 영민이의 전신은 희열과 함께 가볍게 떨려 왔다. 이렇게 간단한 이치에서 천지 만물의 운행을 관찰할 수 있다니!

사물의 뜻을 해석하여 그 추이推移를 안다—.

이것은 성인의 지혜가 아니고 무엇일까?

문제는 모든 사물을 팔괘로 분류할 수 있느냐 하는 것이었다. 영민이는 몇 가지 사물을 분석하여 이미 천하 만물이 팔괘로 분류될 수 있다는 것을 직감했다.

사람의 성격이 수없이 많다 하더라도 결국 팔괘로 분류되는 것이다. 그렇게 되면 그 마음의 작용作用을 밝힐 수 있고, 따라서 그것의 귀결歸結, 즉 미래의 운명을 감지할 수 있는 것이다.

인체도 마찬가지이다. 모든 체질이 팔괘로 분류되면 그것으로 그 신체의 특성을 알 수 있고, 외부 사물과의 작용을 통해 그 신체의 변화를 추적할 수 있는 것이다.

만물은 결국 팔괘이고, 사물과 사물이 만나서 현상現象을 이루는 것은 곧 팔괘가 팔괘를 만나 작용하는 것이다.

이것을 주역에서는 무엇이라 하는가?

그것은 바로 대성괘大成卦, 즉 64괘가 아닌가!

64괘는 8괘의 작용을 세분한 것이고, 또한 팔괘가 팔괘를 만나 일어나는 현상을 그린 것이다. 팔괘가 중첩되어 64괘를 이루면 만물의 작용은 모두 그 속에 포함시킬 수 있다.

이로써 천지간의 모든 작용의 뜻을 알 수 있으며, 따라서 그 근원과 귀결을 알 수가 있는 것이다.

영민이는 산길을 조금 걸어 어느덧 호숫가에 도착했다. 그러나 영민이가 호숫가에 와서 생각해 보려는 것은 이미 도중에 풀려 버리고 말았다. 이제 영민이는 사물을 바라보는 눈이 완전히 변해 있었다.

영민이에게는 모든 것이 뜻이었다. 그러므로 영민이는 항상 사물의 뜻이 무엇이냐고 묻고, 그 답을 연구하는 일을 계속할 것이다.

넓은 호숫가에는 한 사람도 보이지 않았다. 영민이는 벤치에 앉을까 하다 그대로 조금 걸었다. 바람이 간간히 불어왔다. 가끔씩은 센 바람이 되기도 했다. 영민이는 그때마다 마음이 깊어지고 가슴이 넓어지는 것을 느꼈다.

영민이는 지금 애써 생각하지 않았지만, 마음 속에서는 수많은 이치가 저절로 일어나서 그 은밀한 모습을 드러내고 있었다. 영민이는 걷고 또 걸었다. 마음은 저 호수처럼 깊게 잠겨 있었지만 겉으로는 조용한 파문이 일고 있었다.

그러나 영민이의 마음 속에서 일어나는 파문은 표면만을 겉돌지 않고 조용히 깊숙한 곳으로 파고들어, 수억 년을 잠자던 마음의 미혹迷惑을 풀어 주고, 또 쉬지 않고 일어나는 마음 속의 혼돈에 질서를 주고 있었다.

영민이는 호숫가를 길게 한 바퀴 돌아 다시 제자리로 돌아왔다. 이때 영민이의 마음 속에는 또 하나의 중대한 문제가 고개를 들었고, 그것에 대한 해답 또한 봄날의 새싹처럼 돋아나고 있었다.

'밤에 태어난 사람의 뜻은 팔괘의 무엇으로 분류되는가? 밤의 뜻은? 한밤중의 뜻은? 이것은 곤坤:☷인가, 아니면 감坎:☵인가? 이것은⋯⋯ 그렇다! 이것은 바로⋯⋯.'

영민이는 모든 사물을 팔괘로 분류하여 그 뜻을 규명하듯이, 사람이 태어난 때의 의미를 추정하여 그것의 괘상卦象을 정해 본 것이다. 괘상이란 곧 뜻이므로 팔괘의 상象이 정해지면 그것의 전모가 파악되는 것이다.

인간의 태어난 때에 이것을 적용해 보면, 그 운명의 흐름을 형상화할 수 있게 되는 것이다. 영민이의 마음 속에는 사주 추명四柱推命에 관한 근본적인 문제가 샘물처럼 분출되고 있었다.

'사람이 태어날 때 해와 달 그리고 날과 시가 있는데. 이것에 팔괘를 해당시키는 것은 그리 어려운 일이 아니다. 단지 괘를 중첩시키는 방법이 문제가 된다. 만일 인간의 태어남에 있어 태어난 시간보다 날짜의 의미가 크다면, 이에 따라 괘를 상하上下에 배치하는 방법이 다를 것이다. 그러므로 만일 태어난 시간의 의미가 태어난 날짜의 의미보다 크다면,

역시 그 의미에 따르면 될 것이다.

그러나 태어난 당시를 생각해 보면, 이미 날짜가 정해져 있는 상태에서 시간이 정해지는 것이니, 날짜가 시작이라면 시간은 결말이다. 이것은 달과 날짜의 관계에도 적용시킬 수가 있다. 즉, 달이 먼저 정해지고 나서 날짜가 정해지는 것이니, 당연히 달이 뿌리이고 날짜가 줄기가 될 것이다. 이것을 더욱 확대하여 연월일시에 적용해 보면, 연年이 가장 근원이 깊은 것이므로 이것으로부터 시작하여 순차적으로 월月·일日·시時로 흘러가게 될 것이다. 즉, 연年이 시작이라면 시時는 결말이다. 그러므로 태어날 때의 조건이란 영혼이든 두뇌이든 혹은 육체이든 간에, 연年을 근거로 해서 순차적인 축적으로 마침내 시時에 이르러 완성되어 태어나는 것이다.

따라서 연월일시를 올바른 팔괘의 상象으로 풀어낼 수 있다면 그것으로 운명의 흐름을 알 수 있고, 더 나아가서 아예 연월일시를 각각 대성괘大成卦로 표시할 수 있다면 운명을 추적함에 있어 그 상세함이 지극한 데 이를 수 있을 것이다.'

어느 새 영민이는 호수를 또 한 바퀴 돌았다. 영민이는 이제 벤치에 앉았다. 주위에는 일체 사람이 없었고, 호수의 물은 냉정함과 적막함을 느끼게 해 주었다.

날씨는 맑았지만 추웠고, 바람도 제법 불고 있었다. 그러나 영민이는 전혀 개의치 않고 편안히 앉아 생각을 계속했다.

'문제는 시간이라는 것을 여하히 팔괘에 배당시키느냐 하는 것이다. 특히 날짜와 해는 더욱 어렵다. 이것은 어떻게 해야 할까? 그렇지! 날짜는 방법이 있다. 그러면 해는 어떻게 할 것인가?'

영민이는 또다시 중요한 관문 하나를 통과했다.

'그러나 이 모든 것은 많은 방법 중의 하나에 불과하다. 모든 것에 절

대적으로 필요한 것은 팔괘의 지극한 뜻과, 나아가서 그것을 중첩시켰
을 때의 의미를 깨달아야만 하는 것이다. 팔괘! 만물의 분류…… 대성
괘!'

영민이는 고개를 천천히 저었다. 자신은 오늘 만물을 팔괘로 배정하
는 공부를 시작하게 되었지만, 사실 팔괘에 대한 이해가 너무 미미했다.

팔괘는 삼중 구조를 가지고 있으므로 그 구성에 따른 논리를 깨달아
야 한다. 그러나 영민이로서는 아직 그 계통에 대한 것은 공부가 안 되
어 있었다. 더구나 대성괘에 이르게 되면 전혀 감을 잡을 수 없는 상태
였다.

'팔괘에 대한 공부가 부족하구나! 대성괘를 어떻게 이해할 수 있을
까?'

영민이는 여기까지 생각하고는 자리에서 일어났다. 다시 집으로 들어
가《주역》책을 연구하기로 마음먹고…….

좌·도坐島 최기슬

목포에 사는 최씨는 해운항만 관계 공무원인데, 몸이 불편하여 오늘까지 일주일째나 출근을 못 하고 있었다. 이 사람은 평소 건강한 사람으로 여간해서 병 같은 것을 앓아 본 적이 없는데, 갑자기 이상한 병을 얻게 된 것이다.

이 병은 증상이 참으로 괴이했다. 원래 무슨 병이든 환자 입장에서 보면 증상이 괴이하고 남모를 고통이 있다고 생각하는 법이다. 특히 젊은 여자들은 지극히 평범한 병일지라도 마치 많은 인간 중에 자기가 그 병을 처음 앓는 것처럼 증상을 호소하기에 다급하다.

그리고 병이란 것을 잘 앓아 보지 않은 사람도, 한번 병이 나면 대단히 수선스럽다. 그러고는 누가 그 병을 앓아 본 적이 있어서 증상을 잘 알고 말해도 자기는 좀 다르다고 한다. 자기의 증상은 독특하다는 것이다.

물론 똑같은 병이라도 환자에 따라 느낌은 다른 법이다. 그러나 객관적인 표현으로 정확히 말하자면 특별히 다를 이유가 없다.

최씨도 병이란 것을 잘 앓아 보지 않은 사람에 속했지만 확실히 증상이 이상하긴 했다. 최씨는 병원을 두 곳이나 다녔다. 한 곳에서는 기관지염이란 진단을 받았다.

이 무슨 뚱딴지 같은 소리냐?

최씨는 병원 문을 나서면서 미친놈이라고 투덜댔다. 공연히 주사를 맞고 약을 받아 가지고 나왔지만, 이틀 후에도 전혀 증상이 호전되지 않았다. 다른 병원을 또 찾았다. 이곳에서는 위염이라고 했다.

조금은 그럴 듯한 병명이었다. 최씨가 지금 아픈 곳은 위가 틀림 없었다. 글쎄? 통증이라고는 없으니 정히 아픈 곳이 위라고 할 수 없을지도 모르겠다. 단지 이상은 위에서부터 나고 있을 뿐이었다.

의사는 역시 주사를 놓아 주고 약도 잔뜩 주었다. 그러나 병세는 여전히 악화 일로…….

이러다간 꼭 죽을 것만 같았다. 최씨는 진땀을 흘리고 정신이 어찔어찔했다. 그리고 전신에 힘이 없었다. 위에서의 느낌도 아주 불길했다. 무슨 음식이든 먹는 즉시 없어지는 것 같았다.

이는 마치 벌겋게 달군 철판에다 눈을 녹이는 것과도 같았다. 음식이 스스로 녹아 버리는 느낌이었다. 쌀이든 두부든 고기든 채소든 닥치는 대로 녹았다.

느낌에는 한 가마의 밥도 먹어 치울 것 같고 황소를 통째로 먹을 수도 있을 것 같았다. 그래서 최씨는 가급적 많이 먹으면서 기운을 찾으려고 했다. 그 중에서도 가급적 고기를 먹으면서.

그런데 이상한 것은 먹으면 먹을수록 더 기운이 빠지고 배가 고픈 느낌이었다. 그러니 어쩌면 좋으랴!

그럼 건더기는 말고 국물은 어떤가? 뜨거운 국물은 원기元氣에도 좋을 테니. 이것도 마찬가지였다. 뜨거운 국물이든, 뜨거운 차든, 맹물이든, 뜨거운 액체만 몸에 들어가면 몸이 오싹하고 오줌을 찔끔 흘리며 심할 때는 정액精液도 흘리는 것이었다.

병원이란 곳엔 가보나마나 뻔한 소리만 했다. 기관지염·위염, 게다가 의사들이 빼놓지 않고 하는 소리는 신경성이란 말이었다. 하기야 최씨는 신경이 좀 날카로운 사람이라서 신경성으로 어디가 아플 수도 있다.

그리고 가는 기침을 잘 하는 편이니까 기관지염일 수도 있다. 또 최씨는 술을 잘 마시니 위염일 수도 있다. 그러나 그런 것은 문제가 아니었다. 지금 당장 괴로운 것이 문제였다.

최씨는 현재 썩은 이빨도 있으니 치통이나 치주염으로 진단할 수도 있다. 인간에게는 아픈 곳이 여럿일 수도 있으니까!

문제는 지금 최씨가 가장 괴로워하는 증상을 선택해서 치료해 주는 것이었다. 기관지염이든 위염이든 그것은 나중에 치료해도 된다. 지금 당장 원하는 것은 음식이 녹아 내리지 않게 해달라는 것과 기운을 차리게 해달라는 것이었다. 오줌이나 정액도 흘리지 않게 해 주고 정신도 아찔거리지 않게 해달라는 말이다. 최씨는 죽음의 공포를 느끼면서 안간힘을 다 해 애쓰고 있었다.

그런데 최씨가 일주일을 앓고 있는 중에 희소식이 들려 왔다.

용한 사람이 있다고 했다. 최씨 부인의 친구가 해 준 말인데, 계룡산에서 도道를 닦고 내려온 한의사가 있다는 것이었다.

한의사? 도인?

최씨는 귀가 솔깃했다. 어차피 죽을 몸, 한의사든 도인이든 한번 의뢰를 해 보기로 했다. 최씨는 부인과 부인 친구의 안내를 받아 도인 한의사를 찾아갔다. 마침 먼 거리도 아니어서 쉽게 찾아갈 수 있었다.

한의원에 도착해 보니 환자들이 많이 있었다. 용하긴 용한가 보았다. 최씨는 초조하게 기다렸다. 그런데 웬지 몸이 거뜬해지는 느낌이었다. 안도감 때문일까…….

얼마간 시간이 지나자 최씨의 차례가 왔다. 최씨는 남자 간호사의 안내로 진찰실에 들어섰다. 한의사는 고운 한복을 입고 있었고, 나이는 최씨와 비슷한 40대 후반 정도로 보였으며, 얼굴은 강한 인상을 주고 있었는데 특히 눈매가 범상치 않았다.

최씨가 보기에는 이 한의사가 필경 실력은 있어 보이는데, 심성心性은 선한 사람 같지가 않았다. 아무렴 어떠랴! 치료만 잘해 주면 그만 아닌가!

최씨는 한의사의 질문을 받자 증상을 샅샅이 고했다. 한의사는 괴상한 증상에 전혀 놀라는 기색 없이 태평히 듣고만 있었다. 최씨가 길게 얘기해도 말을 막지 않고 인내심을 가지고 듣고 있었다.

이윽고 최씨가 증상을 다 얘기하니까 침을 맞자고 했다. 최씨는 물었다.

"병명이 뭔가요?"

세상엔 아무리 증상이 복잡해도 이름 없는 병은 없는 법이다. 한의사는 쉽게 대답해 주었다.

"위소胃消입니다."

"그게 뭐지요?"

"위胃에 열이 계속 모여드는 것이지요. 위가 너무 뜨거워서 음식이 지나치게 소화가 되고 있지요. 위산 분비도 많고 위에 염증도 심합니다."

"네? 위염? 위산과다? 그렇군요."

최씨는 한의사의 말이 자신의 증상을 곧바로 설명하고 있다는 것을 느꼈다. 그렇다. 위에 열이 지나치게 많은 것이다. 달구어진 철판처럼, 아니 솥이라고 해야 할까?

"자, 엎드리세요!"

한의사는 커다란 침을 준비하고는 등을 보이고 누우라고 했다. 최씨는 순순히 따랐다. 침은 상당히 컸는데도 과히 아프지 않았다. 약간 저릴 뿐이었다. 최씨는 얼마간 엎드려 있다가 침을 뽑고 일어났다.

그 동안 한의사는 약을 지어 놓았다.

“지금 집에 가서 달여 드세요, 내일 아침이면 괜찮아질 겁니다.”

“네? 내일이면 낫는다고요?”

“…….”

한의사는 아무 대답이 없었다. 얼굴은 싸늘할 뿐이었다.

그런데 약은 두 봉지뿐! 이것만 먹으면 완쾌된단 말인가?

최씨로서는 약이 좀 많았으면 했다. 웬지 이곳의 약이 자기를 치료해 줄 것이라 믿었기 때문이다. 침을 뽑은 지 얼마 안 된 지금도 벌써 몸에 징후徵候가 나타나는 것 같았다.

한결 속이 든든한 것을 느꼈다. 최씨는 한의사를 다시 한 번 쳐다봤지만 친절한 표정은 일체 없었다. 한의사가 고운 옷을 입고 있기에 망정이지 옷이 다른 것이라면 천상 악당 두목처럼 보였을 것이다. 그러나 최씨는 한의사가 밉지 않았다.

성품이 어떻든 간에 자신의 병만 치료해 주면 그만 아닌가!

그렇다! 최씨의 병은 지금 이 순간에도 쾌조의 회복을 보이고 있었다.

최씨는 진찰실을 나와 간호사에게 치료비와 약값을 지불하고 한의원을 나섰다. 약값이 매우 쌌다. 집으로 돌아온 최씨는 즉시 약을 달여 한 사발을 마시고는 방에 편안히 누워 안정을 취했다.

최씨가 얼마간 잠을 자고 깨어나 보니 한밤중이었다. 최씨는 그대로 다시 잠이 들었다.

어느덧 아침이 왔다.

몸은 확실히 나아 있었다. 최씨는 밥을 조금 먹어 보았다. 그런데도 별탈이 없었다. 참으로 신통한 일이었다.

최씨는 한 봉 남은 약을 달여 먹으면서 한의사에 대한 고마움을 느꼈다.

사람은 누구나 훌륭한 의사를 만나 몸을 치료했을 때 크게 감명을 받고 고마움을 느끼는 법이다.

그리고 안도감과 보호감을 느낀다. 저런 의사가 있으므로 해서 인생이 안전할 수 있다. 의사란 참으로 고마운 존재이다. '저런 분에게 고마움을 표시 안 할 수 없다'라고 최씨는 생각했다.

최씨는 평생을 통해 지난 한 주 동안처럼 몸이 괴로웠던 적이 없었고, 죽음의 공포를 느꼈던 적도 없었다.

그래서 한의사를 마치 자기 생애에 갑자기 나타난 은인으로 보게 되었다. 최씨는 곰곰이 생각해 봤다. 사람의 앞날은 알 수가 없다. 언제 또 어디가 아플지 알 수 없는 것이다.

저런 의사에게는 잘 보여 두어야 한다. 친해 두면 더욱 좋을 것이다.

무엇을 선물하는 게 좋을까? 금품? 글쎄, 그것은 너무 속된 것 같다. 꽃은? 유치하다! 과일? 우습다! 고기는? 의사에게 육류를 갖다 주는 것은 실례일지도 모른다. 그렇다면 무엇이 좋을까? 그렇지!

최씨의 마음 속에는 한 가지 좋은 생각이 떠올랐다. 품위도 있고 가치도 있는 물건! 최씨가 생각한 선물은 다름아닌 붓글씨였다.

서예의 대가大家가 쓴 것으로, 큼직하게 표구를 해서 한의원에 걸어 두거나 그냥 소장해도 좋을 것이었다.

최씨는 혼자 고개를 끄덕이며 장롱 서랍에 넣어 둔 작품을 꺼냈다. 언제 보아도 잘 쓴 글씨였다.

조금 아깝기는 하지만 최씨로서는 얼마든지 다시 구할 수가 있었다. 최씨는 작품을 가지고 즉시 집을 나섰다.

최씨가 지금 하는 일은 상당히 뜻깊은 일이었다. 자신을 치료해 준 것에 대한 고마움을 사례함과 동시에, 앞으로 만약의 일에 대비하여 사귀어 두자는 것이었다. 이 선물은 한의사가 좋아할 것이 틀림없었다.

최씨는 어느덧 편안해진 몸을 이끌고 단숨에 한의원에 도착했다. 한의원 안에는 여전히 손님이 많이 와 있었다. 최씨는 환자로서 순번을 정해 놓고 차례를 기다렸다.

기다리는 동안 어제처럼 몸이 괴롭지는 않았다. 오히려 시간이 지날수록 감쪽같이 평소의 건강을 회복해 가고 있었다. 마침내 차례가 와서 간호사의 안내로 진찰실로 들어섰다.

한의사는 여전히 반가워하지 않았다. 일부러 최씨를 미워할 이유가 없는 것을 보면 누구한테나 그런 태도일 것 같았다.

다행히 용한 의사이기에 망정이지 별볼일 없는 사람으로 그런 태도였다면 어디선가 분명 사고가 났어도 한참 났을 것이다.

최씨는 제법 예민한 편이었는데도 한의사의 태도에는 상관하지 않고 다정히 인사를 건넸다.

"많이 나은 것 같습니다. 선생님 덕분에……."

"……."

한의사는 말이 없었다.

보통 의사의 경우라면 '그러세요……' 하고 밝은 표정으로 대꾸라도 했을 것이다. 정 말을 안 해야 의사의 권위가 선다 하더라도 최소한 표정만이라도 밝게 지어야 옳다.

그러나 이 의사는 여전히 몹쓸 표정!

어쩌면 천성이 그 모양인지도 몰랐다. 생긴 것 자체가 온건하게 생기지를 않았다. 누가 봐도 사납게 보거나 잔인하게 볼 것이다.

한의사는 어제와 마찬가지로 최씨의 팔을 걷고 맥인지 뭔지를 짚어 봤다.

"이제 괜찮군요!"

한의사가 잠깐 만에 형식적으로 팔목을 잡는 척만 한 것으로 봐서 최씨의 증상을 이미 파악한 듯했다.

"아, 네, 고맙습니다. 그런데 저 사례를 하고 싶어서 가져왔는데요…….

이거 글씨입니다만."

최씨는 재빨리 붓글씨를 건네 주었다. 그런데 한의사의 표정은 여전히 냉랭했다. 뭐 이런 물건을 가지고 다니냐는 듯 무덤덤하게 한 손으로 글씨를 받았다.

순간, 최씨는 실망으로 가슴이 편치 않았는데, 그래도 한의사는 글씨를 펴보았다. 물론 대수로운 물건을 다루는 태도는 아니었다.

그런데 글씨를 살펴보던 한의사는 갑자기 놀라면서 관심을 나타냈다.

"대단히 잘 쓴 글씨군요! 누가 쓴 것인가요?"

한의사는 처음으로 인간다운 태도를 보였다. 최씨도 기분이 좋아져서 글씨를 자랑했다.

"네, 저의 형님됩니다. 좌도坐島 선생은 유명한 분이에요. 하하, 글씨가 정말 대단하지요?"

최씨의 형님은 예명藝名 혹은 도호道號가 좌도坐島였던 것이다. 최씨는 글의 좌측에 작게 씌어져 있는 '좌도坐島 최기을崔基乙' 이란 낙관을 가리키며 싱글벙글했다.

자신의 형님을 자랑하는 데도 멋쩍어하는 기색이 전혀 없었다. 사실 누가 봐도 최기을의 글은 명필名筆이라고 할 만했다.

한의사는 글씨를 아는 사람인지 최씨의 말에 강한 동감을 표시하며 고개를 여러 번 끄덕였다.

"이렇게 좋은 글씨를 주서서 고맙습니다. 그런데 좌도 선생은 이 고장 분인가요?"

그러고는 생전 말을 걸지 않을 것 같던 한의사가 분명한 말투로 최씨의 형님에 대해 관심을 보였다.

최씨는 더욱 기분이 좋아졌다. 한의사가 사례품을 좋아할 뿐만 아니라, 벌써 친숙한 대화가 오가고 있었던 것이다.

"네, 우리 형님은 이 고장에서 나서 자랐지요. 지금은 광주에 올라가
서 살고 있어요!"

"목포에는 가끔 오시나요?"

"그럼요, 자주 옵니다. 지난 달에도 왔었지요!"

"그렇군요! 고맙다고 전해 주세요. 언제 목포에 오시면 한번 놀러 나
오시라고 하세요. 나는 서예를 아주 좋아합니다."

"네, 네 그러지요. 그럼 이만."

최씨는 연상 웃는 낯으로 인사를 하고는 한의원을 나섰다. 최씨가 진
찰실을 나서자 곧이어 다른 환자가 들어왔지만, 그 사이 잠깐 한의사의
표정은 무엇인가를 생각하며 무섭게 변했었다.

최씨는 한의사가 사례품을 고맙게 받았을 뿐만 아니라 형님의 글씨에
반해 놀러 오라고까지 한 데 대해 흐뭇한 기분을 느꼈다.

'언제 형님 모시고 한의원에 놀러 가야지!'

최씨는 마음 속으로 이렇게 다짐하며 집으로 향했다. 몸은 벌써 전부
터 이미 환자가 아니었다.

겨울 휴식

오랜만에 눈이 내리고 있었다. 무엇인가 때가 된 것일까?

내리는 눈은 사람의 마음을 숙연하게 하고 자연의 섭리를 일깨워 준다.

그리고 눈은 사람의 가벼운 마음을 덮어 주기 때문에 휴식을 주기도 하고, 고요 속에서 추억을 일으키게 하기도 한다. 또한 눈은 하늘의 보호를 느끼게 해 주어서 여유를 갖게 해 준다.

민여사는 창문을 통해 정원에 내리는 눈을 바라보고 있었다. 민여사 집의 정원은 아주 넓은 것은 아니었지만, 집의 뒤쪽으로 깊고 그윽한 느낌을 주도록 꾸며져 있었다.

정원의 한쪽 편에는 조그마한 연못 같은 것이 있었는데, 눈이 오니 그곳은 더욱 고요하고 신비한 느낌을 주었다. 민여사는 그쪽을 바라보고 있는 중이었다.

눈은 정원의 곳곳에 쌓여 온 집 안에 생기를 공급해 주고 있었다. 민여사가 외출을 하지 않고 집에만 있은 지는 벌써 여러 날이 되었다. 민여사는 자기가 좋아하는 정원조차 나가 보지 않고 방에만 있었던 것이다.

그렇다고 해서 민여사의 몸이 지쳐 있다거나 기분이 우울한 것은 아니었다. 오히려 그 반대였다. 마음은 어느 때보다 차분하고 깊었으며, 몸은 가벼웠다.

민여사는 일부러 집에 있으면서 기운을 축적하고 있는 것이었다. 이렇게 하는 것이 민여사의 방법이었다. 이것은 어떻게 보면 천지 자연天地自然을 닮아 있는지도 모른다.

천지의 운행도 크게 일어났다가는 반드시 잠잠해질 때가 있는 법이다. 그것은 지쳐서 머뭇거리는 것이 결코 아니다. 하늘의 작용은 힘이 있을 때라도 다시 한 번 축적하면서 항상 영원을 대비하는 것이다. 이것을 민여사가 본받은 것일까?

민여사는 일단 행동에 임하게 되면 폭을 넓혀 철저히 파고들지만, 후에는 물러나 쉬면서 고요 속에서 자기의 역사를 다시 한 번 음미한다.

민여사는 일기 같은 것을 쓰지 않는다. 간단히 메모 정도는 해두지만, 인생의 보람과 가치를 그때 그때 느끼면서 살아가는 것이다.

민여사는 앞으로도 며칠을 더 쉴 생각이었다. 민여사가 이렇게 하는 것은 이번 여행을 통해 생生의 폭이 훨씬 넓어졌다는 느낌을 가졌기 때문이다. 민여사는 이러한 느낌 속에 포함되어 있는 풍요한 세계를 완전히 자기 것으로 만들기 위해 깊은 고요 속에 자신을 쉬게 하는 것이었다.

가볍게 움직여서 새로 깃들인 생의 흐름을 어지럽히기 싫었기 때문이다. 지금은 마치 태어나기를 기다리는 어린아이와도 같았다. 며칠 후 민여사가 문 밖을 나서게 될 때가 바로 태어남을 의미하는 것이다.

민여사는 문득 집 안에서의 할 일을 생각하고 창문 곁을 떠났다. 이제 다시 태어나면 더욱 활기차고 가치 있는 인생이 열려 있으리라……

• • •

마음의 병과 약

김실장의 마음은 지금 발전과 타락의 갈림길에 서 있었다.

오늘도 김실장은 회사에서 곧장 집으로 돌아왔다.

사람이 직장에서 일을 끝내고 집으로 곧장 들어오는 것은 여자들이 보기에는 성실한 생활 태도일 수도 있겠지만, 그것이 계속되면 인생의 발전은 기대할 수가 없다.

타락이란 바로 이런 것이다. 발전이 없이 세월만 보내면 그것이 바로 타락이 아니고 무엇이겠는가?

세월은 재산 축적과 맞바꾸는 것은 결코 보람이 아니다. 물론 세월이 지날수록 재산이 쌓여 나가야 하겠지만, 인생이 이것밖에 더 볼 것이 없다면 이 사람은 산다는 뜻이 없는 것이다.

인생에 있어 무엇보다 중요한 것이 있다면 그것은 바로 정신의 향상이다.

김실장의 요즘 태도는 아주 무기력했다. 회사에서도 업무 이외의 동작이나 말은 거의 없었다. 이는 열심히 일하는 태도라고만 볼 수 없다. 한 사람의 우울은 남의 사기도 저하시킬 수 있다.

집안에서도 마찬가지였다. 김실장의 음성엔 웬지 기운이 없고 말의 내용도 무미 건조했다. 김실장의 착한 부인은 어떻게든 남편의 마음에 활력을 주고 싶었지만 그 방법을 몰랐다.

김실장은 지금 자기의 서재에 파묻혀 허공을 응시한 채 기대앉아 있었다. 그의 바로 앞에는 교훈敎訓이 적혀 있는 족자가 말없이 늘어져 있었다. 김실장은 우연히 족자를 바라봤다.

그 족자는 오래 전부터 서재에 있었던 것이지만 그 글이 보이기는 오늘이 처음이었다.

김실장은 기대 있는 상태에서 허리를 바로 일으켰다. 무엇인가 글에서 느껴지는 것이 있었다.

글은 공자孔子의 말이지만 잘 쓴 글씨는 아니었다. 김실장의 얼굴이 조금 밝아졌다. 눈은 여전히 글을 보고 있었다.

'아침에 도道를 깨달으면 저녁에 죽어도 좋다朝聞道 夕死可矣.'

김실장은 고개를 갸우뚱하며 무엇인가를 깊게 생각하고 있었다.

그렇다면 도사는 이미 도道를 깨달은 사람이기 때문에 죽음을 당했어도 이는 크게 슬퍼할 일이 아니다.

김실장 자신은 어떠한가? 앞으로 도를 깨달아 인생을 보람되고 행복한 것으로 만들어야 하지 않겠는가?

김실장은 이런 생각을 하고 있는 것일까? 얼굴색이 조금 더 밝아졌다.

이제 자세는 완전히 정상으로 돌아왔다. 김실장은 자리에서 일어나 서재 밖으로 나왔다. 이때 밖에 누가 찾아온 것이다.

부인이 먼저 문을 열어 주러 나가고 김실장도 뒤따라 현관으로 나갔다.

"안녕하세요!"

대문에서 손님의 목소리가 들렸다. 낯익은 목소리였다. 손님이 현관으로 들어서고 보니 최여사의 남편인 백이사였다.

"이 사람 집에서 무얼 하고 있나? 하하."

사람 좋은 백이사가 현관을 들어서며 김실장의 어깨를 가볍게 쳤다.

"아니, 갑자기 웬일이야?"

김실장은 반가워하며 응접실로 안내했다.

마침 잘 찾아와 준 것이다. 요즘 김실장의 기분에는 친한 친구인 백이사가 약이 되는 것이다.

"자네, 약을 가져왔네! 명약名藥이야, 하하."

백이사는 김실장의 심정을 잘 아는 듯 자리에 앉자마자 약 얘기를 했다. 정말 약을 가져온 것일까?

"아주머니, 이 친구 내가 고쳐 놓을 테니 술상이나 차리시지요, 하하."

백이사는 친구의 부인에게 허물없이 술상을 시키고 김실장을 바라봤다.

"오랜만이군! 부인도 잘 있나?"

김실장은 태연히 인사를 건넸다.

"응, 잘 있지! 자네에게 약도 보내고……."

"무슨 소리야? 약이라니……."

"하하, 자네 지금 마음의 병을 앓고 있지 않나?"

백이사는 며칠 전 전화를 했을 때 김실장 부인으로부터 김실장의 근황을 들어 잘 알고 있었던 것이다.

김실장은 느닷없이 찾아온 백이사가 자기의 심정을 알아주자 마음이 한결 편안해졌다. 사람은 어느 정도 상대방의 감정 상태를 알고 있어야 한다. 아무리 친한 사람이라 하더라도 남의 기분을 모르고 제 마음대로 대화를 이끌어 간다면 이처럼 피곤한 일은 없을 것이다.

김실장은 고개를 끄덕이며 백이사의 말에 답변했다.

"그렇다네, 그분이 갑자기 돌아가셨다니 허무한 생각이 들어."

"그럴 테지. 그러나 어쩌겠나? 운명이라고 생각해야지."

김실장은 백이사의 말에 천천히 고개를 끄덕였다. 잠시 후 김실장 부인이 술상을 차려 내왔다.

"허어, 어디 봅시다. 안주가 시원치 않으면 난 술을 안 들어요."

"걱정 마세요, 또 준비할 테니. 우선 드시고 계세요!"

김실장의 부인은 공손히 웃으며 말하고는 다시 사라졌다.

"자, 한잔 들까?"

두 사람은 서로 잔을 따라 주고는 즉시 그것을 들어 마셨다. 잔은 다시 채워졌다.

"자네 말이야, 내가 기막힌 소식을 가져왔네. 약이 되는 소식이야!"

백이사는 한잔 술이 들어가자 벌써 기분이 좋아지고 있었다.

"음? 무슨 소식이야, 어디서 온 소식인데?"

"바로 조성리지 어디겠나? 내 아내가 가져온 소식이야!"

"뭐라고?"

김실장은 조성리라는 말이 나오자 흠칫 놀랐다. 조성리라면 도사가 살던 곳인데, 기막힌 소식이라면 무엇일까? 도사가 살아 돌아오기라도 했단 말인가?

"자네, 이번 여행에서 실망이 많았을 거야. 그건 이미 지난 일이고…… 그런데……."

백이사는 갑자기 엄숙한 말투로 얘기했다.

"그 도사님 말이야, 자네에게 유언을 남겼다는구먼!"

"뭐 유언?"

김실장은 놀라서 크게 소리 쳤다. 김실장의 마음은 두근거리기 시작했다. 그분이 내게 유언을 남기다니! 나를 잊지 않고 계셨구나……. 김실장은 놀라움과 기쁨에 휩싸이며 눈물이 글썽했다.

그도 그럴 것이다. 도사는 갑자기 그리고 조용히 죽어 갔지만, 그 와중에도 김실장을 잊지 않고 유언을 남겨 놓았던 것이다.

죽을 때도 김실장을 생각하고 있었던 것이다. 유언의 내용이 문제가 아니었다. 유언을 남겼다는 자체가 너무도 감동스러웠다.

김실장은 이 순간 생과 사가 하나라는 생각이 들면서 도사의 거대한 섭리를 느꼈다.

사실 김실장은 마음 속으로야 도사를 항상 그리워하며 지냈지만, 실제로는 얼굴 한 번 보지 못한 것이다.

당초 부인을 통해 물에 빠져 죽을 것을 구해 줄 때도 그랬고, 불에 타 죽을 것을 면해 줄 때도 그랬다.

그뿐이 아니다. 애타게 찾아갔을 때는 이미 죽어서 만날 수가 없었다. 그야말로 도사는 철저히 김실장의 면접을 거부했던 것이다. 그것은 죽어서조차도 그랬었다.

김실장은 아직 도사의 얼굴을 한 번도 본 적이 없었다. 그런데도 두 번이나 목숨을 구해 주었다. 그런데 그 생면 부지의 은인인 도사가 유언을 남겼다는 것이다.

김실장은 마음을 가다듬고 백이사의 다음 말을 기다렸다.

"좋은 유언이래! 자네가 찾아갔을 때는 도사의 제자가 마침 지리산에 가 있었을 때야."

"그래? 그렇게 된 것이구나. 그런데 그 소식은 어디서 들었어?"

"음…… 그거, 하하."

백이사의 표정이 다시 미소로 바뀌었다.

"내 아내한테 들었어! 아내는 그 제자와 지리산까지 갔었다네!"

"음? 자네 부인이 그 제자와 지리산까지 갔었다고?"

김실장은 어안이 벙벙했다.

"자자, 우선 한잔 들고……."

백이사는 술을 반 잔 정도 마시고는 다시 말을 이었다.

"자세한 것은 나중에 얘기하자고. 아내가 듣고 온 바에 의하면 도사는 자네에게 좋은 유언…… 아니, 예언이라고 해야 할까? 아무튼 전언을 남겨 두었대!"

"좋은 유언이라니? 그게 뭔데?"

"나는 몰라, 내 아내도 모른대. 도사의 제자가 유언을 적어 놓은 노트가 있다고 하더군. 가서 직접 들어야 된대."

백이사는 부인에게 들은 대로 얘기했다. 사실 백이사는 유언 노트말고도 알고 있는 것이 있었다. 부인은 여행을 다녀온 후 남편에게 장광설을 늘어놓으면서, 도사가 김실장에게 남겨 놓은 유언 중에 김실장이 앞으로 아들을 갖게 된다는 것을 말했었다.

그뿐이 아니다. 도사는 앞으로 있을 김실장의 아들에게 도사가 살던 방까지 주었다는 것이다. 그러나 부인이 이것을 절대 얘기해서는 안 된다고 했기 때문에 친구 사이에도 말하지 않고 있는 것이었다.

물론 백이사 부인은 자기는 실컷 얘기하면서도 남편이 김실장에게 가서 누설할까 봐, 그것을 본인에게 미리 얘기하면 액운이 있을지도 모른다고 은근히 겁을 주었던 것이다.

아무튼 김실장은 백이사의 말을 듣고 마음의 병을 말끔히 회복했다. 김실장은 인생은 길고 해야 할 일은 얼마든지 있다는 것을 깨달은 것이다.

도사가 유언을 남겨 준 것은 자기를 기억해 주었다는 사실 외에도, 세상은 죽음 후에도 계속되고 또한 참여할 수도 있다는 것을 시사해 주고 있었다.

죽음이 모든 것의 종말이라면 죽어 가는 사람이 무엇 때문에 유언을 남기겠는가?

모든 것을 달관한 도사가 유언까지 남긴 것을 보면 세상은 무한한 뜻이 있는 것이고, 죽는다 해도 그것이 없어지지 않는다는 것을 말한다.

김실장은 마음 속으로 이미 내일 아침 당장 조성리 마을로 떠날 것을 결심하고 있었다. 이런 일을 이제 다시 지체할 수는 없는 것이다.

게다가 도사의 유언…… 좋은 예언이라는 것이 궁금해서 한시라도 견딜 수가 없을 지경이었다. 그러나 김실장은 이제 마음을 탁 풀어 놓고 술이나 들면 되었다.

"여보! 뭣 좀 더 없어?"

김실장의 목소리는 생기가 넘쳐흘렀다.

"네, 지금 가요!"

김실장 부인은 마침 안주거리를 더 만들어 내오면서 남편의 밝은 목소리를 감지했다.

"아주머니도 한잔 하시지요!"

백이사도 김실장이 밝아진 것을 느꼈는지, 그 부인에게도 술을 권했다.

"네, 그러지요!"

김실장 부인은 남편이 기운을 회복했기 때문에 자신도 여유가 생겼다. 세 사람은 이제 평범한 생활사를 얘기하면서 한동안 술을 마셨다. 집 밖에는 어느덧 어둠이 내려와 있었고 백이사는 시계를 보았다.

"이제 갈 때가 됐는데!"

백이사는 빈 술병을 얼핏 쳐다보고는 자리에서 일어났다.

남존 여앙南尊呂岩 선생

우연이란 평범한 사람의 눈으로 보면 문자 그대로 우연일 뿐 특별한 의미가 없다.

그러나 인생에 있어서 우연이란 운명적으로 그렇게 되게끔 되어 있어서 이유가 내재되어 있는 것이다.

그렇기 때문에 인생에 있어서는 우연이란 없다.

그런데 사람이 변화해 온 세월을 살펴보면 거의 모든 것이 우연의 연속인 것처럼 보인다. 그리고 우연을 빼놓고는 인생의 성공이든 실패든 결정적 이유가 보이지 않는다.

말하자면 어떤 사람이 지금 크게 성공해 있다고 할 때, 그 과정을 살펴보면 반드시 우연적 요소가 있어 그렇게 됐다는 것이다.

그러나 그 우연이야말로 실은 운명적 필연인 것이다.

한의사는 며칠 전 있었던 우연을 운명적 필연이라고 해석했다.

최씨가 자기의 환자로 나타난 것은 한의사 자신의 운명이 그렇게 되어 있기 때문에 최씨가 나타난 것이라고 본 것이다.

즉, 한의사 자신은 스승이 부촉付囑한 커다란 사명을 성취하게 되는 운명이기 때문에, 자기가 찾고자 하는 사람이 쉽게 나타난 것이라고 믿는 것이다. 이는 결코 우연이 아니다.

따라서 환자 최씨의 형인 '좌도坐島 최기을'이란 사람은 자기가 찾고자 했던 바로 그 좌도이고, 결코 동명 이인同名異人일 수가 없다는 것이다.

한의사는 자신을 하늘이 선택한 사람이라고 믿었다.

그렇기 때문에 처음부터 스승을 만나게 되었고, 나중엔 큰 임무도 자기 손에서 이룩된다는 것이다.

이제 그 시기가 눈앞에 다가왔다.

한의사는 방금 전 표구해다 놓은 좌도 최기을의 글씨를 바라보고 있었다.

글씨는 물론 아주 잘되어 있어서 한의사도 만족했지만, 글의 내용도 아주 좋은 것이었다.

한의사는 그 글이 논어論語에 나오는 글이었으므로, 좌도 최기을이란 사람이 공부를 많이 한 사람이라고 생각했다

'인격人格이 있는 사람은 외롭지 않다. 반드시 이웃이 있는 것이다德不孤 必有隣.'

한의사가 그리는 과거의 환영은 스승인 고적선古寂仙이 말하고 있는 모습이었다.

스승은 인자한 모습으로 제자를 둘러보고는 천천히 이렇게 말했었다.

"이제 20여 년 후부터는 후천 개벽後天開闢이 시작되는 것이야. 후천 개벽이란 선천 개벽先天開闢과 비교하면, 모든 것이 합치고 통하는 때인 것이지. 즉, 선천 개벽이 음陰과 양陽이 갈라져서 특징을 이루는 시기라면, 후천 개벽이 시작되면 음陰과 양陽이 근거리에서 작용하여 충기沖氣를 만

들고, 먼 곳과 가까운 곳이 통하여 천하天下가 점점 넓어지는 것이야. 이 때가 되면 천하는 이익도 많아지지만 혼란도 많아. 이것은 자네들이 수습해야 하는 것이지. 그러기 위해서는 큰 공부를 성취해야 할 것이야. 천지天地의 작용은 다 분수分數가 정해져 있어서 인간이 막을 수는 없어! 천하는 자연스러워야 하는 것이야. 복福도 화禍도 하늘이 내리는 자연스러운 섭리이지. 이 자연을 막아서면 큰 뜻을 거스르는 것이야! 후천 개벽이 되면 거대한 화합和合이 이루어져 태평 성대太平聖代가 오고, 이 땅에도 많은 변화를 맞이할 것이야. 물론 큰 복福도 있고, 큰 화禍도 있어. 그러나 모든 것은 하늘이 정한 일, 자네들은 자연을 이해하고 하늘의 섭리를 깨달아야 하는 것이야. 그런데 하늘의 섭리를 막아 서는 무리가 있어!"

스승은 잠시 한숨을 쉬고는 제자들을 둘러봤다. 자리에는 동존 유암東尊維岩, 남존 여암南尊呂岩, 서존 영암西尊靈岩, 북존 경암北尊耕岩 등 수석 제자 네 명이 경건히 앉아 있었다.

스승인 고적선의 말이 이어졌다.

"자네들이 그것을 막아야 해. 좌도坐島라는 사람이 있어. 이 자가 자연의 흐름을 역행하고 하늘에 대항하는 것이지. 어딘가에 있을 거야. 나이도 모르고……. 그러나 예사 인물은 아닐 것이다. 학식이 많고, 특히 팔괘를 통달한 자이겠지. 천지의 흐름과 운명을 꿰뚫고 있겠고, 조성리 마을이 연고지일 거야. 지리산에도 그 자의 사형 혹은 사제로 보이는 수도인이 있어. 좌명坐冥과 좌청坐淸이라고 하네만, 마음 공부는 자네들보다 훨씬 앞서 가고 있어. 그러니 자네들도 더욱 노력해야 할 것이야. 단지 그들의 몸 공부 수준은 자네들과 비슷하다고 봐야겠지. 자, 그리고 자네들은 이젠 하산할 때가 되었네. 산에서 할 공부는 대충했으니, 속계俗界에 내려가 토탄의 세계를 배우게. 천하에 가장 큰 공부는 인간의 마음이야, 인간을 배우고 향상의 길을 가도록 하게!"

스승은 이 가르침을 마지막으로 이젠 정기적인 강좌를 갖지 않겠다며 어디론가 폐관閉關 여행을 떠났다.

그후 고적선의 제자들은 각자 정해진 곳으로 흩어져 하산하였는데, 남존 여암 선생은 고향인 목포에 돌아와 있었던 것이다.

한의사는 눈을 가늘게 뜨고 자신의 어떤 계획을 다시 한 번 음미한 후 간호사인 김군을 불렀다.

"김군, 이것은 보약이야. 최씨에게 전해 주고 내일 저녁에 놀러 오라고 하게!"

"네, 그렇게만 전하면 됩니까?"

"음."

김군은 진료 카드에 적힌 최씨의 주소를 찾아보고는 한의원을 나섰다.

얼마 후, 김군의 전갈을 받은 최씨는 대단히 기뻐하며 내일 기꺼이 찾아가 뵙겠다고 전하라고 했다.

이렇게 되어 다음날 저녁에 최씨와 한의사의 만남이 성립되었다.

두 사람은 최씨의 안내로 부둣가의 횟집을 찾았다.

"선생님, 제가 한잔 올리겠습니다."

최씨는 자리에 앉자마자 술을 권하며 사귐의 정을 표했다. 한의사도 밝은 표정을 지으며 최씨에게 술을 따라 주었다.

"자, 함께 마십시다."

"네, 좋지요. 제가 이 술 마시고 병나면 책임 지셔야 됩니다. 하하."

최씨는 농담까지 하며 시원하게 술을 들어 마셨다. 최씨로서는 훌륭한 의사를 사귀게 되어 기분이 몹시 좋았던 것이다.

한의사도 고개를 끄덕이고는 술을 마셨다.

이어 두 사람은 주거니 받거니 하며 몇 순배가 돌아갔다. 그러자 한의사가 지나가는 말투로 얘기를 꺼냈다.

"저, 붓글씨 말이에요. 표구를 해놨지요. 정말 명필이더군요."

"그런가요? 하하. 우리 형님 글씨가 마음에 드시는 모양이군요."

"그렇습니다. 그런데 부탁을 하나 해도 되겠는지요?"

"네? 아, 네, 말씀해 보세요."

최씨는 한의사가 자기한테 부탁하려는 것이 글씨에 관한 것임을 짐작했다.

한의사는 미안한 듯 천천히 말했다.

"네, 글씨를 이미 얻었지만 하나 더 갖고 싶군요. 필요한 문장이 있어서……."

"그래요? 알겠습니다. 구해 드리지요. 누구의 부탁인데 안 들어주겠습니까. 하하, 무슨 글을 써달라고 할까요?"

"고맙습니다. 좌도 선생은 공부를 많이 했나 봅니다!"

"그럼요! 우리 형님, 좌도 선생은 공부를 아주 많이 했어요. 한학漢學에는 통달했지요!"

최씨는 원래 사람이 좀 모자란 것인지 술이 취한 것인지 무턱대고 자랑을 늘어놓았다. 자신이 잘난 것도 아닌데…….

한의사는 웃으며 적당히 부추겼다.

"네, 글씨를 보니까 그럴 것 같고요. 사서삼경四書三經도 물론 터득했겠지요?"

"네? 사서삼경요? 그건 기본 아닙니까!"

"그렇군요, 제가 필요한 글은 《주역周易》에 관한 글인데…… 좌도 선생이 《주역》을 아실는지요?"

한의사는 은근히 최씨의 비위를 건드려 봤다.

"《주역》요? 그거, 점치는 책 아닙니까? 아니, 그런 것이 아니지! 사서삼경 중에 하나 아닙니까?"

최씨는 《주역》이라는 책을 알고 있는가 보았다.

어쩌면 자기 형에게 들어서 책의 제목이나마 익혀 둔 것인지? 한의사는 회심의 미소를 지으며 다시 한 번 최씨를 자극했다.

"네, 《주역》은 사서삼경 중에 하나이지요. 그런데 그 어려운 책을 좌도 선생께서는 공부하신 모양이에요?"

"공부하다뿐입니까? 《주역》은 어렸을 때 이미 통달했어요. 그래서 형님은 사람의 운명도 잘 알고 있답니다."

"그래요? 그거 대단하군요. 《주역》의 글을 하나 부탁하겠습니다. 교훈이 되는 글로…… 저는 지금 《주역》을 공부하는 중이어서…… 미안합니다."

"걱정 마십시오. 자자, 술이나 더 듭시다."

최씨는 한의사의 말을 마음으로 새겨 두고는 잔을 들어 흥을 돋우었다.

"그럽시다, 술이 아주 세군요! 하하……."

한의사는 술잔을 높이 들면서 맞장구를 치는 한편 최씨의 주량을 칭찬했다. 그러나 정작 술이 센 사람은 한의사였다. 한의사는 최씨보다 훨씬 많이 마셨으나 안으로는 아직 기별도 가지 않고 있었다. 단지 겉으로만 술이 취한 척하며 최씨를 응대하고 있는 것이었다.

그러나 누가 한의사를 자세히 관찰한다면 가끔씩 날카로운 표정을 짓는 그 속에는 맑고 냉정한 기운이 서려 있다는 것을 알 수 있을 것이다.

마음도 그렇다. 지금 한의사의 마음은 최씨와 함께 있는 것이 아니었다.

겉으로는 흥거워하면서 현재의 술자리를 즐기는 듯하지만 그 숨겨 놓은 생각은 실로 끔찍한 것이었다.

"자, 내 잔을 받으세요."

한의사는 다정한 미소를 지으며 잔을 돌렸다.

"주세요, 그까짓 것 다 마셔 버리지."

최씨는 시간이 갈수록 자세가 흐트러지고 술을 흘리기도 했다.

이제 술을 더 마시기는 틀린 것 같았다. 이윽고 최씨는 비틀거리며 일어났다.

"자, 그만 갑시다."

최씨는 일어나서도 겨우 걸어 나가고 있었다. 그나마 다행이었다. 술을 더 마시자고는 하지 않으니까.

한의사는 최씨를 부축하면서 술값을 치렀다. 원래는 최씨가 술값을 치러야 하는 데도 최씨는 이미 혼수 상태였으므로.

한의사는 최씨의 상태를 개의치 않았다. 자신은 오늘 충분한 소득이 있었다.

좌도 최기을이란 사람이 《주역》을 통달한 사람이란다!

물론 이는 최씨가 그냥 혼자 떠들어 본 소리에 지나지 않을 수도 있다.

그러나 어리석은 최씨가 제법 《주역》에 대해 말하는 것을 보면 어디서 단단히 들은 적이 있는 것 같았다.

어디서? 그것은 바로 형일 가능성이 많았다!

아무튼 좌도 최기을이라는 사람이 써오는 주역에 관한 문구文句를 보면 모든 것이 분명해질 것이다.

한의사는 이런 생각을 품고 최씨와 함께 어둠 속으로 사라졌다.

학선생, 도전받다

사람들에게 현재 위치에서 가장 바라는 것이 무엇이냐고 묻는다면 각양각색의 대답이 있겠지만, 대개는 자기에게 부족한 것을 원할 것이다. 혹은 어떤 것을 정해 놓고 추구하던 사람은 그 목표의 달성을 소원으로 삼을 것이다.

돈이 없어서 고생하는 사람은 우선 재물을 원할 것이다, 돈이 그런 대로 있는 사람은 건강을 원할지도 모른다.

돈과 건강이 있으면 다음엔 명예를 원할까? 욕심慾心은 끝이 없다.

그러나 무엇인가 갖추고 있기 때문에 또 다음 것을 원하는 사람은, 부족해서 그것만을 원하는 사람보다 절실하지는 않을 것이다.

장님이 원하는 것은 무엇일까? 돈일까, 명예일까, 사랑일까? 틀림없이 눈을 뜨고 싶어할 것이다.

귀머거리는 역시 귀가 열리고 싶어할 것이고, 사랑의 열병을 앓고 있는 사람은 돈도 명예도 다 싫고 오로지 그 님만을 기다리고 있을 것이다.

운동 선수는 기술의 향상과 이기는 것, 발명가는 발명을, 예술가는 위대한 작품을, 등산가는 정상 정복을 원할 것이다.

그래서 행복이란 단적으로 '이것이다'라고 말할 수 없는 것이다.

누구나 나름대로의 행복이 존재한다. 행복의 조건은 수시로 변한다. 오늘은 이것을 원했어도 내일은 다른 것을 원한다. 그렇기 때문에 행복한 미래란 어떤 것이냐고 묻는다면 쉽사리 대답할 수가 없다, 고작해야 지금 당장을 기점으로 해서 미래의 모습을 그려 볼 수밖에는.

사람은 미래의 어떤 성취를 위하여 준비하고 또 행동한다. 그것은 모두 현재의 생각에서 비롯된 것이다. 생각이 변하면 미래의 목표도 자연히 변하게 된다.

그러나 미래의 목표를 정해 놓아도 그것이 반드시 성취되는 것은 아니다.

어떤 사람은 행복한 미래를 향해 열심히 나아가다 돌연 사고를 당해 불행으로 치닫는다. 그러고는 일생 내내 불행 속에서 헤맨다.

가장 비근한 예는 돌연 불구의 몸이 되는 것이다. 갑자기 병으로 반신 불수가 된다든가, 사고로 두 다리를 영영 못 쓰게 되는 경우 등이 그것이다. 어떤 사람은 실수로 종신 감옥에 있기도 하고, 아예 죄없이 처형을 당하는 수도 있다.

이것은 불행해진 사람의 예이지만, 어떤 사람은 뜻하지 않게 행운이 찾아와서 어느 새 행복한 사람이 되어 있는 경우도 있다.

그렇기 때문에 사람은 공연히 미래를 불안하게 생각하거나, 막연히 행복할 것이라고 믿어 버리거나 해서는 안 된다.

그러면 어떻게 하면 좋을 것인가?

공자孔子는 이렇게 말하였다.

'군자君子가 두려워하는 것이 세 가지 있는데, 그 하나는 천명天命이요, 그 둘은 대인大人이요, 그 셋은 성인聖人의 말씀이다孔子曰, 君子有三畏 畏天命 畏大人 畏聖人之言.'

이 세 가지는 각각 나름대로 의미가 있겠으나 그 중에서도 천명이란 더욱 각별한 의미가 있다고 해야 할 것이다. 모든 것이 이것으로 비롯되기 때문이다.

천명이 좋은 경우는 이것을 복福이라고 표현하거니와, 실로 복이란 인격人格보다도 나은 것이다. 또한 천명이 나쁜 것을 화禍라고 하지만, 이것은 죄악보다도 못 한 것이다.

그래서 인간은 누구나 미래, 즉 운명을 알고 싶어한다.

만일 어떤 사람이 미래를 알 필요 없다, 주어지는 대로 그냥 살겠다고 한다면 제법 대범해 보이지만, 이는 하늘에 대한 오만이다.

그러므로 사람은 마땅히 미래를 궁금해하고, 또한 나쁜 운명이 있을까 해서 두려워하며 조심해야 할 것이다.

천명天命을 두려워하지 않는다면 이는 분명 군자가 아니다.

오늘 미아리 학선생은 유난히 손님이 많았다.

이것도 오늘의 운수라고 해야겠지만, 학선생은 진정 남의 운명을 올바로 판단해 주고 싶어했다. 적당히 돈이나 벌자는 뜻으로 점쟁이 노릇을 하는 것이 아니었다.

학선생이 보다 사랑하고 가엾어하는 사람은 운명을 알고자 애쓰는 사람이었다.

그래서 학선생은 찾아온 손님을 정성껏 대하지만, 그는 그 정성만큼 사람의 운명을 잘 알지는 못했다.

이것은 학선생이 최선을 다 하고 있는 데도 어쩔 수가 없는 것이었다. 그러나 이렇게라도 성심 성의껏 운명을 감정해 주고 틈틈이 공부를 해 나간다면 날이 갈수록 향상되어 나갈 것이다.

그렇게 되면 사람에게 더욱더 좋은 운명의 안내자가 될 수 있을 것이다.

이것이 학선생의 꿈이고 행복이었다.

학선생은 지금 이쯤에서 오늘 영업을 그만두고 자신의 공부를 하려는데, 또 한 사람이 들어왔다.

그냥 보낼까 했지만 그 사람은 인상이 좋고 나이가 든 사람이라서 그냥 내보내기가 민망한 생각이 들었다.

이 노인네는 도대체 어떤 운명을 알고 싶어서 찾아온 것일까?

"이쪽으로 앉으시지요."

학선생은 노인을 자리에 앉혔다. 노인은 푸근한 미소를 지으며 자리에 앉았다.

학선생이 마주앉아 노인을 얼핏 보니 얼굴색이 좋고 귀상貴相이었다.

여유 있게 다문 입, 편안한 눈, 부드럽게 솟은 코, 넉넉한 귀 등 모든 면에서 복이 있는 상相이었다. 무엇보다도 천진해 보이는 태도는 고생이라곤 전혀 모르는 사람인 것 같았다.

"복채를 내세요!"

학선생은 순서에 입각해서 복채를 요구했다.

"복채요? 아, 네, 돈 말이군요. 얼마지요?"

노인은 이런 곳에 처음 온 것 같았다.

학선생이 돈의 액수를 얘기하자 고개를 갸우뚱하며 말하는데, 그 말이 상당히 깊이가 있어 보였다.

"복채가 그것밖에 안 됩니까? 사람의 운명을 알려 주는 대가가 너무 적군요, 허허."

"네? 그렇습니까? 그럼, 더 많이 내셔도 됩니다."

학선생은 노인의 인품이 좋은 것을 알고 농담 비슷하게 한 마디 건넸다.

그러자 노인은 흔쾌히 학선생의 말을 받았다.

"그러지요. 열 배 드리리다, 아니 백 배를 줄 수도 있어요."

“네?”

학선생은 노인의 말에 놀라고 말았다. 백 배를 줄 수도 있다니!

복채의 백 배라면 한 달 내내 벌어야 하는 돈이었다. 학선생은 내심 약간 흥분했다.

“할아버지, 정말이신가요?”

학선생은 미소를 지으며 부드럽게 물었다. 마음 속으로는 이 노인이 농담을 하고 있지 않다는 것을 이미 느끼고 있었다.

“그럼요, 단지 나에 대해 비슷하게라도 맞추어야 합니다. 미래도 말해 주고.”

노인의 말은 분명했다.

학선생이 운명을 과연 잘 아느냐? 하고 묻고 있는 것이었다.

“좋습니다, 사주四柱를 대보십시오.”

학선생은 심각한 표정을 지으며 단호하게 말했다.

속으로는 자존심도 상했을 뿐 아니라, 정말로 자신의 학문이 사람의 운명을 옳게 집어 내는가 하는 의문도 들었다.

그래서 학선생은 눈치를 살피지 않고 순수하게 사주를 풀어서 과연 맞아떨어지는지를 보고 싶었다. 말하자면 아주 공식대로 풀어 보겠다는 것이다.

학선생의 마음 속에는 어느 새 강한 의지가 발동하고 있었다.

‘반드시 이 노인의 운명을 풀어 보이겠다. 우선은 과거와 현재를 옳게 맞출 수 있어야겠지!’

학선생이 이렇게 생각하고 있는데, 노인이 사주를 불러 주었다.

“58세 계축생癸丑生에 10월 4일, 술시戌時입니다.”

노인은 진지한 음성으로 사주를 불러 주고 조용히 기다렸는데, 그 모습은 참으로 침착하고 귀해 보였다.

“음력인가요?”

“그렇습니다.”

학선생은 만세력萬歲曆을 뒤적이며 즉시 사주를 세웠다. 사주는 ‘계축 癸丑 계해癸亥 병술丙戌 무술戊戌’ 이었다.

학선생은 이것을 하나하나 주의를 들여 풀어 가면서 요점을 적어 나갔다.

이윽고 노인의 사주 속에 있는 간지干支 여덟 자를 가지고 풀어낼 수 있는 모든 사항을 추려 냈다.

이제 이것을 노인에게 불러 주어서 판정을 받아야 하는 것이다.

운명 풀이에 있어 미래의 일은 입증할 수 없는 것이니 믿고 안 믿고에 달려 있다.

그러나 과거와 현재는 본인이 알고 있는 것이니, 점쟁이는 자기가 풀어 낸 것을 당사자에게 검증받아야 하는 것이다.

이는 마치 시험 문제에 답하는 것과 같지만, 정답인가 아닌가는 당사자가 채점하는 것이다.

아무리 사주법에 부자로 나와 있어도 당사자가 거지면 거지인 것이다. 사주를 풀어서 이 사람이 멀쩡하게 나와 있어도 현실이 불구자면 불구자인 것이다.

단지, 미래만은 그때 가봐야 아는 것이니 어떤 주장도 펼 수가 있다.

대개 과거와 현재를 맞춘 점쟁이가 미래를 얘기하면 믿게 마련이고, 또 점쟁이가 말하는 방식이 권위가 있거나 유식하거나 능숙하거나 하면 믿게 된다.

그러나 과거와 현재는 어떻게 말해도 맞느냐 틀리느냐 둘 중에 하나다. 이것은 주장으로 되는 일이 아니다. 엄연한 답이 이미 존재하고 있기 때문이다. 그 답은 당사자가 알고 있다.

지금 학선생은 노인에 대해 과거나 현재를 말해 주어야 할 입장이었다. 학선생은 자기가 적어 놓은 사항을 다시 한 번 살펴보고는 노인의 운명을 선언하려는 중이었다. 긴장된 순간이었다.

노인은 학선생이 무슨 말을 하는가에 주의를 집중했다.

그런데 이때 학선생의 마음 속에는 동요가 일어나기 시작했다.

'내가 지금 하는 일은 예부터 내려오는 사주법이야. 과연 이것으로 이 노인의 운명을 드러내 보일 수가 있을까? ……문제는 일주日柱란 말이야.'

학선생은 잠시 더 머뭇거리며 노인을 쳐다봤다. 노인은 아주 성실한 태도로 학선생의 말을 기다리고 있었는데, 그 모습은 마치 어린 학생이 선생의 가르침을 기다리는 듯 보였다.

학선생은 노인의 모습을 보며 생각했다.

'이 노인은 나를 시험하려는 것이 아니야! 내가 자기를 알아맞히기를 기다리는 것이지! 내가 만일 엉뚱한 소리를 하게 되면 이 노인은 얼마나 실망할까? 이 노인은 과연 어떤 삶을 살았을까? 이 노인은 무엇을 하는 사람일까? 과연 사주법에 나와 있는 대로의 그런 사람일까? 글쎄, 자신할 수가 없어…… 만일 내가 틀리면 이 노인은 크게 실망하겠지. 그러고는 어쩌면 다음부터는 아예 점쟁이를 신용 안 하겠지. 그럴 거야! 이 노인은 너무 천진해. 나는 이 노인을 실망시켜서는 안 될 것이야!'

학선생은 고개를 천천히 가로저었다.

'안 돼! 나는 이 노인의 운명을 감정할 수가 없어. 나 자신이 확신할 수 있는 운명 판단법이 있어야 해. 지금 나는 그런 확신을 가지고 임하는 것이 아니야. 이것은 기만술이야. 어쩌다 맞는 수도 있겠지. 그러나 나 스스로가 확신하지 못하는 방법으로 남을 판단해 준다는 것은 옳지 못한 일이다.'

학선생은 웬지 이 노인에게만은 진실을 보여 주고 싶었다. 그리고 이 노인의 운명을 판단할 수 있는 단 한 번의 기회를 실패로 끝내고 싶지 않았다.

그러면 어떻게 할 것인가? 그만둘 것인가? 틀리든 맞든 나와 있는 대로 말해 버릴까?

학선생은 결론을 내지 못하고 계속 망설이고 있었다.

"시간이 꽤 걸리는군요!"

노인이 말했다. 기다리기가 지루한 모양이었다.

"아, 네, 죄송합니다. 그런데 저, 양해를 구할 일이 있는데요."

"네? 양해요? 무엇인데요?"

"할아버지, 할아버지 사주는 아주 특이합니다. 제가 연구를 좀 해서 나중에 알려 드리면 안 될까요?"

"연구요? 허허, 내 사주가 그리 어려운 것이오?"

"네, 뭐 꼭 그렇다기보다는 신중을 기하기 위해서입니다."

"그래요? 정 그렇다면 할 수 없지요. 좋아요, 연구를 해 보세요. 허허."

노인은 기분이 나쁘지 않은가 보았다. 학선생의 성실한 태도가 마음에 든 것 같았다.

"죄송합니다."

학선생은 정중히 고개를 숙여 미안함을 표시했다.

"괜찮아요, 다시 오리다. 자, 그리고 이건 수고비요."

노인은 일어나면서 복채를 내어 놓았다. 보통 복채의 열 배 정도의 금액이었다.

"아니, 돈은 안 주셔도 됩니다. 제가 한 일이 없잖습니까?"

"허허, 받아 둬요. 연구를 하려면 연구비가 있어야 되는 것 아니오."

“그래도 저…….”

학선생이 어쩔 줄 몰라하는 사이에 노인은 벌써 문으로 나갔다. 학선생은 급히 뒤따라 문 밖까지 배웅을 했다.

“자, 다음에 봅시다. 연구가 되면 연락을 주시오. 여기 전화 번호로.”

노인은 명함을 한 장 주고 떠나갔는데, 명함에는 직업도 직함도 없이 이름과 전화 번호뿐이었다.

‘박영진!’

학선생이 아는 한에서는 유명인은 아니었다. 학선생은 노인을 보내 놓고 잠시 방에 누워서 천장을 바라보며 생각하다가 갑자기 일어나서 밖으로 나왔다. 그리고는 큰길로 나오지 않고 골목길을 따라 내려갔다.

순명의 현장

영민이는 조금 전에 중대한 사실을 깨달았다.

그것은 날짜에 의미를 부여하는 방법인데, 결과적으로는 팔괘八卦에 귀결歸結하는 것이다.

이 방법에 의하면 주어진 팔괘는 정확히 천체 현상에 부합하게 되어 있어, 이것으로 운명을 판단할 때 그 합리성과 정밀성이 크게 향상된다는 것이다.

영민이의 판단에 의하면 이제 인간의 운명을 거의 현실에 맞게 해석할 수 있는 것이다.

물론 약간의 오차는 있게 마련이다. 그러나 그것은 추후 연구를 가해서 조정할 수 있을 것이다.

날짜 이외의 기둥에 대해서는 이미 정확한 간지干支가 정해져 있으니 그것을 그대로 사용하면 된다.

단지 연年의 간지에 대해서는 긍정도 부정도 할 입장이 못 되니 옛 성인의 예에 따르면 될 것이다. 그리고 각 기둥의 천간天干은 사용해도 좋고 사용하지 않아도 좋다.

만약 간지를 모두 사용하기로 해서 사람의 운명을 판단하면, 그 유형은 무려 천이백구십육만에 이르게 되어 그 사람의 운명의 큰 모양을 나타낼 수가 없다.

이는 마치 우리 나라의 지형은 볼 수 없고 어느 동네의 골목 지도를 그린 것이 된다.

사람의 신체를 보는 데 있어서 팔다리 모양은 보지 못하고 손톱 하나를 살피는 것이 된다.

그러므로 어느 정도까지는 운명을 확대해서 보는 것이 더 선명해지는 것이다. 무턱대고 세밀해서는 오히려 중요한 모양을 보지 못한다.

영민이는 이 점을 생각해서 일단 큰 모양을 살피는 방법을 생각해 냈다.

그것은 사람의 운명 유형을 사천구십여섯 가지로 구분하는 것인데, 이것으로 운명의 흐름을 의미 있게 축적할 수 있다. 필요하다면 부분을 확대해서 보는 방법도 있다.

물론 이 운명의 유형을 5천 가지 미만으로 구분한다 하더라도, 운명에 대해 알 수 있는 양률이 조밀하기 때문에 기존의 방식보다는 100배 가량 살필 수 있는 양이 많아지는 것이다.

영민이는 이제 인간의 운명을 팔괘의 흐름으로 표현할 수 있으니, 그것을 해석하는 데 주력해야 할 것이라고 생각했다. 영민이의 공부는 이 점에 있어서는 아직 초보에 지나지 않았다.

그러나 현재 영민이의 수준만 가지고도 어떤 사람의 운명에 대해 큰 모양을 알 수 있게 된 것이다.

영민이는 우선 주변의 많은 사람들을 살펴봐서 자기의 방법이 어느 정도나 적중하는가를 조사해 보기로 했다.

아무튼 영민이는 이제 사람의 운명에 관한 한 일가견을 가질 수 있게 된 것이다. 그것이 과연 여타의 방법에 비해 얼마나 유용한지는 앞으로 시험해 보면 자연히 드러날 것이었다.

영민이는 생각하는 것을 그만두고 《주역》 책을 펴들었다. 마음을 정돈하고 공부의 큰 흐름을 잡기 위해서였다.

'역易에 사상四象이 왜 있는가? 이는 보여주기 위함이다. 계사繫辭는 왜 있는가? 이는 예고豫告하기 위함이다. 어째서 길흉吉凶을 정해 놓았는가? 이는 결단을 내리기 위함이다易有四象 所以示也 繫辭焉 所以告也 定之以吉凶 所以斷也.'

영민이는 고개를 천천히 끄덕이며 다음 장을 넘겼다. 오늘은 이해가 잘되고 잡념도 없었다. 하숙집 안은 조용하기만 했다.

영민이가 앉아 있는 골방은 마치 깊은 산중에 있는 도인道人의 방과도 같았다.

시간은 천천히 흐르고 있었고, 영민이의 마음은 깊게 움직였으며, 이에 따라 영민이의 정신은 더욱 맑고 신령한 곳으로 나아가고 있었다.

선비는 삼일三日을 보지 않으면 눈 비비고 봐야 할 정도로 변해 있다고 하는데, 영민이야말로 지금 시시각각 변해 가고 있는 것이다.

따르릉—.

갑자기 전화벨이 울렸다.

귀가 밝은 영민이는 벨 소리를 들었으나 전혀 개의치 않고 계속 독서에만 몰두했다. 그런데 전화는 영민이에게 온 것이었다.

"학생, 전화받아요!"

'음? 전화? 이 시간에 누굴까?'

영민이는 고개를 갸우뚱하며 밖으로 나왔다. 민여사의 전화는 아닐 것 같았다.

"여보세요, 어! 누구야? 인수구나! 그래? 그럼, 나야 시간 있지. 서울역? 알았어! 지금 출발하지."

영민이는 《주역》 책을 덮고 급히 나갈 채비를 했다. 전화를 해온 사람은 도박꾼 인수였는데, 이태원엘 함께 가자는 것이었다.

영민이가 이런 일을 마다할 리가 없었다. 제일 좋아하는 도박을 하러 가자고 하는데 다른 일이 뭐 있겠는가?

지금 영민이의 마음은 상당히 한가로웠다.

근래에 와서 학문에 일대의 진전이 있었거니와, 오늘도 큰 언덕을 하나 넘었다. 이제 천천히 책이나 읽으면서 또 다른 계기를 기다리면 되는 것이다.

영민이는 하숙집을 나와 언덕길을 내려왔다. 넓은 골목길 좌우에는 여러 가지 간판이 보였는데, 그 중에서도 '처녀보살'이라는 간판이 눈에 들어왔다. 이 동네의 유일한 점치는 집이었다.

영민이는 오늘따라 유심히 그 간판을 보면서 지나쳤다. 이때 영민이의 마음 속에는 미아리의 학선생이 잠깐 떠올랐다.

'학선생! 좋은 사람이야. 지금쯤 손님하고 마주 앉아 있을까? 공부를 많이 한 사람이지. 조만간 한번 찾아가 봐야겠어.'

영민이는 골목을 빠져 나와 큰길을 건넜다.

마침 버스가 와서 재빨리 올라탔다. 영민이는 버스의 가장 앞좌석에 앉을 수 있었다. 창 밖을 내다보니 날씨가 잔뜩 흐려 있어 곧 눈이라도 쏟아질 것만 같았다.

그러나 영민이의 마음은 지금 어느 때보다도 밝았다.

'오늘은 좋은 일이 있을까? 인수가 이길 수 있을까?'

영민이는 자신의 마음이 밝으니 오늘 자기와 만나는 인수도 재수가 좋았으면 하고 바랐다.

거리는 좀 어두운 듯했지만 버스는 시원하게 달려 어느덧 서울역에 도착했다.

영민이가 버스에서 내려 조금 걷자 눈이 내리기 시작했다. 영민이는 미소를 지었다. 기대한 대로 눈이 오기 때문이었다. 다른 일도 이처럼 예측이 쉽다면 얼마나 좋겠는가?

인수를 만나기로 한 다방은 서울역 바로 앞에 있었다. 영민이가 다방에 들어서자마자 인수는 자리에서 일어나 나왔다. 시간을 절약하기 위해서였다.

"오랜만이야!"

"그래, 가볼까?"

두 사람은 신속히 출발했다.

얼마 후 택시가 이태원에 도착하자, 눈발은 더욱 굵어져 있었다. 이태원시장에는 평소보다 사람이 적었고 모두들 한가하게 보였다.

골목을 돌아 도박장에 당도해서 벨을 누르니 주인이 직접 나와서 문을 열어 주었다. 도박장 주인은 인수를 기다리고 있었던 것이다.

인수는 몇 시간 전 도박장 주인으로부터 그 여자가 온다는 기별을 받고 즉시 영민이에게 연락해 준 것이었다.

인수는 지난번 영민이가 구경하는 중에 자기가 졌기 때문에 오늘은 설욕하는 것을 보여 주고 싶었는지도 모른다.

사실 영민이도 그것을 보고 싶었다.

오늘 영민이는 도박을 할 마음이 없었다. 구경하는 것만으로도 충분히 즐거움을 느낄 수 있을 것 같았다. 특히 그 여자와 하는 단판 승부는 스릴이 있었다.

이는 마치 운명을 선택하는 것과도 같아서 알고 모르고에 의해 차이가 많이 난다. 알면 공돈을 얻는 행운이지만, 모르면 큰돈을 잃는 불행이 생기는 것이다.

이층에 올라가 보니 미스 리라고 하는 여자는 이미 와 있었다.

"차 마실래?"

주인은 늦게 도착한 인수에게 음료를 권한다.

"냉수나 한 컵 주세요, 영민이 너는?"

인수는 자기는 사양하면서 영민이에게 묻는다.

"아니……."

영민이도 웃으며 고개를 저었다.

주인은 인수에게 냉수 한 컵을 따라 주고는 자리로 안내했다.

"안녕하세요?"

인수는 미스 리를 보고 먼저 인사를 건넸다.

"네, 안녕하세요?"

미스 리도 조용한 목소리로 인사를 하고는 약간 부끄러운 듯 미소를 지었다.

"시작할까?"

주인은 즉시 본론을 꺼냈다.

"그러지요! 액수는 얼마지요?"

인수는 주인의 얼굴만 보고 물었다.

"글쎄…… 미스 리 어떻게 할래?"

주인의 말에 미스 리는 말없이 수표 한 장을 내놓았다.

지난번하고 똑같은 금액이었다. 인수도 수표를 내놓았다. 그런데 인수가 내놓은 금액은 미스 리의 두 배였다.

"음? 돈이 남는데! 하하, 미스 리가 더 내야겠는데."

이 말을 듣자 미스 리는 가방을 열고 수표와 현찰을 추려서 있는 대로 주인에게 건네 주었다. 주인이 세어 보니 조금 남았다.

주인은 그것을 미스 리에게 돌려주려고 했다. 이때 인수가 끼여들었다.

"남아요? 얼마예요?"

"응? 더 할래…… 좋구먼, 작은 거 세 장."

이렇게 해서 액수는 지난번의 두 배가 조금 넘었다. 두 사람 모두 단단히 각오를 하고 왔나 보았다.

주인은 상과 주사위를 챙겼다. 오늘은 구경하는 사람이 없었다. 저쪽에서 한 팀이 마작을 하고 있었지만 이쪽 일에 신경을 쓰지 않고 있었다.

영민이의 마음은 속으로 달아오르고 있었다. 자신의 일도 아닌데 마음이 두근거렸다. 손에는 잠깐 사이에 땀이 쥐어졌다.

영민이는 돈 자체보다 오늘의 운명이 궁금한 것이었다.

'오늘은 누가 이길 운명인가? 그것은 무엇으로 미리 알 수 있을까?'

영민이는 벌써 생각을 진행시키고 있었다. 주인은 준비를 마쳤다. 인수는 웃는 표정을 지으며 담배를 피워 물었다. 미스 리도 미소를 짓는 듯 보였지만, 얼굴에 홍조를 띠고 가슴이 약간씩 떨리는 것을 영민이는 보았다.

미스 리의 눈은 약간의 두려움과 희망을 동시에 담고 있었다. 이것은 흡사 운명을 기다리는 태도 그대로였다. 누구나 운명 앞에서는 두려움과 기대를 함께 느낄 것이다.

"누가 먼저 부를래?"

주인은 인수를 먼저 쳐다보고는 다시 미스 리를 향해서 물었다.

"저쪽 마음대로요!"

미스 리는 지난번처럼 인수에게 먼저 고르라고 말했다. 목소리는 확실히 떨리고 있었다.

이때 영민이는 미스 리의 성격을 생각해 봤다. 영민이 자신이라면 지나 이기나 먼저 고르겠다고 말할 것이다.

물론 확률은 똑같다. 단지 틀렸을 때의 충격은 자기가 먼저 선택했을 경우 더 클 것이다.

그런데 미스 리는 이겼을 때의 쾌감보다 졌을 때의 충격을 줄이는 길을 택했다.

어쩌면 미스 리는 자기가 자기의 운명을 선택해야 한다는 것이 두려웠는지도 모른다.

여자이기 때문일까, 아니면 남녀를 떠나서 미스 리의 약한 마음 때문일까?

영민이는 미스 리가 약간 가련하다는 생각이 들었다. 얼굴을 얼핏 보니 예쁘다는 생각도 드는 것이었다.

영민이가 이 세상에서 자기 어머니와 민여사 외에 이런 느낌을 가져 본 것은 처음이었다.

그러나 영민이는 자기 마음이 그렇다는 것을 음미하지 못했다. 인수의 말소리가 들려 왔기 때문이었다.

"내가 먼저 고르지요!"

주인은 고개를 끄덕이고 주사위를 흔들었다.

짤랑짤랑—.

주사위가 사발에 부딪치는 소리는 작고 냉랭했지만 영민이가 느끼기에는 마치 벼락 소리 같았다.

운명이 만들어지는 소리인 것이다. 이윽고 주인의 손이 멈추었다. 이제 저 사발 아래 주사위 세 개가 저마다의 숫자를 정해 가지고 있는 것이다.

갑자기 침묵과 고요가 엄습했다. 어떻게 보면 무서움도 느껴졌다. 지금 운명이 와서 기다리는 것이다. 인수는 담뱃불을 짓이겨 끄고는 사발을 노려보고 있었다.

잠깐 동안 인수의 표정은 두 번 바뀌었는데, 한 번은 사발을 비웃는 듯 보였고, 한 번은 깊이 사색하는 표정이었다.

여자는 고개를 약간 돌리고 가볍게 떨고 있었다.

순간, 영민이는 마음 속으로 한 가지 번호를 정했다. 그것은 자연히 떠오르는 마음의 상(像)이었다. 지난번처럼 애쓰지 않고 고른 것이다. 영민이는 이 생각을 부드럽게 감싸고 있었다. 혹시 그 생각을 너무 강하게 품고 있어서 그 기분이 인수에게 영향을 미칠 것 같았기 때문이다.

그런데 영민이는 부드러운 확신을 느끼고 있었다. 그리고 영민이는 자기는 그 답을 알고 있고, 모르는 사람끼리 게임을 하는 것으로 느껴졌다.

이는 마치 자기가 시험 문제를 내놓고 답을 맞추어 보라고 내민 느낌이었다. 영민이가 속으로 정해 둔 것은 짝수였다.

인수는 여전히 생각했다. 누구 하나 숨소리조차 내지 않았다.

시간은 그리 오래 지나지 않았지만 길게만 느껴졌다.

인수가 드디어 숫자를 불렀다.

“홀수!”

순간 미스 리는 흠칫했지만 아직 답은 공개되지 않았다.

“홀수라고 불렀지? 인수가 홀수야!”

주인은 숫자를 다시 한 번 확인했다.

“네, 홀수입니다.”

인수가 조용히 반복하자 주인은 조심스럽게 사발을 치웠다.

숫자는 ‘1—4—5’ 짝수였다. 인수가 또 진 것이다.

잠시 동안 아무도 말이 없었다.

인수는 몇 번이고 주사위를 확인하고는 패배를 시인했다.

“졌습니다, 일어나지!”

인수는 영민이를 얼핏 쳐다보며 즉시 자리에서 일어났다.

“안됐구먼.”

“아니에요. 어차피 한 사람은 질 건데요, 뭐.”

인수는 주인의 위로에 밝게 대답하고는 문 쪽으로 나섰다. 영민이도 따라 나설 수밖에 없었다. 이것이 오늘 인수의 운명인 것이다.

여자는 다른 쪽을 보고 있었다. 인수를 보기 민망한가 보았다.

주사위는 아직 상 위에 그대로 있었다. 미스 리는 이것을 한동안 건드릴 수 없을 것이다. 그것은 바로 운명의 현장이기 때문이다.

위험한 뇌 탐색

수진이는 기다리던 방학을 맞이하였다. 그렇다고 남들처럼 어디를 놀러 다닌다거나 방학을 이용해 특별히 할 일이 있는 것은 아니었다. 단지 휴식을 취하며 생각을 좀 해 보고 싶은 것이다.

그 동안은 하루가 너무 빨랐다. 무엇인가 차분히 생각할 만하면 금방 다음날이 찾아오곤 했다. 그러고는 주어진 생활에 임해야 했다.

수진이는 때로 만사가 귀찮아 몸을 움직이고 싶지 않을 때도 있었지만 어김없이 학교에는 가야 했던 것이다.

물론 수진이가 공부를 싫어하는 것은 아니다. 다만 어딘가에 매여서 자유가 없다는 것이 괴로웠던 것이다. 사람은 자유가 없으면 웬지 불안한 생각이 들고 생활이 권태로워지는 것이다.

지금에야 조금 여유가 생겼다. 사실 학교 생활은 언제나 했던 것이고, 오빠가 죽은 이래 오히려 바쁜 일이 줄어들었지만, 수진이는 생활에서 하는 일이 귀찮았던 것이다.

이는 외로움 때문일 것이다. 그나마 오빠가 있었을 때는 서로의 정신 세계가 다를지언정 의지가 되었는데 지금은 상대할 사람이 없었다. 좋은 날이 되어도 함께 보낼 사람이 없는 것이다.

남들은 다 있는 가족이 내겐 왜 없을까?

수진이는 요즈음에 와서 가끔 이런 생각을 했다. 이것을 운명이라고 하는 것일까? 그렇다면 내겐 왜 이런 운명이 있는 것인가?

그러나 이런 생각은 언제나 답을 내지 못하고 끝났다.

수진이는 학교에서의 대인 관계가 원만한 편이었지만, 그것은 표면적일 뿐 내면의 허전함은 사람을 깊게 사귀지 못하게 했다.

사람이 이래서는 날로 어두워지고 성격이 잘못될 수가 있다. 수진이는 가급적 명랑해지려고 노력했지만 점점 우울한 일이 많아지는 것 같았다.

어느 날은 즐거운 기분으로 집에 들어와도 자기 혼자뿐이라는 것을 깨닫게 되면 즉시 마음이 슬퍼졌다. 그리고 우울한 기분으로 집에 들어올 때는 그 기분이 더욱 깊어지곤 하는 것이다.

무엇인가 근본적인 대책이 없으면 살아가는 것이 너무 힘들다. 어린 나이에, 게다가 여자 몸으로 생활을 꾸려 간다는 그 자체도 힘든 것이지만, 그보다는 당장 정신적인 문제가 더 컸다.

경제적인 문제는 그나마 논밭이 조금 있어 이것으로 겨우 지탱할 수 있었다. 학교를 마치고 나서는 달리 방법을 세우면 될 것이었다. 요는 어떠한 마음을 가지고 살아야 하는가, 이것이 문제였다. 이것이 바로 수진이가 생각하고자 하는 것이었다.

인생이란 무엇인가? 어떻게 살아야 하는가? 나는 어떤 마음가짐이 필요한가? 세상엔 나 같은 사람이 또 있는가? 그들은 어떤 생각을 하며 살고 있는가? 나의 미래는 어떠할까?

수진이는 오전 내내 방에서 쉬면서 생각하다가 밖으로 나왔다. 조성리에 가서 점쟁이, 아니 도사를 만나야겠다. 그 도사는 지난번 오빠의 죽음을 예고해 주었었다. 수진이는 그 당시 조성리 도사와 한 말을 정확히 상기想起해 냈다.

'아가야, 그냥 돌아가거라. 네? 무슨 말씀이신지요? 약은요? 약은 필요 없다. 그리고 아가는 자기 인생을 살아야 한다, 알겠느냐? 네? 약이 필요 없다니오? 자기 인생?…… 어서 나가 봐.'

수진이는 도사에게 가서 '자기 인생'이란 뜻을 알아보고 현재 처지에서의 마음가짐을 물어 보려고 했다.

지금 수진이의 기분은 다소 평온했다. 오전 내내 자유롭게 쉰 덕분에 몸도 개운한 것 같았다. 수진이는 천천히 집을 나섰다.

이때 함께 있던 수진이 오빠(?)도 수진이를 따라 나섰지만 수진이가 마을 어귀로 나와 버스를 타자 더 이상 따라가지 않았다. 따라갔다가 길을 잃을 것이 걱정되었기 때문은 아니다.

지금에 와서는 귀신 종수는 많이 향상됐기 때문에 길 정도는 문제가 아니었다. 그보다 훨씬 더 한 능력도 많이 갖추게 되었던 것이다. 종수가 수진이를 따라가지 않은 것은 나중에 동생이 다시 들어올 것을 알고 있기 때문이기도 했지만, 지금은 공부가 더 바쁘기 때문이었다.

종수는 한시도 쉬지 않고 열심히 공부했으므로 그 발전은 참으로 놀라운 것이었다. 종수는 이제 소리를 들을 수 있을 뿐 아니라, 시각視覺을 판단하고 온도와 습도까지 감지할 수 있었다.

아직 사람 말소리의 뜻은 잘 모르지만, 사람이 말하고 있다는 정도는 알 수 있었다. 먼 곳에 있는 새나 방 안의 벌레는 물론이고, 주변의 세세한 물건 형태를 거의 정확히 알아맞히었다.

대개 정신 감각에 있어서는, 하나의 능력은 즉각적으로 다른 능력을 유발시킨다. 종수는 이미 많은 능력을 갖추고 있기 때문에 발전 속도는 더욱 빨랐다. 종수의 공부 태도는 어떤 성실한 인간보다도 나았다. 그리고 총명하기도 했다.

　종수는 어디를 다닐 때 반드시 통로로 다녔다. 방에서 나올 때도 문을 통과했다. 사실 종수는 마음먹으면 즉시 벽을 통과해서 나올 수 있었지만 그것을 적극 자제했다.

　이렇게 하는 것은 인간의 감각을 익히기 위함이었다. 만일 문을 무시하고 아무 데로나 다니면 편할지는 모르지만 물질이 가로막고 있다는 사실은 영원히 터득하지 못할 것이기 때문이다.

　종수는 이미 이 사실을 알고 있었다. 그래서 철두철미하게 이것을 지키는 것이었다. 길거리에서도 장애를 만나면 피해 갈 뿐 돌파해 나가지 않았다. 닫힌 문을 들어갈 때는 반드시 문틈을 찾아 들어갔다.

　종수는 수도 파이프 속을 여러 번 드나들면서 통로 감각을 익히고 전선줄 위로 어김없이 지나는 것도 훈련했다.

　이제 어떤 면에서는 사람의 감각을 넘어선 것도 있었다.

　그리고 무엇보다도 새로운 발전은 물질에다 영향을 미치는 방법이었다. 종수는 처음에 물질의 존재 감각을 익히다가 역으로 그것에 힘을 주는 연습을 했다. 물론 처음에는 아무런 효과가 없었다. 이는 종수 자신의 떨림 때문이었는데, 그러다가 그것을 안정시키는 방법을 우연히 알게 된 것이다.

　떨림이란 힘을 주면 오히려 더 심해졌다. 그래서 완전히 체념을 하면서, 즉 힘을 빼면서 천천히 의지를 작동시키자 먼지 한 알 정도 움직일 힘이나마 분명한 현상을 일으킬 수 있었던 것이다. 이것은 거꾸로 하는 방법이다. 사물에 대해 의식을 집중시키되 느슨하게 하는 것이다.

　종수는 처음엔 습관적으로 힘을 주어서 오히려 물체에 미치는 영향이 전혀 없었는데, 여러 번 반복하는 중에 습관을 바꾸게 된 것이다.

　그런데 먼지 한 알 정도 겨우 움직이는 이 힘은 도대체 무엇에 쓸 것인가? 아직은 모른다. 그러나 없는 것보다는 낫지 않겠느냐? 어쩌면 이 힘은 시간이 지날수록 증가할 수도 있다.

종수는 조급해하지 않았다. 처음 자기가 태어났을 때(?)에 비하면 지금은 엄청나게 발전해 있었으므로.

종수는 수진이를 배웅(?)하고는 마을의 아무 집이나 들어섰다. 물론 논길을 따라 조심스레 걸어서 열린 대문을 통과하여 방 문 틈을 정확히 비집고 들어간 것이다.

방에는 나이를 알 수 없는 여인이 누워 있었고, 방바닥에는 담요가 깔려 있었다. 낮잠이라도 자고 있는 것일까?

바닥은 온도가 높은 것으로 봐서 불을 지펴 놓은 것이 틀림없었다. 한쪽 벽에는 장롱 서랍 들이 놓여 있었다.

종수는 이러한 모든 사실을 익숙히 감지하고는 여자 몸에 접근했다. 종수가 특별히 여자를 선택한 것은 여자 몸이 남자보다 섬세하여 형상감각形相感覺을 익히기에 더 적합할 뿐만 아니라, 신체 내부도 남자보다는 변화가 많아서 공부하는 재미가 더 있었기 때문이다.

물론 종수는 아직 재미라는 것을 잘 모른다. 단지 가치하고 비슷하게 느끼는 것이다. 아직도 공부할 일은 많고도 많았다.

아무튼 종수는 여자의 옷 속을 통과하여 젖가슴을 슬쩍 지나치는 정도로 이 물건(?)이 젊은 여자임을 판별했다.

오늘은 어디를 탐색해 볼까? 콧구멍으로? 아니면 귓구멍으로? 입 속은 어떨까?

입 속으로 들어가는 방법은 콧구멍을 통과하면 된다. 그리고 계속 들어가면 수많은 통로, 즉 창자나 각종 장기臟器에 도달한다. 이곳은 많이 들어가 봤다. 아래쪽은 어떨까? 별 신통한 것이 없을 것 같았다. 가장 재미있고 신기한 곳은 뇌 속이었다.

그리고 혈관 속을 따라 움직여 보는 것은 큰 공부가 되었다. 단지 끝없이 긴 혈관 속에서는 특별한 의미를 느끼지 못할 뿐이었다. 이것은 나중에 그 통로를 체계적으로 살펴야 할 것이다.

역시 뇌 속을 살펴보자. 그런데 뇌 속을 살피는 것도 통로를 따라 질서 있게 살펴야 하는데 복잡하기 그지없다. 우선은 닥치는 대로 살펴볼 수밖에 없다.

종수는 지난번에 가봤던 동굴 같은 곳으로 가보기로 했다.

종수는 귀를 통과해서 가는 데까지 가보다가 나중에는 뇌를 그냥 관통해서 아무 곳이나 들쑤시며 다녀 봤다. 자기의 유체幽體를 크게도 해 보고 작게도 해 보며 한도 없이 헤맨 것이었다.

마침내 어떤 심상치 않은 지역에 도달했다.

종수는 정밀을 기하기 위해 자기 유체를 줄여서 통로 속을 다닐 수 있도록 조절했다.

종수가 지금 서 있는 상황은 마치 거대한 동굴 앞에 서 있는 것과도 같았는데, 통로는 저 앞쪽으로 길게 이어져 있고, 벽은 울퉁불퉁하고 조직적인 모양이 반복되어 있었다. 그것은 수천 수만 개가 입체적으로 퍼져 있고 곳곳에는 더 작은 동굴들이 뚫려져 있는 듯했다. 동굴 속은 완전한 암흑이었지만 종수는 미세한 온도 차이를 이용해서 물질의 밀도를 감지하였다.

종수가 조심스럽게 앞으로 전진하자 또 다른 신호가 감지됐다. 이것은 소리인지 빛인지 알 수 없었으나 주기적인 맥동과 임의적인 흐름과 진동이 섞여서 장엄한 조화를 나타내고 있었다.

쿵쿵쿵쿵—.

웅웅—.

종수는 이것들이 생체生體의 한 현상으로, 살아 있는 물체가 갖는 신비한 작용일 것이라 생각했다.

특히 이곳은 뇌의 한가운데이므로 이곳에서의 작용은 몸 전체와 끊임없이 관계를 갖는 생명체의 징후들인 것으로 해석했다.

이것은 의학에 상식이 없어도 알 수 있는 것이었다. 지금 와 있는 곳이 인체 내부에 있는 뇌의 한가운데가 아닌가?

인체가 아니고서는 이 세상에 이토록 신비하고 기묘한 곳은 없을 것이다.

종수는 거대한 생명체의 신비에 완전히 압도당해 있었다.

'이것이 바로 생명체인가!'

이러한 기분을 느낀 종수는 순간 질투 비슷한 마음이 일어났다. 그리고 또한 부러운 생각도 들었다. 이 몸에는 따로 주인이 있고 자기는 한낱 이곳의 방문자에 지나지 않는 것이다.

지금 이 몸의 주인은 어디에 있는 것일까? 나처럼 이 긴 동굴 어딘가의 편안한 장소에 있는 것일까? 아니면 이 모든 곳에 동시에 있는 것일까?

아무튼 이 거대하고 신비한 물체가 나의 것이라면 얼마나 좋을까? 종수의 생각은 어떤 물건을 갖고 싶어하는 어린아이와도 같았다. 혹은 부당하게 물욕物慾을 느끼고 있는 어른의 마음일까?

동굴 속의 진동은 시시각각 패턴을 달리하고 있었다.

우웅― 쿵쿵―.

지금 종수에겐 두려움이 없었다. 단지 어디선가 이 몸의 주인이 나타나지 않을까 하는 기대가 있을 뿐이었다. 그 기대는 반가움 같은 것은 결코 아니었다. 오히려 그것은 미움이었다.

어느 새 종수의 마음 속에는 잔인하고 탐욕스러운 생각이 서서히 고개를 들기 시작했다. 이와 동시에 호기심도 작동했다.

종수는 동굴 벽의 아무 곳이나 한 곳을 정해 감각을 집중했다. 그러자 생명의 리듬은 더욱 선명해지는 것 같았다.

쿵쿵쿵쿵―.

우웅우웅―.

종수는 마음을 느긋하게 가지며 부드러운 기운을 벽을 향해 발산해 보았다. 아무런 반응이 없다. 또 한 번 시도해 보았다.

여전히 반응이 없었다. 자신이 너무 경직돼 있어서 물체에 영향을 주지 못하고 자기 자신만 흔들어 놓았을 뿐이었다.

종수는 더욱 차분하게 마음을 가라앉혔다. 모든 것을 체념한 듯한 기분은 갖는 것이다.

언젠가 멀고 먼 옛날 공부를 해 본 것만 같은 그런 기분이었다.

종수의 의식은 점점 고요해져 갔고 마침내 태산 같은 안정에 도달한 듯했다. 이때 종수는 아주 약하게 힘을 주입해 보았다.

역시 물체는 요지부동! 안 되겠다, 방법을 달리해 보자!

종수는 물체를 밀어내려는 자세에서 끌어안는 듯한 자세로 전환시켜 봤다. 반응이 있었다. 아니, 반응 정도가 아니었다.

이제 종수는 물체를 움직이는 방법을 확실히 깨달은 것이다. 종수는 벽을 밀지 않고 조용히 당겨 봤다. 그랬더니 벽은 미세하나마 확실히 반응이 있었다.

이것은 처음에 종수가 터득했던 힘의 몇 배나 되는 것 같았다.

이 힘을 더욱 증가시키기 위해서 절대적인 안정이 필요할 것이다. 종수는 앞으로의 공부는 명상 수련에 역점을 두어야겠다고 마음먹었다. 다시 종수의 힘이 서서히 발출되어 동굴의 벽을 강타했다. 이번에는 좀 전의 힘보다 강한 듯 벽의 반향返響이 더욱 뚜렷해졌다.

'됐다. 이런 방법으로 계속해 보자! 무엇이 어떻게 되나 봐야지.'

종수의 마음 속에는 탐구욕과 미움이 한데 섞여 강한 소용돌이를 만들었다. 탐구욕이란 이 거대한 생체를 영혼이 어떻게 움직일 수 있는가를 알아보고자 하는 것이었고, 미움이란 바로 이 생체의 주인에 대한 공연한 질투에서 비롯된 것이었다.

그러나 질투라니! 당치도 않은 일이다. 자신에게 주어진 몸은 이미 상실喪失한 것이 아니더냐!

자기 몫을 다 사용했으면 이제 자연의 섭리에 따라 돌아갈 곳으로 가는 것이 마땅하다. 그런데 남의 몸을 탐내다니!

이는 하나밖에 없는 가장 소중한 물건을 도둑질하려는 것이다. 그러므로 세상에 이보다 더한 죄는 없을 것이다.

그러나 종수의 마음에는 이러한 죄의식이 전혀 없었다. 오히려 자신은 불쌍하고 억울하다는 마음뿐이었다.

남들은 다 몸이 있는데 나는 왜 없는 것일까?

남들은 오랫동안 몸을 가지고 있는데 나는 왜 일찍 몸을 잃어버렸나? 그것은 아마 다른 사람의 몸이 더 좋은 것이었기 때문일 것이다. 나는 불쌍하다 억울하다.

종수는 이런 마음을 품은 채 마음을 더욱 가다듬고 다시 한 번 세차게 힘을 발출했다. 물론 물체를 미는 것이 아니라 끌어안는 힘을 말이다. 그러자 생체에는 이상한 현상이 발생했다.

급격한 리듬의 변화가 생긴 것이다. 그것은 좀전 것보다 훨씬 강한 것으로 속도도 빨라졌다.

쿵쿵쿵 쿵쿵쿵—.

윙윙윙윙—.

동굴 벽 전체가 무섭게 진동하기 시작했다. 종수는 약간의 두려움도 있었으나 물질이 자기를 어쩌지 못한다는 생각을 하고는 다시 평온을 되찾았다.

동굴 벽의 작용은 이제 극한에 이른 것 같았다. 리듬의 변화가 적어지고 일정한 패턴으로 정착되어 가고 있는 것이다.

그런데 이 순간 또 하나의 기묘한 변화가 발생했다. 길고 긴 동굴 저쪽에서 섬광이 보인 것이다. 분명한 광채였다. 그것은 태양 빛보다도 강했다.

그 빛은 급격히 확산되며 종수가 있는 곳으로 밀어닥쳤다. 그것은 거센 파도처럼 동굴 안을 꽉 메운 채 무섭게 다가왔다. 종수가 그것을 관찰하려고 했을 때는 이미 늦었다.

무엇인가 종수의 영혼을 강타한 것이다. 만약 종수가 몸이 있었다면 달려오는 기차에 받쳤다고 느낄 수 있을 정도였다.

종수의 영혼은 순간 깜깜해졌다. 모든 감각이 정지한 것이다. 종수는 또 한 번 죽은 것이었다. 그러나 이번의 죽음은 영원한 것이 아니었다. 종수의 의식은 수면 상태에서 점점 내계內界로 가라앉고 있다가 깨어났다.

종수는 처음엔 자기가 어떻게 된 것인지 몰랐다. 그러나 우선은 잠을 몰아내야 했다. 그리고 재빨리 몸무게(?)를 높여야 한다. 종수가 이렇게 침착성을 발휘하자 몸무게는 급격히 증가하면서 부상浮上하기 시작했다.

종수는 이 순간 또 하나의 발전을 이룩했다. 의식意識의 평정平靜이 몸무게를 급격히 증가시킨다는 것을 알게 된 것이다. 뿐만 아니라 잠도 몰아낸다는 것을 알았다. 모든 것이 방법이 있는 것이다. 죽음의 세계는 이상한 것도 많았다.

무거우면 떠오르고 잡아당겨야 밀리고 고요하면 잠이 깨고 요동하면 졸리고. 그건 그렇고 어찌 된 일일까? 그렇지!

종수는 잠깐 생각해 보고는 상황의 전모를 파악했다.

그 우라질 여자가 잠을 깬 것이다. 그러고는 그를 심하게 밀어낸 것이다. 순간, 그는 충격을 받고 기절(?)했다. 말하자면 그는 그 못된 여자에게 매를 맞고 죽을⑴ 뻔했던 것이다.

그 여자는 힘이 세기도 했다. 원래 영혼은 그렇게 센 것일까?

앞으로는 조심해야겠다. 그리고 더욱더 공부해서 강한 힘을 길러야겠다.

죽은 귀신인 종수가 죽음의 위기를 면하고 이렇게 반성하고 있을 때 살아서 잠자고 있던 여자는 태평히 일어나서 문 밖으로 나왔다.

‘더운 방에서 잤기 때문에 몸이 무거운 것일까? 갑자기 너무 무서운 기분이 들었어!’

여자는 목을 좌우로 움직이며 숨을 깊게 들이마셨다. 그러자 꿈 속의 불길한 기분은 말끔히 가셨다. 자, 이제 오전에 하던 일을 마저 해야지.

이 시간 수진이는 조성리 마을 도사의 집 앞으로 걸어가고 있었다.

저쪽에 중년 신사 한 분이 나오고 있었다. 잠시 중년 신사는 좁은 논 길에서 수진이와 맞닥뜨렸다. 수진이가 비켜서 주려는데 신사분이 먼저 비켜 주었다.

“고맙습니다.”

수진이는 송구스러운 마음으로 인사를 하며 먼저 지나갔다. 신사는 가볍게 미소를 짓고는 자기 길을 갔다.

‘좋은 아저씨구나! 서울 분일까?’

수진이는 잠시 이런 생각을 하고는 도사의 집으로 들어섰다.

마당 안에는 나무꾼이 서 있었다. 나무꾼은 막 방으로 들어가려던 중에 수진이를 발견했다.

“어? 누구야?”

“안녕하세요?”

“…….”

“저 전에 왔던 사람이에요!”

“응? 전에 왔었다고?”

“네, 전에 약을 지으러 왔었어요.”

“그래? 응, 그랬었구나!”

나무꾼은 그제서야 이 아가씨가 도사를 만나러 온 것임을 알았다. 그리고 또한 이 아가씨는 자기의 노트에 적혀 있는 인물이란 것도 알았다.

“선생님을 만나러 왔구나, 그렇지?”

“네.”

“무슨 일인데?”

“네, 저, 점을 보러 왔어요.”

“그래? 안됐구나. 선생님은 지금 안 계셔.”

“어딜 가셨나요?”

“응, 먼델 가셨어.”

나무꾼은 일부러 도사가 죽었다는 말을 하지 않았다. 어린 여자아이가 놀랄 것 같아서였다.

수진이는 도사가 먼데로 갔다는 말에 적이 실망하는 표정이었다.

“안 계시는군요, 그럼 할 수 없네요. 저, 가겠습니다.”

수진이는 어두운 얼굴로 고개를 숙여 가볍게 인사를 하고는 돌아서려 했다.

“잠깐!.전에 왔었다고 했지? 학생인가?”

“네.”

“그럼 잠깐 있어 봐! 선생님이 학생 주라고 뭘 적어 놓은 것 같은데.”

“어머! 저에게요?”

수진이는 깜짝 놀랐으나 신기한 듯 얼굴색이 밝아졌다. 나무꾼은 급히 들어가 노트를 꺼내 왔다.

수진이는 도사가 자기에게 글을 남겼다고 하니 묘한 기대를 가지고 나무꾼을 바라봤다. 나무꾼은 노트를 몇 장 넘겨 수진이의 해당 부분을 찾았다.

“학생은 오빠가 있었지?”

“네? 네!”

수진이는 죽은 오빠의 얘기가 나오자 다시 놀랐다. 나무꾼은 고개를 끄덕이며 다시 물었다.

“오빠의 사주를 알고 있니?”

“네, 그렇지만 지금은 죽었어요.”

수진이의 얼굴이 다시 어두워지며 머뭇거렸다.

“알고 있어. 괜찮아, 확인하려는 것뿐이야.”

나무꾼은 부드러운 미소를 지었다.

“아, 네, 오빠의 사주는 25세, 병술생丙戌生 10월 28일 해시亥時입니다.”

“그래그래, 틀림없구나. 선생님이 너에게 준 글이 있어. 자, 이거야.”

나무꾼은 노트에 따라 겹쳐 있는 종이 한 장을 수진이에게 건네주었다. 종이는 그냥 펴져 있는 상태였는데 수진이는 이를 받자마자 곱게 접었다. 이곳에서 읽고 싶지 않은가 보았다.

“다른 일은 없지?”

나무꾼은 수진이의 기색을 살피며 물었다.

“네.”

“그래, 그럼 가봐라. 언제 다시 놀러 와라.”

나무꾼은 도사가 하지 않은 말, 즉 다시 놀러 오란 말을 덧붙였다. 나무꾼의 심정은 도사의 노트에 적혀 있는 사람은 모두 친근한 이웃처럼 느껴지는 것이었다.

“네. 안녕히 계세요!”

수진이는 미소를 지으며 밝게 인사를 하고는 발길을 돌렸다.

수진이를 돌려보낸 나무꾼의 마음은 허전했다. 오늘은 노트에 적힌 두 사람이 다녀갔다.

도사의 유언을 두 가지나 이루었으니 다행이기는 했지만 그만큼 도사에 관한 일이 줄어든 것이었다.

이런 식으로 점점 노트에 적힌 일이 줄어들다가 마침내 더 할 일이 없으면 얼마나 허무할 것인가?

나무꾼은 고개를 저으며 밖으로 나와 논길을 바라봤다. 저쪽으로 수진이가 바쁜 걸음으로 사라지고 있었다.

서존 영암西尊靈岩 선생

전남 구례읍의 변두리에 있는 어느 무술 도장.

저녁 수련 시간이 되어서 한참 운동에 열중하고 있는데 조용히 어떤 사람이 들어섰다.

수련생들은 저마다의 동작을 익히느라고 누가 들어섰는지도 모르고 있었다. 들어선 사람은 나이가 든 노인이었는데, 신발을 신은 채 도장 마루 한가운데로 태평히 들어서서 두리번거리고 있었다.

이 노인은 수련생들의 동작을 살피고 있는 것이 아니라 사람을 찾고 있는 듯 보였다.

"어! 누구야? 아니, 누구세요?"

한참 만에야 수련생 하나가 노인을 발견했다.

노인은 수련생이 누구냐고 묻는데도 대답하지 않고 여전히 사람들의 얼굴을 살폈다.

"아니, 이 사람이…… 여보세요!"

수련생이 큰 소리로 노인을 부르자 그제서야 노인은 수련생을 바라보았다. 다른 수련생도 노인을 발견하고 모두들 동작을 멈추었다. 그러자 사범인 듯한 젊은이가 나서며 말했다.

"당신 뭐요?"

말투가 아주 무례했다. 그러나 노인의 행동도 옳다고 볼 수는 없었다.

신성한(?) 도장에 신발을 신은 채 들어서서는 두리번거리고 있지 않은가!

누구를 찾을 일이 있으면 마땅히 문에서 정중히 관계자를 불러야 옳다.

도대체 노인은 누구일까? 얼굴 표정으로 봐서 미친 노인 같지는 않았다.

"자넨 누군가?"

노인이 갑자기 물었다.

"뭐요? 나는 이 도장 사범이오, 당신은 누구요?"

"젊은이, 나는 이 도장 주인을 만나러 왔네. 관장님을!"

사범은 노인이 주인, 아니 관장을 찾는다고 하니까 말투가 누그러졌다. 혹시 관장의 아버님이라도 되는지 모를 일이었다.

"어떻게 오셨는데요?"

"도장 주인을 만나러 왔다지 않나!"

"관장님요? 지금 외출 중인데요."

"가서 데려와! 주인이든 관장이든!"

"누구신지요?"

"나? 나는 아주 높은 사람이야. 어서 관장을 데려오지 못하겠나!"

"높은 사람요? 저……."

사범은 무엇인가 더 말하려다 그만두었다. 아무래도 심상치가 않았다.

노인의 말투는 미친 사람이 아니라면 일부러 농담조로 얘기하는 것인데 시비를 거는 것이 틀림없었다.

그런데 사범이 살펴보니, 얼굴이 엄숙하고 눈은 어디를 보는지 알 수 없이 깊은 고요가 감돌고 있었다.

사범은 오싹했다. 어딘가 모르게 노인의 전신에서 살기殺氣가 뿜어 나오고 있는 것 같았다.

"네, 알겠습니다. 조금 기다리시지요."

사범은 위기를 느끼고 관장을 불러야겠다고 생각했다.

관장은 지금 먼 곳에 있지 않았다. 사범은 다른 수련생에게 시키려 하다가 지신이 직접 나섰다. 아무래도 관장에게 가서 미리 경고를 해 주어야겠다고 생각한 것이다.

사범이 관장을 찾기 위해 도장을 떠나자, 남아 있던 수련생들은 동작을 멈추고 노인을 주시하고 있었다. 수련생들이 보기에도 심상치 않은가 보았다.

사범은 도장을 나오자 빠른 걸음으로 언덕 쪽으로 향했다. 언덕 우측 아래쪽에는 가까이 논이 있었고 조금 멀리에는 밭이 펼쳐져 있었다. 좌측으로 나무숲과 낮은 산이 연해 있는데. 바로 앞에 집이 한 채 있었다. 사범은 그 집 안으로 들어갔다.

"관장님!"

집 안은 문을 들어서자 바로 방이 보였고, 사범이 부르자 관장은 마치 기다렸던 듯이 즉시 나왔다. 동작이 아주 민첩했다.

"아니, 무슨 일인가? 선생님이 계신데……."

관장은 사범이 시끄럽게 부른 것을 힐책했다.

"네, 저, 일이 생겼습니다."

"응? 뭔데?"

"누가 찾아왔습니다, 시비를 걸러 온 것 같습니다."

"시비라니? 누군데?"

"모르겠습니다. 노인인데 신발을 신고 도장에 들어와 있습니다. 우리가 물리치려다가 느낌이 이상해서 달려왔습니다."

“그래? 알았어, 기다려 봐.”

관장은 다시 방으로 들어갔다.

방에는 혈색이 곱고 키가 훤칠한 선비풍의 중년 남자가 앉아 있었다.

“선생님, 누가 또 도전하러 왔나 봅니다. 제가 처리하고 오겠습니다.”

“누가 왔다고? 글쎄, 이번엔 자네 혼자 안 될 것 같은데.”

“네? 무슨 말씀이신데요?”

“육감이 이상해! 노인이라고 했지?”

“네, 그렇습니다만.”

“아무래도 내가 가봐야 할 것 같군. 아무튼 자네 먼저 가서 점검해 보게, 나도 즉시 뒤따라가겠네.”

“네? 알겠습니다. 그럼 제가 먼저 가보지요.”

관장은 속으로 자기 혼자서도 충분히 처리할 것을 괜히 선생이 나선다고 생각하면서 문을 나왔다.

“가보자!”

관장은 사범을 앞세우고 언덕길을 급히 내려갔다. 관장이 생각하기에는 뻔한 일이었다. 이곳 도장으로는 종종 그런 사람이 찾아오는데 한 번도 제대로 된 무술인이 찾아온 적은 없었다.

단지, 노인이라니 조금 이상하긴 했다. 이제껏 노인이 찾아온 적은 한 번도 없었다. 더구나 신발을 신고 도장에 들어선 것을 보면 무술인도 아닌가 보았다.

대개 도전하러 온 사람은 점잖은 자세로 나오는 법인데…….

그런 그렇고, 이 시골 변두리 도장에 어째서 그런 사람이 찾아오는 것인가? 더구나 이 도장은 유명한 곳도 아니고 도장도 겨우 하늘이나 가린 정도로 빈천한 곳인데!

실은 그만한 이유가 있었다.

이 도장은 당초 사연이 있어 주인이 바뀐 곳이었다. 전에는 지금의 관장이 아니라 다른 관장이 운영했고 수련생도 거의 없었다. 그러던 것이 지금의 관장이 갑자기 등장하면서 도장은 크게 유명해졌다.

그 사연이란 바로 전 관장이 지금 관장으로부터 힘으로 쫓겨갔던 일이다. 그 내용은 이렇다.

이곳 도장은 시골 변두리에 조그마하게 차려져 있어 인근 마을 사람들이 모여들어 수련하던 곳인데, 이 도장 사범이었던 사람이 몇 년 만에 나타나 관장을 힘으로 밀어내고 자기가 그 자리를 차지했던 것이다.

그 후 이 관장은 이 도시에 있는 모든 도장을 차례로 방문해서 시합 내지 결투를 청해서 굴복시키고, 지금은 이 도시의 최고 무술인으로 군림하게 되었다. 그뿐만이 아니다. 이 관장은 인근 다른 도시까지 진출하여 그 위세를 넓히고, 급기야는 폭력배까지 휘하에 끌어들이고 있는 중이었다.

현재 도장은 말이 무술 도장이지 실은 폭력배들의 신체 단련장이나 다름없었다.

전 관장은 농사를 짓는 착실한 사람으로 부인까지 있었는데, 이곳에서 쫓겨난 충격으로 폐인廢人이 되었다고 한다.

생각해 보면 이 시골의 작은 도장 하나 빼앗겼다고 부인을 버리고 폐인이 될 것까지는 없었지만, 무술인의 긍지란 그런 것이 아닌가 보았다.

더구나 가르치던 사범이 도전하여 자기를 패배시키고 망신까지 주었다면 그 충격은 더욱 클 것이었다.

사실 전 관장이 쫓겨갈 때는 수모를 많이 받았었다. 단순히 도장만 빼앗긴 것이 아니라 한 마을에 살면서 만날 때마다 모욕을 당했고, 심지어는 부인까지 희롱당한 적이 한두 번이 아니었다. 결국 마을을 떠나갔지만 어디 가서 마음 편히 살 수도 없었나 보다.

마을 사람들은 이를 몹시 애석해했다. 전 관장은 농사를 짓는 여가餘暇에 무술관을 운영하여 마을 사람들의 신체를 단련시켜주었을 뿐 아니라, 남의 어려운 일은 발벗고 나서서 돕고, 널리 가난한 사람을 도왔던 인격자였다. 지금은 지리산에 들어가 낭인 생활을 한다고 한다.

아무튼 지금의 관장은 그후 도장을 크게 확장시켜 놓았지만, 이 도장의 사연을 알게 된 타지방의 무술인이 종종 도전해 오는 것이었다.

이는 부당한 사람을 응징하려는 무술인들의 양심이지만, 한 번도 이겨 간 사람은 없었다.

지금 관장은 실은 불량배였었는데, 무술을 제법 하고 오갈 데 없어서 전 관장이 보살펴 주었던 것이다.

그런데 어느 날 공연히 불만을 품고 사라지더니 가혹한 운명을 몰고 왔던 것이다.

지금 관장이 산 속에서 짐승처럼 지내던 중 우연히 어떤 기인奇人을 만나 일약 무술의 고수高手로 성장하게 된 것이다. 이것도 또한 운명이고 인연이었을까? 그 기인은 지금 언덕의 방에 앉아 있었다.

관장은 빠른 걸음으로 도장에 당도하여 밖에서 잠시 호흡을 조절했다. 그러고는 천천히 도장 문을 열어젖혔다. 관장의 얼굴에는 흥미로운 미소가 떠올라 있었다. 오랜만에 몸을 풀게 되었던 것이다.

안에서 기다리는 사람이 노인이라서 싱겁기는 했지만 노인이라고 무술을 하지 말라는 법은 없다. 필경 어느 도장의 은퇴한 노관장이 찾아왔을 것이다. 어쩌면 자기 제자가 여기 와서 패했다고 하니까 앙갚음을 하러 왔는지도 모른다.

그러나 누가 됐던지 실력은 별게 아닐 것이다.

세상의 무술이 어디 무술인가? 격식만 요란했지.

관장은 이렇게 생각하며 도장 안으로 성큼 들어섰다. 수련생들이 관장이 들어오는 것을 보고 반갑게 모여들었다.

"관장님, 저 노인네가 글쎄……."

"알았어, 비켜 있어!"

관장은 수련생이 말하려는 것을 막고 노인 쪽을 날카롭게 쏘아 봤다. 노인은 멍하게 이쪽을 바라봤는데 관장을 쳐다보는 게 아니라 관장 뒤쪽의 공간을 보는 듯했다.

관장은 당당하게 걸어서 노인 앞에 섰다. 그러고는 점잖게 물었다.

"무슨 일로 오셨는데요?"

"자네가 관장인가?"

"뭐요? 내가 묻는 말에나 대답하세요!"

관장은 노인이 딴청을 부리자 싸늘하게 대꾸했다.

"허허, 잘못 왔군. 이곳에 자네밖에 없다면 내가 공연한 걸음을 한 거야. 난 가야겠군!"

노인은 관장을 보고 정말로 실망한 것 같았다.

"저리 비키게, 시간만 낭비했어."

노인은 맥없이 얘기하고는 관장을 지나쳐 문 쪽으로 걸어갔다. 신발은 여전히 신은 채 도장 한가운데를 누비고 있었다. 관장의 얼굴이 심하게 일그러졌다. 노인의 태도가 너무 당돌하고 모욕적이었다. 사람을 이토록 무시하다니!

관장은 급히 노인을 뒤따라가 어깨를 잡았다.

"잠깐!"

"음? 자네 왜 이러나? 내가 잘못 왔다고 말하지 않았나!"

"뭐라고? 이 미친놈의 영감이 여기가 어딘 줄 알고 행패야! 가려거든 신발이나 벗어 놓고 가!"

관장은 벼락같이 소리를 질렀다. 그러나 노인은 그냥 돌아서 나갔다.

상대할 가치도 없다는 뜻인 것 같았다.

드디어 관장은 인내의 한계에 도달했다. 말로는 되지 않을 것 같았다.

뒤돌아서지 않는다 하더라도 그대로 박살을 내야겠다, 이렇게 마음을 굳힌 관장은 즉시 공격을 시도했다.

관장의 몸은 앞으로 몇 걸음 치달은 후 공중으로 떠올랐다. 오른발을 뻗어 노인의 머리를 목표로 공격한 것이다. 노인의 키는 상당히 큰 편이었는데 관장의 몸은 그보다 더 높이 떠서 곧장 날아갔다.

일촉즉발, 관장의 발이 노인의 뒤통수에 닿기 직전이었다.

수련생들은 관장이 쾌속하게 날아올라 노인을 향해 뻗어 나가는 관장의 몸을 선망의 눈초리로 바라보고 있었다.

'이제 일격에 박살이 나는구나!'

모두들 이런 생각을 하는 찰나, 이상한 일이 발생했다. 앞으로 날아가던 관장의 몸이 직각 방향으로 내동댕이쳐진 것이었다.

쿵—.

수련생들 중에 이것을 자세히 본 사람은 없었다. 단지 수석 사범만이 겨우 살필 수 있었다.

관장의 발이 노인의 뒤통수에 닿을 찰나, 노인은 몸을 좌측으로 틀면서 동시에 관장의 몸을 세차게 밀어 버린 것이었다. 관장은 그 즉시 날아가던 힘을 잃고 직각 방향으로 추락하며 나뒹굴었다.

노인이 어깨로 밀었는지 팔로 밀었는지, 아니면 손으로 쳤는지는 자세히 알 길이 없었다. 노인은 그 즉시 평온한 자세로 변했기 때문이다.

노인은 관장이 떨어진 쪽을 쳐다보지도 않고 그대로 걸어갔다. 마치 아무런 일도 없었던 것처럼. 그러나 관장은 일어나지 못했다. 의식은 잃지 않은 것 같은데 어디를 다쳤는지 얼굴에 고통이 서려 있었다.

노인은 어느 새 문을 열고 나갔다. 그러나 다음 순간 노인이 다시 들어왔고, 자세가 낮추어짐과 동시에 또 하나의 물체가 쏜살같이 날아들어 왔다. 이 물체는 노인을 넘어서 바닥에 부드럽게 내려섰다.

노인이 돌아섰다. 그러고는 좀전의 태평한 자세는 어디로 가고 두 팔을 약간 벌린 채 어느 새 공중으로 치솟았다.

이 동작은 마치 앞쪽에서 줄을 잡아당긴 것처럼, 끌려 오듯 혹은 흡인되듯 물체에 접근해 가는 것이었다.

노인은 바로 선 자세에서 앞으로 날아가면서 오른발로 물체의 머리를 내질렀다. 저런 자세로 어떻게 날아갈 수 있을까?

그러나 이런 것을 생각할 겨를도 없이 이번에는 내려앉아 있던 물체가 똑같은 방식으로 떠올랐다.

이것은 마치 두 마리의 새가 교대로 뒹굴면서 공격하는 모습이었다. 물체는 서 있는 자세에서 날아오르고, 발로 차고 다시 내려앉았다. 내려선 물체는 사람이었다. 움직임이 너무 빨라 정확히 사람으로 보이지 않았던 것이다.

빠른 것은 내려선 물체만이 아니었다. 노인이 날아올라 곧장 발로 걸어차는 동작 과정을 눈으로 본 사람은 아무도 없었다. 단지 마음으로 그렇게 판단되어질 뿐이었다.

내려선 물체는 수련생들도 알고 있는 관장의 스승이었다. 이 사람은 계룡산에서부터 관장을 가르쳤다고 하는데, 서존 영암西尊靈岩 선생으로 불리어졌다.

수련생들은 영암 선생의 귀신 같은 동작을 보며 꿈을 꾸는 듯한 기분을 느꼈다. 영암 선생은 조금 전 도장의 문 밖에서 노인이 나오는 것을 발견하고 그대로 머리를 앞으로 차면서 날아오른 것이었고, 노인은 도장 안으로 피함과 동시에 똑같은 방법으로 공격한 것이었다.

그러자 영암 선생은 다시 한 번 그와 같은 방법을 시도해 본 것이다.

이 세 번의 동작, 즉 영암 선생이 두 번, 노인이 한 번 전개한 동작은 연이어 일어났던 것으로, 숨쉴 사이도 없었다. 두 사람은 이제 마주 보며 바라보고 있었다.

"당신은 누구요?"

"음? 자네가 이곳 주인인가 보군."

노인은 새로 나타난 사람에 대해 흥미가 많은가 보았다. 좀전에 관장한테 무관심했던 모습하고는 딴판이었다.

상대를 만났다고 느낀 것일까?

잠시 침묵이 흘렀다. 구경을 하는 수련생들은 이미 벽 쪽으로 물러나 있었지만, 몸이 그대로 굳어 있는 상태에서 긴장을 하며 계속 관망하고 있었다.

영암 선생의 얼굴에는 침착한 기운이 서려 있었다.

"다시 묻겠소! 누구시오?"

영암 선생은 부드럽게 물었다. 그러나 노인의 대답은 냉정했다.

"닥쳐라, 이놈! 네놈은 나를 알 자격이 없어, 나쁜 짓이나 일삼는 놈이……."

영암 선생의 얼굴에는 미소가 떠올랐다.

"정 자신을 밝히지 않겠다면 할 수 없군요, 내가 직접 파헤칠 수밖에. 야압—!"

영암 선생은 말을 끝냄과 동시에 기합 일성을 내질렀다. 그러나 공격이 가해진 것은 아니었다. 단지 기합만 내질렀던 것이다.

영암 선생은 노인의 평정 상태를 시험해 보기 위해 공격하는 듯한 기합을 토해 본 것이었다.

그러나 노인은 움찔하는 기색도 없이 태산처럼 버티고 서 있었다.

'음, 무서운 노인이구나. 나하고 상대가 되겠군, 조심해야겠어!'

영암 선생이 속으로 이렇게 생각하는 동안 노인은 어느 새 가까이 다가왔다. 그러고는 오른손을 뻗어 안면을 공격해 왔다. 영암 선생은 이를 피하지 않고 왼손으로 가볍게 막았다. 순간, 노인은 공격하던 손으로 영암 선생이 막은 그 손을 잡았다.

노인의 공격은 당초 영암 선생의 팔을 잡기 위해 한 위장 공격이었던 것이다. 노인은 팔을 세차게 잡아당겼다. 그러고는 끄는 것과 동시에 노인은 왼손 주먹으로 영암 선생의 얼굴을 올려쳤다.

두 사람의 위치가 서로 바뀌면서 공격이 다시 진행된 것이다. 영암 선생은 이를 오른손으로 비껴 막으면서 오른발로 노인의 옆구리를 질렀다.

노인은 이를 왼쪽으로 반 보 다가서면서 피하고, 동시에 잡았던 팔을 놓으며 두 손바닥으로 영암 선생의 가슴을 밀어쳤다.

픽—.

영암 선생은 뒤로 재빨리 물러섰지만 노인의 공격이 조금 더 빨랐다.

"음!"

다소 충격이 있었다. 그러나 영암 선생은 재빨리 반격을 시도했다.

노인과 영암 선생과의 거리는 오 보 정도, 그 상태에서 영암 선생은 앞으로 곧장 달려들면서 뛰어올랐다.

먼저 왼발로 노인의 명치를 곧장 내지르고 노인이 이를 손으로 쳐내자, 영암 선생은 공중에서 옆으로 누우면서 오른발로 얼굴을 걸어찼다.

노인은 급히 자세를 낮춰 이것을 피함과 동시에 오른발로 공중에 떠서 누워 있는 영암 선생의 얼굴을 차올렸다.

이것은 부자연스러운 상태에서 시도된 공격으로, 신기에 가까운 기술이었다. 신속하기도 이루 말할 수 없었다.

그러나 영암 선생은 그 자리에서 옆으로 돌면서 아래로 피했다. 그러고는 노인의 왼쪽 다리를 후려 찼다. 이때 노인의 오른발은 공중에 떠 있었다. 왼쪽 다리는 땅에 지탱하고 있었는데 그 다리를 후려 찬 것이다.

노인은 그 자리에서 상하 회전하며 뒤로 넘어지듯 피했다. 이러자 잠깐 틈이 생긴 것이다. 영암 선생은 앞으로 두 걸음 다가서며 손바닥으로 어깨를 밀어쳤다.

퍽—.

노인은 주춤하며 한 걸음 물러섰다. 분명히 충격을 받은 것 같았다.

영암 선생의 제2의 공격이 전개됐다. 영암 선생은 첫번째 공격이 끝나자마자 앞으로 달려나가다가 위로 날아오르면서 왼발로는 가슴을, 오른발로는 얼굴을 차고 나갔다. 위험한 순간이었다.

좁은 공간에서 날카롭게 펼쳐지는 영암 선생의 공격은 미처 숨돌릴 사이 없이 답지하였다. 노인은 또 한 번 뒤로 넘어지듯 피했다. 일시 자세가 부자연스러운 듯 보였다. 그러나 노인은 누운 채로 떠오르며 오른발을 위로 걷어차 올렸다.

뻑—.

걷어찬 발은 영암 선생의 등 쪽을 강타했다. 이번에는 제대로 적중했나 보았다. 영암 선생은 착지하자마자 자세가 뒤로 꺾이면서 비틀거렸다.

노인은 이 기회를 놓치지 않고 다시 한 번 공격을 전개했다. 노인의 공격은 앞으로 날아오르면서 오른발로 영암 선생의 오른쪽 어깨를 걷어차는 것이었다.

퍽—.

노인의 발이 피하는 영암 선생의 어깨를 스쳤다. 그러나 이 정도로도 이미 승부가 난 것이나 마찬가지였다. 두 번의 공격을 당한 것이 비록 치명적인 충격은 아니라 할지라도, 서로 대등한 실력에서는 미세한 충격도 승부에 영향을 미치는 것이다.

그것은 연이어 공격의 기회를 제공해 줄 뿐만 아니라 균형이 무너지고 있음을 의미한다.

무술의 극강 고수들의 싸움은 하나의 조화이다. 이기고 지는 것도 하나의 흐름 속에서 만들어지는 조화인 것이다.

그런데 한쪽이 약간이라도 기울어지는 것이 나타나면 그것은 순간적으로 확대된다. 영암 선생은 위기를 맞이한 것이다. 노인은 사정 없이 접근했다.

영암 선생은 뒤로 물러서면서 노인의 얼굴을 주먹으로 뻗어쳤다. 노인은 이를 자세를 낮추어 피하면서 영암 선생의 뻗은 팔 아래 옆구리를 공격했다. 두 사람의 공격은 동시였다.

영암 선생은 이를 다른 한 손으로 걷어 치웠는데, 순간 노인의 또 다른 손이 그 팔을 낚아챘다.

영암 선생은 좌측으로 비틀했다. 노인은 다시 그 팔을 놓으면서 두 손으로 가슴을 밀어쳤다.

퍽―.

영암 선생은 뒤로 물러서면서 움찔했다. 내상內傷을 입은 것이다. 그러나 좌절하지 않고 자세를 가다듬었다. 영암 선생은 서서히 자세를 낮추면서 최후의 일격을 시도할 생각이었다.

지금 영암 선생이 시도하려는 공격은 수비를 방임한 채 완전히 공격에 몰두하는 것이었다.

보통은 공격 중에도 항상 수비를 염두에 두어야 하는 것이지만, 영암 선생은 이제 한 차례의 공격으로 승부를 결정하려는 것이다.

'함께 죽어도 좋다.'

자기 몸을 돌보지 않고 극강의 공격을 시도하여 공격의 적중률을 최대한 높이겠다는 의도였다.

영암 선생의 얼굴에는 살기가 펴오르며 목숨을 체념한 고요가 감싸고 있었다.

영암 선생이 곧 시도하려는 공격은 무술의 극강 고수들이 준비하고 있는 최후의 방법이었다.

이것은 위험하기 그지없는 것이었다. 노인도 이것을 알아차렸다.

'음, 저 자는 이제 최후의 일격에 온 힘을 쏟을 생각이군. 위험해, 조심해야 할 것이야. 그러나 이젠 승부는 났어.'

노인은 이런 생각을 하며 자세를 가다듬었다. 노인의 왼발이 서서히 앞으로 움직였다. 이 자세는 공격과 수비를 겸한 것으로, 다음 찰나의 상황에 폭넓게 대처하는 것이었다. 그러나 영암 선생의 자세는 공격의 기회만을 보고 있는 일방적인 자세였다.

어느 경우라도 영암 선생은 공격을 시도할 것이다. 노인의 두 주먹은 서로 향한 채 가슴 위쪽에 자리하고 있었다. 이제 두 주먹은 서서히 펴지며 벌어져 가고 있었다. 노인은 방침을 정했다. 최후의 순간이 다가왔다.

영암 선생의 몸이 떨리고 있었다. 이는 단전丹田에 잠자고 있던 최후의 공력이 전신을 휘감고 있기 때문이다.

기회는 단 한 번!

도장 안에 있던 모든 사람들은 숨을 죽이고는 미동도 하지 않은 채 그들을 주시하고 있었다.

노인의 몸에서 먼저 변화가 일어났다. 공격을 먼저 시도하려는 것이다.

그러나 이 순간 노인은 공격을 받았다. 그 공격은 영암 선생의 것이 아니었다. 노인은 급히 자세를 낮추면서 옆으로 굴렀다.

괴물체가 나타난 것이었다. 나타난 물체는 이번에도 여전히 사람이었지만 공격은 날카롭게 이어졌다.

"야압―."

이 괴인의 손이 노인의 목으로 뻗어 왔다. 노인이 이를 손으로 막아치자 이번에는 옆구리에 발이 날아들었다.

　퍽—.

　발은 노인의 옆구리를 스쳤다. 노인은 옆으로 잠시 자세가 기울었다가 다시 일어섰다. 속으로 충격을 받은 것이다. 이때 영암 선생이 달려나왔다.

　발인가? 손인가? 위험한 공격이었다.

　영암 선생이 장심掌心으로 밀어친 것이었다.

　뻑—.

　노인은 이를 맞받아쳤다.

　이 순간 노인은 뒤로 나뒹굴면서 멀리 물러났다. 이어 노인은 재빨리 일어나서는 도장 문을 밀어젖히며 사라졌다.

　“음—.”

　영암 선생은 그 자리에 서서 울컥 피를 토했다. 나타난 괴인이 급히 영암 선생 곁으로 다가와서 부축했다.

　“사제, 위험했었네!”

　“사형이 오셨군요. 억—.”

　영암 선생은 비틀거렸다. 속으로 상처가 깊은 것 같아 보였다.

　“그 자리에 앉게, 말하지 말고…….”

　나타난 괴인은 영암 선생의 사형뻘로 다름 아닌 여암 선생呂岩先生, 즉 한의사였다. 수련생들이 모여들었다.

　수련생들은 방금 나타난 여암 선생을 몰랐지만, 자기 편이라는 것을 즉각 알아차렸다. 관장도 절뚝거리며 다가왔다.

　“선생님, 감사합니다. 누구신지요?”

　관장은 여암 선생을 보고 말했는데, 영암 선생이 대답했다.

　“얘들아, 인사 올려라. 나의 사형이시다.”

　“네? 아, 네, 인사 올리겠습니다.”

관장은 불편한 몸으로 즉시 무릎을 꿇었다. 그러자 다른 수련생들도 일제히 무릎을 꿇었다.

"일어들 나게, 환자부터 치료를 해야지."

여암 선생은 영암 선생의 상세傷勢를 살폈다. 수련생들은 안도감을 가지고 여암 선생이 하는 일을 바라봤다.

좀전에 있었던 사태는 위기 일발이었다. 관장이 단숨에 쓰러지고 관장의 스승마저 위험했던 것이 아니냐!

만약 여암 선생이 등장하지 않았다면 필경 관장의 스승은 그 노인에게 패했을 것이고, 그 이후 수련생들마저 무슨 일을 당했을지 알 수가 없다.

"음, 상처가 깊군. 그러나 겨우 위험은 면했어. 애들아, 냉수를 떠오너라."

수련생 하나가 급히 수돗가로 물을 뜨러 갔다. 여암 선생은 이어 관장의 상세를 살폈다.

"많이 다치진 않았어, 노인이 사정을 봐준 것 같군."

관장은 다리가 삐고 허리를 좀 다친 정도였다. 여암 선생은 관장에게 침을 놔주었다. 영암 선생에게는 환약을 먹이고 응급 치료를 마쳤다.

"우리는 장소를 옮길까?"

여암 선생은 사제인 영암 선생에게 말했다.

"네, 그러치요."

영암 선생은 천천히 일어나 문 쪽으로 조심스럽게 걸었다.

수련생들은 두 선생을 문까지 배웅하고, 이들이 떠나가자 관장의 주위로 몰려들었다.

"관장님, 많이 다치셨나요?"

수석 사범이 관장을 근심스럽게 바라보며 물었다.

"아니, 괜찮아!"

“그 노인은 누굴까요?”

“글쎄, 무서운 노인네야. 우리 스승과 맞수인 것 같아……. 도인이겠지.”

관장은 깊이 생각하는 표정을 지으며 대답했다. 노인은 당초 관장을 찾아온 것 같지는 않았다.

“그런데 말이에요, 나중에 나타나신 분은 스승님보다도 센 것 같지요?”

사범은 몹시 신기한 듯 들떠서 물었다.

“음, 그만하고 너희들 운동이나 해!”

관장은 속이 편치 않았다. 노인이 다시 찾아와 또 시비를 걸어온다면 어떻게 할 것인가?

‘별 노인 다 보겠군. 도대체 누굴까? 선생님하고 원한 있는 사람일까? 아니야, 서로 모르는 사이 같았어. 그러면 무엇 때문에 이 도장에 와서 시비를 걸까? 혹시…….’

관장은 나름대로 노인의 정체를 생각하며 한쪽에 기대앉아 있었다. 도장 안은 곧 수련생들이 다시 동작하는 소리로 가득 찼다.

노인의 정체에 대해서는 한의사와 영암 선생도 논의하고 있었다. 이들은 지금 언덕 위에 있는 영암 선생의 집에 도착하여 마주 앉아 있는 중이었다.

“사제, 그 노인은 누구야?”

“저도 모르겠어요, 느닷없이 찾아왔더군요.”

“그래? 그것 참, 이상한 일이군. 위험할 뻔했어.”

“네, 사형이 마침 왔으니 망정이지…… 그건 그렇고 사형은 갑자기 웬일이세요. 기별도 없이?”

"응, 나도 의논할 일이 있어서 왔어."

"무슨 일인데요?"

"좌도坐島를 찾았어!"

"네? 좌도를 찾았다고요?"

영암 선생은 깜짝 놀랐다.

"아직 확실하지는 않아, 동명 이인同名異人일 수도 있어. 하지만 그 자가 《주역》을 통달했다고 하더군!"

"《주역》을요? 그렇다면 그 자이겠군요!"

"글쎄, 좀더 살펴봐야겠어."

"그 자는 지금 어디 있는데요?"

"광주에 있다고 하더군. 그래서 자네한테 도움을 청하러 왔어!"

"네? 무슨……."

"음, 애들한테 그 자를 좀 알아보라고 해. 광주에 아는 애들이 있지?"

"네, 그건 그렇지만……."

"그럼 됐어. 좌도는 이름이 '최기을'이야. 붓글씨를 몹시 잘 쓰더군. 그만한 정도면 많이 알려져 있을 거야. 나도 알아볼 방법이 있지만 저쪽에서 눈치 챌 수도 있어. 그러니 자네가 알아봐."

"그러지요, 그런데 무얼 알아보지요?"

"글쎄, 그건 나도 잘 모르겠어. 단지 주역 공부를 했는지, 과거 어디서 공부했는지, 어떤 인물인지, 특히 어떤 인물인지가 중요할 거야. 그 자가 대수롭지 않은 인물이라면 우리가 찾는 사람이 아닐 수도 있어!"

"네, 알아보지요."

영암 선생은 의미 심장한 표정을 지으며 고개를 끄덕였다.

"음, 그건 그렇고 사제는 뭐 좀 알아본 것이 없나?"

"네, 저도 알아본 것이 있습니다. 저들의 본부를 알아 놨어요."

"본부라니?"

"지리산 말이에요, 좌명坐冥 노인이 있는 곳이지요!"

"그래? 그거 대단하군. 어떻게?"

여암 선생은 밝은 표정을 지었다.

"네, 저는 그 동안 조성리 마을 도사의 집을 감시하고 있었어요. 나무꾼 말이에요. 하루는 나무꾼이 지리산엘 가더라고요, 서울에서 온 여자 둘과 함께……."

"응? 여자라니? 누구지?"

"글쎄요, 잘은 모르겠지만 도사와 관련이 있는 사람들일 거예요. 그러니 험한 지리산까지 나무꾼하고 함께 갔겠지요!"

"그렇겠군, 뭔가 있을 거야."

"네, 그 여자들은 자가용 차를 타고 왔었어요. 그 차량 번호를 통해 그 여자들을 알아보고 있는 중이에요."

"서울에서 온 여자라며?"

"네, 그래서 경암耕岩 사제에게 연락을 해놨어요."

"그거 잘됐군, 경암은 지금 어떻게 지낸데?"

"용산에 있는가 봐요, 깡패 소굴에 있어요."

"그래? 제법인데, 경암은 원래 그런 곳을 싫어할 텐데."

"글쎄요, 저도 그게 신기해요."

지금 이 두 사람이 이렇게 말하는 데는 그만한 이유가 있었다.

원래 이들 사존四尊은 한 스승 밑에서 공부한 후 각자의 길로 흩어졌는데, 저마다 개성이 특이했다.

동존 유암東尊維岩은 문무文武를 겸비한 도인으로 아예 계룡산을 떠나지 않고 있지만, 북존 경암北尊耕岩도 이와 비슷한 성품으로 속세俗世를 별로 좋아하지 않았다.

게다가 북존 경암은 무술의 경지가 사형인 영암이나 여암을 능가하면서도, 극단적으로 무력을 사용하기를 꺼려 했다.

북존 경암에 의하면 무술이란 인격 수양의 한 방편이지, 이것을 남용하는 것은 도인의 규율이 아니라는 것이다.

심지어 경암은 힘으로 약자를 돕는 것조차도 힘의 남용으로 보고 있었다. 이런 사람이 깡패의 소굴에 들어가 있다니 신기할 수밖에 없는 것이다.

단지 지금 속세에 나아간 것은 스승의 교시敎示에 따라 도탄의 세계를 배우고 좌도라는 인물을 찾으려는 것뿐이며, 경암은 이 일이 끝나면 다시 산으로 돌아와 평생을 수도 생활에 바치겠다고 말했었다.

그러나 이와는 대조적으로 서존 영암西尊靈岩과 남존 여암南尊呂岩은 세속의 부귀 영화에 크게 관심이 쏠려 있었다.

이 두 사람은 자신이 수도 생활에서 얻은 모든 힘을 출세에 사용하겠다는 것이다.

그런데 이러한 인품을 가진 두 사람에 대해 스승인 고적선古寂仙은 특별히 관여하지 않았다. 세상은 저마다의 운수대로 혹은 자기 성품대로 살아야 한다는 것이다.

아무튼 고적선의 제자인 사존은 각자의 길을 가고 있었지만, 좌도를 찾는 일에는 최선을 다 해 협력하고 있는 것이다.

그런데 이들 사존 중에서 서존 영암은 아주 특별했다. 교활하고 잔인한 것은 남존 여암과 비슷하지만, 서존 영암은 행동이 신속하고 세속의 이치에 통달해 있었다.

사실 지금 좌도를 찾고 있는 문제는 서존 영암이 주도권을 잡고 있다고 봐야 한다.

물론 최기을이란 자가 좌도라면 이미 남존 여암이 한참 앞선 상태였다.

"자, 나는 가야겠네. 최기을이란 자를 급히 조사해 주게."

남존 여암 선생은 자리에서 일어났다.

"벌써 가시게요? 하루라도 좀 쉬시지 않고……."

"아닐세, 가까운 곳에 있으니 또 오면 되지 않나!"

"네, 그럼 살펴 가십시오."

"몸조리나 잘하게. 그 노인에 대해서도 무언가 알게 되면 연락해 주고."

영암은 밖으로 나오지 않고 방 안에서 여암 선생과 작별했다.

영암 선생은 사형인 여암 선생을 보내 놓고 그 자리에 앉은 채로 즉시 운기 조식運氣調息을 시작했다.

대금산의 기억

따르릉―.

영민이가 있는 하숙집의 전화벨이 울렸다.

"여보세요. 네, 기다리세요."

하숙집 아줌마는 영민이를 불렀다.

"학생, 전화받아요!"

이른 시간이어서 영민이가 아직 자고 있을 것이라 생각한 아줌마는 큰 소리로 불렀다.

"네."

영민이는 조용히 대답하고는 급히 나왔다. 잠귀가 밝은 영민이는 작게 불러도 즉시 깨어서 나오지만 오늘은 미리 깨어 있었던 것이다.

영민이는 조금 전 갑자기 깼는데. 이는 전화가 올 것이라는 육감 때문이었다. 전화는 영민이가 잠에서 깨고 나서 수초 후에 온 것이었다. 전화를 거는 사람의 염파念波가 미리 도착하여 영민이를 깨운 것일까?

영민이는 전화기를 집어 들면서 민여사에게서 온 전화라고 생각했다.

"여보세요. 네, 저예요. 오랜만이군요!"

어김없이 민여사였다. 요즘 들어 영민이에게는 전화가 자주 오는데, 이 상하게도 벨이 울리기 전에 미리 전화가 올 것이라는 생각이 드는 것이 었다.

어느 때는 누구의 전화라는 것까지도 정확히 맞추는데, 특히 자고 있 는 중에 오는 전화는 몇 초 전에 잠이 깨이고, 동시에 누구라는 육감이 강하게 와 닿는 것이다.

오늘도 그랬다. 영민이는 갑자기 잠을 깸과 동시에 민여사에게서 전화 가 올 것을 알았다. 그것은 불과 몇 초에 지나지 않았지만 영민이는 분 명 기다리다 전화를 받은 것이다.

이것은 영민이의 정신이 맑아졌기 때문이겠지만, 그는 이를 당연한 것 으로 받아들이고 있었다.

영민이는 인간에겐 누구나 그런 힘이 있다고 믿고 있었다. 다만 이 힘 은 억지로 얻어지는 것이 아니다. 자연스러운 마음으로 천지天地와 감응 感應해야만 한다.

영민이는 《주역》의 괘상卦象 공부와 아울러 천지와 감응할 수 있는 순 수한 마음을 가질 수 있도록 애쓰고 있었다.

이러한 마음은 주역점周易占을 치는 데 필수적인 것이지만, 그것은 영 아처럼 천진해야만 한다.

오늘 민여사의 전화는 상당히 오랜만에 걸려 온 것이었다.

"그 다방요? 그러지요, 네."

영민이는 전화를 끊고 세수를 한 다음 방으로 들어와 《주역》 책을 펼 쳤다. 민여사가 화양리까지 오려면 아직 시간이 많이 남아 있었다.

현재 영민이의 《주역》 공부는 대상大象을 이해하는 데 역점을 두고 있 었다. 이는 팔괘八卦의 뜻을 철저히 깨닫는 데 그 뜻이 있지만, 대상을 확실히 알아야만 효爻를 이해할 수 있기 때문이었다. 효를 모르면 팔괘의 변화와 시간의 작용을 알 수 없다.

팔괘의 공부는 결국 대상을 통하여 효, 즉 소상小象에 이르러 완성되는 것이다.

영민이는 이미 64괘의 대상에 부합되는 사물을 일일이 점검한 바 있거니와, 영민이의 견문見聞으로서는 사물의 수數를 많이 알 수 없기 때문에 대상을 이해하는 데 애를 먹고 있었다.

'글과 사물을 떠나서 원시 지혜를 얻을 수는 없을까?'

영민이는 이런 생각을 하면서 64괘의 대상을 일독一讀했다. 처음에는 글을 이해하기 위해 사물을 살피고, 사물을 통해 대상을 깨닫고, 다시 거꾸로 대상을 통해 사물을 연상하고 그것을 설명하는 글을 읽는 것이다.

영민이가 가장 괴로워하는 것이 있다면 사물을 이해하는 데 말이나 글을 필요로 하는 것이었다.

언어를 초월해서 즉시 사물의 극의極義를 깨달을 수는 없는가?

사람은 언어로써만 뜻을 이해하는데, 원래 먼저 뜻을 알고 이것을 상象으로 그리고 나중에 언어로써 표현해야 하는 것이다.

그런데 이것이 거꾸로 되어 있다. 이것을 고쳐야 한다. 생각하지 않아도 알고, 말하지 않아도 이해해야 한다.

사람이 이러지 못하는 것은 너무나 언어와 논리에 의존하기 때문일 것이다.

한동안 읽고 생각하며 애를 쓰던 영민이는 책을 덮고 나갈 준비를 했다. 민여사가 올 시간이 되어 있었다. 민여사는 지리산을 다녀온 후 오늘 처음 외출을 하는 것이다. 영민이도 이것을 알고 있었다.

민여사는 바쁠 때는 밖에 나다니면서 전화도 많이 하고 간간이 만나러도 온다. 그러나 집에 있으면서 한가할 때는 전화조차 하지 않는다.

영민이는 민여사에게 전화를 거는 일이 드물었다. 그러므로 민여사가 전화를 하지 않으면 언제까지나 서로 연락이 되지 않는 것이다.

그러고 보면 사람은 저마다 성격대로 사는 방식이 있는가 보다. 어쩌면 성격 자체도 일정한 틀이 있어서 그것으로 그 사람의 운명을 알 수 있을지도 모른다.

영민이는 원래 사람의 성격을 판단하는 능력이 뛰어나지만 요즈음 와서는 그것을 팔괘로 표현하고 싶어했다.

사람의 마음이나 성격 등을 팔괘로 표현한다는 것은 일반 사물처럼 그리 쉽지가 않다. 이는 사람의 정신이나 언어로조차 잘 정의되어 있지 않기 때문이다.

그래서 사람의 성격을 논할 때는 단순한 틀로써 표현하지 못하고 예를 많이 들어서 말한다.

물론 이렇게 해서라도 사람의 내면 구조, 즉 마음의 특성을 완전히 이해할 수만 있다면 그만이다.

그러나 그렇게 한다면 백 명이 백 가지 성격이고, 천 명이 천 가지 성격이라서 사람의 성격 유형을 알 수가 없는 것이다.

사람의 성격을 팔괘 혹은 64괘로 표현할 수 있다면 그 사람에 대해 수많은 것을 알 수 있다.

비근한 예로써 간단히 혈액형으로 성격을 풀어 보는 것이 있지만, 아예 마음형이란 정밀한 틀이 있으면 이는 직접 인간의 내면을 조명하는 것이 될 것이다.

영민이는 길을 따라 내려오면서 기분이 한가했다. 저쪽에 간판 하나가 또 눈에 띈다. 처녀보살, 점치는 집이다.

'학선생한테 가봐야 할 텐데.'

영민이의 마음 속에는 지난번 학선생과의 술자리가 떠올랐다. 그날 학선생은 쏟아진 술을 보고 '풍천소축風天小畜'이라고 말했었다.

'풍천소축'이란 발산發散을 상징하는 것으로, 이런 성격을 가진 사람은 낭비가 심하고 술을 잘 마신다거나 바람을 피운다. 그리고 성격이 화통해서 대인 관계가 원만하다. 단지 조급하고 실수가 많다. 이런 사람은 이런 운명을 맞이할 것이다.

학선생은 《주역》의 괘상을 잘 알고 있었다. 그런데 그것을 사람의 운명에 응용하지 못하고 있는 것이다. 이는 마치 보검寶劍을 가지고 있으면서 쓰지 못하는 것과도 같다.

'다음 번에 가면 이 점을 얘기해 봐야지!'

영민이는 어느 새 달라져 있는 자기의 정신을 느끼고 미소를 지었다. 그러나 금방 미소가 지워지며 찡그린 모습으로 변했다.

'나는 아직 멀었어. 만족하거나 오만해서는 안 돼! 이제 시작인 거야, 학문의 길은 저 높은 하늘과도 같은 것이야. 겸손해야 돼. 나는 바보다, 바보야.'

영민이는 작은 성취에 기뻐하는 자기를 꾸짖고 좌측 골목으로 꺾어 들었다. 이 길로 곧장 가면 개천이 나오고, 조금 더 가면 다방이 나온다. 골목길은 다니는 사람이 없어 한적했다.

영민이는 이때 또 하나의 생각을 떠올렸다.

'이런 장소의 운명은 어떠한 것인가? 내가 오늘 이 골목을 걷게 된 것은 나의 운명인가, 아니면 골목의 운명인가?'

영민이의 생각은 계속 이어졌다.

'빈 곳의 운명? 무엇으로 알 수 있을까? 운명은 내가 찾아가는 것일까? 내게 찾아오는 것일까?'

영민이는 이런 생각을 하면서 어렸을 때 할머니에게 들었던 이야기를 떠올렸다. 그 당시 할머니는 팔자에 대해 얘기했었다.

영민이에게 직접 한 얘기는 아니었고, 아마 영민이 어머니와 어떤 사람에게 얘기했던 것 같다. 영민이는 옆에서 듣고 있었는데, 내용도 잘 모르고 웃었던 기억이 난다.

　—옛날에 어떤 사람이 살았는데…….
할머니는 조용히 얘기를 시작했다.
　—이 사람은 지지리도 팔자가 나빴어. 그래서 하루는 어떻게 운명을 피할 길이 없을까 하고 궁리를 하다가 한 가지 방법을 생각해 냈지. 그것은 도망을 가는 것이었어. 이 사람은 자기가 살던 곳에서 도망하면 운명이 바뀌는 것으로 생각했던 거야. 말하자면 그곳에서 살기 때문에 그런 운명이 주어졌다는 거지.
　할머니는 심각한 표정을 지으며 자세히도 얘기했다. 듣고 있는 사람도 말없이 심각했기 때문에 어린 영민이도 조용히 있어야 했다. 할머니의 얘기는 계속되었다.
　—이 사람은 새벽에 도망하기로 작정을 하고 다음날 아직 캄캄할 때 일어났어. 그러고는 짐도 챙기지 않고 몰래 도망하기 시작했지. 그러다가 어느 개울에 도착했어. 날은 조금 밝아졌지만 그래도 아직 이른 새벽이었지. 이 사람은 개울을 건너기 시작했어. 이제 이 개울만 건너가면 운명이 바뀔 것이라 생각하며. 그런데 한참 건너가다 보니 이 사람 앞에 또 하나의 물체가 건너가고 있는 것이 아니겠어? 사람인지 뭔지는 모르겠지만 시커멓게 생겨먹은 것이야. 몸집은 아주 작아서 겨우 물 위로 조금 나와 있는 놈이었지. 이상한 놈이야, 그래서 개울을 건너던 사람이 물었지.
　할머니는 목소리를 더욱 낮추고 어두운 표정으로 말했다.
　—야! 넌, 도대체 누구냐?
　나? 나 말이야? 난 네 팔자다!

뭐? 내 팔자라고? 어이쿠!

할머니의 얘기는 여기서 끝났다. 당시 영민이로서는 그 뜻을 전혀 몰랐지만 지금 생각해 보면 사람이 움직이기 전에 그 사람의 운명의 그림자가 먼저 움직인다는 것이다.

말하자면 얘기에 나오는 사람이 마을을 피해 도망가려고 했을 때는 이미 그 운명이 먼저 도망할 준비가 되어 있다는 것이다.

영민이는 미소를 지었다. 자상했던 할머니가 생각났기 때문이었지만, 그 얘기의 내용도 상당히 일리가 있었다.

'과연, 사람은 운명이란 시커먼 놈의 뒤를 따라가고 있는 것일까?'

물론 이는 비유겠지만 운명을 적절하게 표현한 것인지도 모른다. 영민이는 고개를 저었다. 세상은 참으로 모를 것이 많다.

영민이의 시선은 걸어가고 있는 길의 조금 앞쪽을 보고 있었는데, 마치 그곳에 운명의 그림자가 앞서 걸어가고 있다는 느낌이 들었다.

영민이는 웃으며 고개를 들었다. 저쪽에 민여사의 차가 주차되어 있었다.

'음? 벌써 와 있나?'

영민이는 걸음을 빨리해서 다방 안으로 들어갔다. 민여사가 이쪽을 보고 있다가 손을 들어 보였다.

"누나, 일찍 왔군요."

"응, 지금 막 들어왔어. 잘 지냈니?"

두 사람은 서로 밝은 표정으로 바라보며 마주 앉았다. 민여사는 커피를 주문하고 그간의 안부를 물었다.

"그간 어떻게 지냈니? 공부는 계속하고?"

"네? 공부요? 하하."

영민이는 민여사가 자기의 공부에 신경을 써주는 것이 기뻤다.

"애는! 웃긴 왜 웃어? 묻는 말에 대답은 않고."

"누나는 어떻게 지냈어요? 여행은 잘 다녀왔어요?"

"응, 그래. 그런데 그 도사가 돌아가셨어."

"저런! 그런 분이 돌아가셨다니 안됐군요! 훌륭하신 분인데."

"그래, 운명이겠지, 어쩔 수 없어. 그건 그렇고, 나 이번에 지리산까지 다녀왔어."

"지리산요? 등산을 하려고요?"

영민이나 민여사 둘 다 산을 좋아했기 때문에 영민이는 산 얘기를 하면 태연하게 들었다.

"아니! 물론 등산은 했지, 산을 보러 간 게 아니야."

"……."

"도인道人을 만나고 왔어! 그 도사의 제자분을 만났지."

"네? 도사의 제자를요? 그분에게 제자가 있었나요?"

"그럼, 그분에게 제자가 없으란 법은 없지. 그토록 위대하신 분인데……."

민여사는 정색을 하고 영민이를 쳐다봤다.

"그렇겠군요, 가서 무슨 일이 있었어요?"

"일이 많았지. 나는 도사에 대해 알아보기 위해서 갔었어. 이번에 알게 된 것이 많아."

"그래요?"

"참! 영민아, 너 그 책 읽고 있니?"

민여사가 말한 책은 이른바 천서天書였다.

그 책도 당초 민여사가 구해서 영민이에게 준 것이지만, 지난번 만났을 때 민여사는, 이번 여행에서 그 책에 대해 도사의 설명을 들어오겠다고 말한 바 있었다.

그래서 민여사는 영민이가 그 책을 열심히 읽고 있는지를 물었던 것
이다.

그런데 영민이의 대답은 엉뚱했다.

"아니오, 한 번도 안 봤어요!"

"뭐? 얘 봐라 ! 한 번도 안 봤단 말이야, 그런 귀한 책을?"

민여사는 대단히 실망하는 표정을 지었다. 영민이는 그 모습을 보고
급히 변명했다.

"누나, 걱정하지 마세요. 그 책을 읽기 위한 공부는 하고 있어요!"

"응? 그게 무슨 소리야?"

"네, 그 책은 말이에요, 팔괘를 모르면 읽을 수가 없대요. 책의 첫장
에 씌어 있었어요. 그래서 팔괘부터 공부하는 중이에요."

"그래? 팔괘 공부를 해야 한다고……."

민여사의 안색이 다시 밝아졌다. 역시 영민이인 것이다.

'열심히 하고 있구나! 팔괘를 공부한다고? 그 책은 굉장히 어려운 것
이구나!'

이렇게 생각한 민여사는 한결 더 부드러운 목소리로 말했다.

"영민아, 그 책 말이야, 해설서解說書를 얻게 되었어!"

"네? 해설서요?"

영민이는 목소리를 높이며 크게 관심을 나타냈다. 민여사도 영민이가
이토록 관심을 갖고 있는 것에 기분이 더욱 좋아졌다.

"그래! 지리산에 있는 도인이 해설서를 만들어 주시겠대. 그리고 그
책은 조성리 도사가 지은 것 같애."

"그래요? 대단하군요!"

"그것도 내가 구해다 줄게, 영민이 너는 공부만 열심히 하면 되는 거
야."

"고마워요, 누나. 그런데 내가 머리가 나빠서 어떡하지요?"

"응? 하하, 얘는! 괜찮아, 넌 될 거야!"

민여사는 영민이의 말이 진담인지 농담인지 몰랐지만, 영민이의 음성에서 슬기로운 기운을 느꼈다.

"그리고……."

"다른 책도 구해 줄게!"

"주역에 관한 건가요?"

영민이는 지금 주역 공부에 심취되어 있기 때문에 책이라면 으레 그 계통의 책으로 생각했다.

영민이로서는 세상에 주역에 관한 책 외에는 대수로운 것이 없었다.

"주역? 아니 주역에 관한 책은 아니야, 신선神仙의 책이지."

"신선요?"

영민이는 《주역》 책이 아닌데도 관심을 보였다. 아마 신선은 어떤 책을 읽는가가 궁금했는지도 모른다. 민여사는 목소리를 낮추고 심각하게 말했다.

"그래, 이 책은 아주 귀한 것이야. 조성리 도사의 스승이 지은 책인가 봐!"

"네? 그런 책이 있어요?"

"응, 아직은 구할 수 있을지 잘 몰라. 영민이 너 대금산大金山이라고 들어 봤니?"

"아니오! 어! 대금산? 글쎄요……."

영민이는 말끝을 시원하게 맺지 못했다. 민여사는 이상하게 생각하고 영민이를 바라봤다.

"모르겠어요, 잠깐만요."

영민이는 갑자기 무엇을 깊이 생각하는 듯했다.

"왜 그래? 무슨 일이 있니?"

"아니, 글쎄…… 아니에요. 가본 것 같기도 하고……."

영민이는 고개를 갸우뚱하며 말을 더듬었다. 속으로 무엇을 생각해 내려는 모습이 역력했다.

"얘는! 가봤으면 가봤고, 아니면 아니지 왜 그리 당황해?"

"모르겠어요, 대금산이라고 하니까 갑자기 이상한 생각이 들었어요."

"이상한 생각이라니?"

"네, 거기에 가봤던 것 같아요. 그것도 여러 번이나요. 그런데 막상 생각해 보니 그게 아니었어요."

"착각일 거야, 비슷한 산이겠지!"

민여사는 영민이의 망설임을 대수롭지 않게 생각했다. 그러나 영민이로서는 이상한 기분에 휩싸이면서 '대금산' 이란 단어가 마음 속에서 자꾸만 떠오르고 있었다.

영민이의 표정은 먼 꿈을 더듬고 있는 것 같았다. 민여사는 잠시 보고만 있었다. 한참 만에야 영민이는 고개를 세차게 저으며 평상으로 돌아왔다.

"그건 그렇고, 대금산 얘기는 왜 나왔지요?"

"응, 그거."

민여사는 다시 말하기 시작했다.

"대금산에 말이야.《소곡심서疏谷心書》라는 책이 있어!《옥허서玉虛書》라고도 하는데, 이 책은 장백삼호長白三皓의 스승인 소곡천인疏谷天人이 지은 것이지. 그 책을 구할 수 있을 것 같아!"

"그래요? 그런 귀한 책이 있군요. 그 책은 누가 갖고 있지요?"

"그 마을 사람이래."

"마을 사람요? 그 사람이 책을 준다고 했나요?"

“아니, 책을 팔려고 내놨어!”

“네? 누나는 어떻게 그걸 알았어요?”

“나? 하하하, 난 이래봬도 장백삼호 전문가야. 그런 책에 대해서는 특별히 알아내는 방법이 있어!”

민여사는 서적 전문가인 김선생 얘기를 일부러 꺼내지 않았다.

“하하, 누나는 참 대단하군요. 어느 새 그런 일을 하고 있었어요?”

영민이는 감동어린 표정으로 민여사를 바라봤다. 민여사는 더욱 자랑스러운 기분이 되어 말했다.

“다 운명이야, 하늘의 뜻일지도 모르지! 나는 그분들하고 관계 있는 것은 뭐든지 연구해 볼 거야, 어때?”

민여사는 자기 하는 일이 영민이가 보기에는 어떤가 하고 묻는 것이었다.

“네? 아, 그거 재미있겠는데요. 상당히 가치 있는 일이 되겠군요!”

“그럼, 그런 분들은 성인聖人들이고 신선神仙인데!”

민여사는 자기가 하고자 하는 일의 가치를 새삼 강조해서 말했다. 영민이도 고개를 끄덕이며 동감을 표시했다.

“그건 그렇고, 영민이 너는 고향에 안 가니? 며칠 있으면 설인데……”

어느 새 연말이 다가오고 있었다. 그래서 민여사는 정초에 집에 다녀오지 않겠느냐고 물어 본 것이다.

“설요? 음력 설에나 가볼 거예요. 누나는 양력 설을 쇠나 보지요?”

“응 그래, 아무것이나 하나 정해 놓고 쇠면 되겠지.”

민여사는 이렇게 말하고는 봉투를 하나 꺼내 주었다.

“자, 이거 연말 경비에 써.”

언제나처럼 영민이에게 용돈을 준 것이다. 영민이는 미안한 표정을 지

으면서 받았다. 이는 그의 평소답지 않은 태도로, 이것도 영민이의 심적
변화를 반영하는 것이었다. 영민이는 매사에 겸허한 사람으로 변해 있
었던 것이다. 민여사도 그것을 느낄 수 있었다.

"그만 갈까?"

떠날 시간이 된 것이다. 오늘의 만남은 오랜만에 만난 사람들로서는
짧은 편이었다.

그러나 두 사람의 대화는 격格이 높아져 있기 때문에 예전의 긴 대화
보다 교감交感이 깊었다. 영민이는 민여사가 일어날 뜻을 비추자 밝은 표
정으로 고개를 끄덕였다.

"그래요, 언제 또 오실래요?"

"글쎄, 대금산에 다녀오고 나서 전화할게."

"네, 그럼 일어나시지요."

두 사람은 서로 미소를 짓고는 자리에서 일어났다. 민여사는 앞장 서
나가 찻값을 지불했다. 이때 민여사는 돈을 꺼내면서 종이 쪽지 하나를
흘렸다. 영민이가 이것을 무심히 주웠고, 민여사는 다방 문을 열고 나갔다.

영민이는 종이 쪽지를 보면서 뒤따라 나섰는데, 거기에는 두 사람의
사주四柱가 적혀 있었다. 하나는 영민이 자신의 것이었다.

"음? 이거 내 사주인데?"

민여사가 흘린 종이 쪽지는 조성리에 갈 때 가져갔던 것이었다. 민여
사는 조성리에 영민이의 사주와 시누이의 사주를 적어 가지고 갔었는데,
그것이 지금껏 핸드백 안에 들어 있었던 모양이다.

영민이는 한눈에 자기 사주를 알아봤지만 다른 사람하고 함께 씌어
있어서 더욱 눈길을 끌었던 것이다. 물론 두 사람이 서로 연관이 있는
사이는 아니었지만 한 종이에 씌어 있다면 궁금하게 생각할 수도 있는
것이다.

'누구지? 왜 내 사주와 함께 씌어 있는 것일까?'

영민이는 속으로 의아스럽게 생각하며 나란히 씌어 있는 사주를 살펴봤다. 이 사람은 영민이보다 3년 위인 43년생으로 계미癸未년 4월 28일 유시酉時였다. 영민이는 다방 문을 나서면서 무심결에 괘상卦象을 만들어 보았다.

괘상은 영민이가 최근에 연구해서 확립한 방법으로 만들어지는 것인데, 이것은 팔괘八卦가 네 개이고 대성괘大成卦로 하면 원괘原卦와 지괘之卦로 되는 것이다. 이것을 확대하면 다시 12개의 대성괘로 전개되는 것이지만, 이렇게까지 하지 않아도 사람의 운명을 대충 알 수 있었다.

나타난 괘상은 원괘가 풍지관風地觀：☴☷이고 지괘가 택지췌澤地萃：☱☷였다.

영민이는 괘상만 만들어 둔 채 다방 밖으로 나왔다. 민여사는 영민이가 다소 늦게 나오자 잠시 기다리고 있었다.

"누나, 이게 뭐예요?"

영민이는 다방을 나서자 민여사에게 쪽지를 주면서 물었다.

"응? 아, 이거! 조성리에 가져갔던 거야, 하나는 영민이 거지!"

"네, 그런데 또 한 사람은 누구예요?"

"그 사람? 응, 우리 시누이야."

"그래요? 여자군요! 그런데 팔자八字가 이상하군요……."

"뭐? 팔자가 이상하다고?"

민여사는 깜짝 놀라 영민이를 바라봤다.

"아니, 뭐 잘 몰라요."

영민이는 자기도 모르게 한마디 내뱉은 것에 민여사가 놀라는 바람에 당황하고 말았다. 그러나 민여사는 걸음을 멈추고 크게 관심을 나타냈다.

"무슨 얘기야? 영민이 너, 사주 볼 줄 아니?"

"아니에요, 그저 조금 아는 정도예요. 확실하지도 않고."

"그래? 하하, 그거 재미있는데 얘기 좀 해 봐!"

민여사는 영민이가 발뺌을 하는 데도 붙들고 늘어졌다.

민여사가 누구인가? 점이라면 자다가도 벌떡 일어나는 사람이 아닌가! 더군다나 영민이가 팔자에 대해 말하는데 순순히 물러날 수가 있겠는가!

"얘, 잠깐 들어와 봐!"

민여사는 차에 타면서 영민이도 함께 타자고 했다. 차 안에서 단단히 물어 보려는 것이다.

"네? 잘 모르는데도요? 엉터리예요."

"괜찮아, 빨리 타!"

영민이는 마지못해 차의 앞문을 열고 들어가 앉았다. 민여사는 웃고 있었다.

"영민아, 그 여자 팔자가 이상하다고 했지? 그게 무슨 소리니?"

"아니에요, 확실한 게 아니에요."

영민이로서는 자기 나름대로 이론적으로만 생각해 둔 사주법으로 사람을 직접 판단한다는 것에 자신이 서지 않았다. 영민이는 아직 한 번도 자신의 방법을 시험해 본 적이 없었다.

"괜찮아, 틀려도 좋으니 아는 대로 얘기해 봐!"

민여사는 영민이를 애교 있게 쳐다보며 재촉했다.

"아이, 참! 좋아요, 내 생각대로 얘기해 볼게요. 아마 맞지 않을 거예요."

영민이는 어쩔 수 없다고 생각하고 자신의 사주법을 시험해 보기로 했다.

"누나, 내가 보는 방법은 팔괘를 사용하는 거예요. 그런데 난 아직 주역의 괘상을 잘 아는 게 아니라서…… 그래도 대충 얘기해 볼게요."

영민이는 어렵게 서두를 꺼내 놓고 천천히 말을 이었다.

"풍지관風地觀, 그러나 이 여자는 이혼을 할 것 같아요. 이 여자 성격은 남자를 먼저 좋아하지만 배신을 당할 운수예요. 고집도 세고 여장부라고나 할까, 남자를 지배하려고 하면서도 항상 남자에게 패배당하는 편이지요. 그리고…… 그만 하지요 이것밖에 몰라요."

영민이는 겨우 몇 마디 하고는 중단했다. 민여사는 크게 웃었다.

"하하, 너 대단하구나. 이혼한다고? 어째서 그렇지?"

"네, 풍지관은 대지 위에 바람이 불어가는 것인데 대지는 사람 몸의 배腹에 해당되지요. 즉, 바람이 배 위를 지나간다는 것이니까 남자가 거처간다는 뜻이에요. 바람은 땅에 멈추는 법이 없고, 땅은 바람을 쫓아갈 수 없어요. 그래서 이혼을 하게 된다는 것이지요."

영민이는 처음엔 몹시 망설였지만 일단 말하기로 정하자 거침이 없었다.

민여사는 느낌으로 영민이가 진실을 얘기한다고 믿었다.

"그럴 듯해. 좋아, 남자한테 배신당한다는 것은 뭐니?"

"그것은 택천쾌澤天夬:☱☰이지요. 이것은 연못이 하늘 위에 있다는 뜻인데, 하늘 위에 있는 연못이 오래 가겠어요? 그리고 연못은 여자를 상징해요, 하늘은 남자이지요. 택천쾌의 괘상은 연못이 하늘을 삼키고 있다는 뜻이 있으니 여자가 남자를 먼저 좋아하다가 종내는 떨어진다는 것, 즉 배신당한다는 뜻이 되지요."

"그래? 그럼 고집이 세다거나 여장부란 것은 무슨 뜻이야?"

민여사는 웃지 않고 심각하게 물었다. 아무래도 영민이의 설명이 심상치 않다는 것을 느꼈기 때문이었다.

"네, 그것은……."

영민이는 이제 자신 있는 투로 말하기 시작했다.

"원괘와 지괘 사이에 천풍구天風姤:☰☴라는 괘상이 성립되는데, 이는 하늘 아래 바람으로서 역행을 뜻하는 것이지요. 바람은 하늘과 비교하여 여자가 되고, 하늘은 남자입니다. 괘상이 하늘 아래 바람으로 되어 있으니 말하자면 바람이 하늘을 흔들어 놓으려 하는 것이니까 이것은 여자가 남자를 지배하려는 뜻이 있고, 또한 바람이 하늘 아래 있어서 제자리를 지키니 이는 고집이지요. 게다가 천풍구의 괘상은 음효陰爻가 하나이고 양효陽爻가 다섯이나 되어서 많은 남자를 거느린다는 뜻이 있어요. 음陰이란 적당히 움직일 줄도 알아야 양陽을 따르는 것이 되는데, 이 괘상은 음이 맨 아래에 있기 때문에 지나치게 자기 주장이 강한 것이지요.”

영민이의 설명은 당당했다. 그러나 민여사로서는 모를 소리가 많았다. 영민이가 말하는 것은 처음부터 끝까지 주역의 64괘상이나 효 등인데 민여사는 영민이처럼 자세히 알고 있지 않았기 때문이다.

영민이는 어느 새 이토록 어려운 공부를 터득해 가지고 있는 것이었다. 민여사는 영민이의 말에 완전히 도취되어 물었다.

“영민아, 네 말이 상당히 부합되는구나. 그런데 이 여자에게 좋은 일은 아주 없는 거니?”

“네? 아니에요, 나중엔 좋아요.”

“그래? 어떻게 좋은데?”

“네, 이 여자의 괘상은 하나가 더 있어요. 그것은 지택림地澤臨 ☷☱ 이란 것인데, 이것은 땅 아래 연못, 즉 깊은 연못이지요. 그런데 여자는 연못이니까 여자가 가장 안전한 곳에 정착한다는 뜻이에요. 그리고 뿌리가 깊게 내려져 있어 터전을 잡고 군림하는 거예요. 이 여자는 장차 큰일을 성취할 겁니다. 그러나 한 번은 반드시 이혼해야 할 거예요. 더 자세하게 풀 수도 있는데 대충 이 정도만 하지요. 앞으로 대상大象을 더 공부하고 나서 다시 한 번 볼 수도 있고……”

영민이는 설명을 끝내고 민여사의 기색을 살폈다.

"정확하구나, 지금 그게 사주四柱를 풀어서 나온 거니?"

"네, 대충 맞나요?"

"그럼, 맞다뿐이니, 너 참 신통하구나!"

민여사는 영민이의 사주 풀이에 대단히 만족한 듯 보였다.

영민이도 민여사가 맞다고 하니까 적이 안도감이 들었다. 아울러 영민이는 자기가 연구한 방법으로 살펴본 최초의 사주 풀이가 긍정적 평가를 받은 것이 몹시도 기뻤다.

일단은 진실에 접근하였다. 물론 다음 번에 전혀 맞지 않을 수도 있지만 시작이 괜찮았다. 앞으로 괘상을 좀더 정확히 공부하는 한편 임상 실험도 많이 해 봐야 할 것이다.

"누나, 그만 가봐야지요."

영민이는 사주 풀이를 무사히 끝마치고 평상으로 돌아왔다.

"그래, 이제 가야지. 그런데 너는 공부 많이 했구나, 앞으로도 계속해 봐. 잘될 거야."

민여사는 속으로는 영민이가 설명해 준 것을 생각하면서 영민이의 공부를 독려했다. 민여사는 지금 영민이가 큰 공부를 성취해 가고 있다는 것을 느끼고 크게 감명을 받았다. 영민이는 차에서 내렸다.

"조심해서 가세요."

"응, 새해에 보자."

민여사는 미소를 지으며 손을 흔들고는 차를 서서히 출발시켰다.

영민이는 차가 멀리 갈 때까지 그 자리에 서 있다가 하숙집으로 발길을 돌렸다.

치복파의 활동

북존 경암北尊耕岩 선생은 용산역 근방 어느 주차장 사무실에서 강치복과 마주 앉아 있었다.

이곳은 화물 트럭의 주차장으로, 사무실 뒤쪽에 개천이 흐르고 그 앞에는 넓은 공터가 있었다. 여기는 강치복파의 연락 사무소로, 가까이에 경암 선생의 숙소도 있었다.

북존 경암 선생은 지금 강치복에게 무술을 강의하고 있는 중이었다.

사무실 안에는 두 사람 외에는 아무도 없었다. 주차장 업무는 바깥쪽에 따로 있는 사무실에서 보고 있었기 때문이다.

이곳 주차장은 24시간 차량이 출입하는데도 인적이 드문 곳에 위치하고 있어서 편리한 것이 많았다. 지금은 특히 한가한 시간—.

강치복은 매일 이 시간을 택해서 공부를 하고 있었다. 이때는 일체 사람이 출입할 수 없었으며, 실제 무술 동작을 연습할 때는 공터로 나갔다.

강치복은 용산 일대에 자기가 사용할 수 있는 체육관이나 창고 등 실내 공간이 많았지만, 경암 선생은 그런 곳을 싫어했다.

경암 선생이 강치복에게 무술 동작을 가르칠 때는 반드시 하늘이 보이는 공터에서 했다. 경암 선생의 말에 의하면 실내에서는 땅의 거친 기운이 잘 통하지 않는다고 한다.

지금은 동작 수련을 마치고 잠시 쉬면서 이론을 공부하는 중이었다. 경암 선생의 차분히 가라앉은 목소리가 들려 왔다.

"항상 상대방의 눈을 살펴봐야 하네. 움직임의 징후는 반드시 눈에 먼저 나타나고 다음에 얼굴을 통해 어깨로 흘러가는 것이야. 귀를 사용하지 말고 오로지 눈을 사용하게. 그리고 미리 움직여서는 안 돼. 이는 나의 기운을 흩어 놓는 것이야. 가까이 있는 것도 멀리 봐야 하고, 바람처럼 부드럽게 움직이고 우레처럼 갑자기 공격해야 하는 것이지."

경암 선생의 가르침은 강치복으로서는 동작이든 이론이든 처음 접하는 것이었다. 그러나 경암 선생의 가르침이 아주 정밀하고 실전적이어서 강치복에게는 이해가 쉬웠다.

강치복은 공부를 시작한 지 불과 며칠 지나지 않아서 자신의 많은 약점을 보완하고, 깊고 깊은 무학武學의 세계를 느끼게 된 것이다. 그는 자기의 형인 강치민이 막강한 실력으로 주먹 세계에 군림했던 이유를 이제야 깨닫게 되었다.

강치복은 몸은 선천적으로 형보다 나으면 나았지 결코 뒤떨어지지 않았지만, 공부가 부족했던 것이다. 강치복은 철저한 실전파로서, 싸움의 모든 동작을 경험을 통해 얻었고, 때로 연구를 해서 터득한 것이었다.

그러나 이것은 한계가 있기 마련이다. 실전 경험만으로는 더 넓은 무술의 세계를 결코 감당할 수가 없는 것이다. 지금에 와서 강치복은 이 점을 뼈저리게 깨닫고 있었다.

경암 선생의 가르침이 계속되었다.

"결투에 있어서는 현재만 있고 미래는 없는 것이야. 결투가 끝나는 시점은 천지와 함께 정해지는 것이지, 내가 정하는 것이 아니야. 나는 오로지 현실에 응해서 움직이는 것이지. 승부를 서두르는 자는 반드시 패하게 돼. 결투가 아무리 길어져도 조급해하거나 지루해해서는 안 되지. 언제나 현재만 있을 뿐이야. 요행을 바라서도 안 돼, 또한 분노를 가져서도 안 돼."

경암 선생의 목소리는 강치복의 정신까지도 맑게 해 주었다. 강치복은 숨을 죽이고 경청하였다. 사무실 전체에는 온화한 기운이 감돌고 있었다. 이는 참으로 이상한 일이었다. 지금 경암 선생이 강의하는 내용은 결투에 관한 것인데도…….

이것은 물론 경암 선생의 인품에서 비롯된 것이었다. 강치복은 경암 선생과 마주 앉으면 자기도 모르게 침착해지는 것을 느꼈다. 경암 선생의 목소리는 맑게 이어지고 있었다.

"유리할 때도 오만하지 말고, 불리할 때도 좌절하지 말고, 오로지 최선을 다 해야 해. 결투는 하나의 흐름이야. 두 사람이 어우러져 하나의 통일된 춤을 만드는 것이지. 이 춤의 결말은 자연의 흐름 속에 있어. 내가 인위적으로 지어낼 수가 없는 것이지. 이기고 짐을 초월해야 돼. 결투는 옳은 동작을 전개하는 것뿐이야. 이기는 법은 없어. 내가 옳고 적이 그르면 내가 이기고, 적이 옳고 내가 그르면 적이 이기는 것이야. 결투는 언제나 지지 않을 자리에서 이길 수 있을 때를 기다리는 것이지. 그러나 기다림이라는 것도 바람이어서는 안 돼. 나는 그저 무심히 행동만 하는 것이네. 싸움은 천진한 마음으로 해야지, 독한 마음으로 하는 것이 아니야. 그런데 자네는 마음이 모질어. 필요 이상의 기분을 갖는 것이지. 그것은 자신을 얽매어 두어서 동작의 전개를 방해하게 되는 거야. 자승자박自繩自搏이지. 오늘은 이만 할까? 자네는 연습을 더 하게, 나는 가겠네."

"네, 선생님. 감사합니다."

강치복은 무릎을 꿇고 고개를 숙여 고마움을 표했다. 경암 선생은 자리에서 일어났다. 강치복이 배웅을 하기 위해 먼저 문을 열었을 때, 저쪽에서 누가 오고 있었다. 강치복의 부하였다. 필경 급한 일일 것이었다.

이 시간에는 좀처럼 부하들이 나타나지 않는다. 게다가 웬만하면 전화를 하지 직접 찾아오지 않는다. 강치복과 경암 선생은 잠시 기다렸다.

"무슨 일인가?"

강치복은 다가온 부하에게 다소 냉정한 말투로 물었다.

"네, 그 여자에 관한 일입니다."

"그 여자? 그 차량 말이지?"

"네, 소유자의 이름과 주소를 알아냈습니다."

"그래? 그 여자 차든가?"

"네. 이름이 '민현정'입니다."

"집은?"

"마포입니다. 그곳에 가서 그 차가 있는 것도 확인했습니다."

"좋아, 그 여자를 최대한 조사해 봐! 누구를 만나고 다니는지, 특히 점쟁이나 도사 비슷한 사람을 만나는지 보라고. 아주 중요한 일이야."

강치복은 부하에게 자세히 지시하고는 다시 한 번 강조하듯 말했다.

"네, 그런 일 잘하는 사람에게 부탁하겠습니다."

"그래, 지금부터 계속 감시하라고."

"알겠습니다. 그럼 이만 가겠습니다."

강치복의 부하는 보고를 마치자 즉시 물러갔다. 그러자 강치복은 경암 선생을 쳐다봤다. 경암 선생은 옆에서 강치복의 부하가 하는 얘기를 다 듣고 있었다.

"잘된 것 같군!"

경암 선생은 만족한 표정을 지으며 말했다.

“네, 집을 알아냈습니다. 이제 그 여자 주변을 살펴봐야지요!”

“음, 수고를 해 주게. 그 여자가 만나는 사람은 모두 살펴야 돼. 특히 학술 계통의 사람이나 산 속에 있는 사람을…… 이 일은 내게 가장 중요한 일이야.”

“알고 있습니다, 최선을 다 하지요.”

“그래! 점쟁이 쪽도 알아보고 있지?”

“네, 점쟁이가 많은 곳은 다 찾아보고 있습니다. 세검정·미아리·서대문·영등포 등요, 용산 일대는 이미 샅샅이 알아봤습니다.”

“좋아, 난 가겠네. 뭔가 잡히면 즉시 연락을 주게.”

“네, 내일 뵙겠습니다.”

경암 선생은 떠나가고 강치복은 공터 쪽으로 가면서 생각을 했다.

‘선생님은 참 열심히도 그 사람을 찾는구나! 좌도坐島! 도대체 누구일까? 아무튼 나는 반드시 찾아 줘야 해. 그것이 선생님의 은혜를 갚는 길이지.’

강치복은 좌도라는 사람을 반드시 찾아내겠다고 굳게 다짐하면서 공터에 도착했다. 공터 저쪽으로 개천이 보였고, 그 앞에는 큼직한 자동차 부품 덩어리가 쌓여져 있었다.

공터 한쪽으로는 가시 철망이 쳐져 있었는데, 철망 바깥쪽도 사람이 다니는 곳은 아니었다. 이곳은 강치복 개인의 도장이었던 것이다. 잠깐 주변을 둘러본 강치복은 발을 높게 뻗어 차는 것을 시작으로 해서 무술 연습에 들어갔다.

<h1 style="text-align:center">숙명학</h1>

1971년 1월 1일, 새해가 밝았다.

영민이는 실컷 늦잠을 자고 천천히 일어났다. 오늘은 하숙집 안이 유난히 시끄러웠다. 이 집에서 하숙하는 사람들이 한방에 모여 떠들고 있었기 때문이다. 아마도 정초라 갈 곳 없는 사람끼리 함께 모인 것이리라.

시간을 보니 이미 정오가 넘어 있었다. 영민이는 세수를 하고 급히 옷을 챙겨 입었다. 갈 곳이 갑자기 생각난 것이다.

어젯밤 생각으로는 오늘은 집에서 실컷 잠이나 자거나 근방을 산책할까 했는데, 깨자마자 생각이 달라진 것이다.

영민이는 조반도 먹지 않고 즉시 하숙집을 나섰다. 내려오는 골목길은 한산했고 날씨는 좀 추웠다. 영민이가 지금 가보려고 하는 곳은 미아리 학선생의 집이었다.

학선생은 집이 절이고 절이 집이라고 했으니 필경 미아리 그 좁은 방에 있을 것이다.

'오늘 같은 날도 점을 치러 오는 손님이 있을까?'

영민이는 속으로 이런 생각을 했지만 아무래도 상관 없었다.

오늘따라 학선생이 측은한 생각이 들었다. 영민이 자신도 갈 곳이 없으니 그곳에 가서 함께 술이라도 마시면 좋을 것이다.

이렇게 생각을 하며 영민이는 길을 건넜다. 마침 차가운 바람이 불어왔다. 그러나 영민이에게는 시원한 바람일 뿐이었다.

기분이 좋아졌다. 길을 건너 잠시 기다리자 택시가 왔다.

영민이는 그것을 잡아탔다. 택시는 오랜만에 타보는 것이었다.

영민이는 여간해서 택시를 타지 않는데, 편안한 것이 싫어서가 아니라 돈이 없어서였다. 돈만 있으면 택시가 오히려 성격에 맞았다. 그런데 오늘은 돈이 좀 있었다. 며칠 전 민여사가 충분히 주었기 때문이다.

"미아리로 가주세요!"

영민이는 뒷좌석에 타면서 기분 좋게 목적지를 일러주었다.

"네!"

택시 기사도 기분 좋게 대답하고는 차를 몰았다.

택시는 얼마간 달리다가 우측으로 방향을 틀었다. 지름길을 고르는 것이었다. 방향 감각이 어두운 영민이로서는 차가 어디로 가는지 몰랐지만 그런 것을 걱정할 필요는 없었다.

부족한 잠이나 더 자두는 것이 나을 것이라고 생각한 영민이는 눈을 감고 졸음이 오도록 의식을 약하게 조절했다.

얼마간 잠이 들었을까?

택시는 어느덧 미아리에 도착, 언덕길 앞에 멈추었다. 금방 잠이 깬 영민이는 순식간에 정신을 맑게 하면서 택시에서 내려 길을 건넜다.

지난번 찾아왔던 골목은 즉시 찾을 수 있었다. 골목은 여전히 한적하고 점치는 집 간판들은 무질서했다. 영민이는 걸으면서 자기 자신에게 물었다. 그 질문은 지금 육감으로 학선생이 집에 있겠느냐, 하는 것이었다.

학선생의 집은 저쪽에 바로 보였다. 영민이는 미소를 지으며 고개를 끄덕였다. 학선생은 집에 있을 것이다. 육감이 그것을 말해 주고 있었다. 영민이가 집 앞에 당도하여 안을 슬쩍 들여다보니 과연 신발이 한 켤레 보였다. 학선생의 신발이었다. 영민이는 조용한 목소리로 불렀다.

"형님!"

"……."

안에서 기척이 있었다.

"어! 누구야? 아니, 영민이!"

학선생은 몹시 반가워하며 급히 나왔다.

"동생 왔구먼, 이런 날 웬일이야?"

학선생은 정초에 찾아온 영민이를 뜻밖이라고 생각하면서 기쁨을 감추지 못했다. 외로운 사람이기 때문일 것이다.

오늘 같은 날은 으레 가족이나 친지들과 어울리게 마련인데 학선생은 갈 곳이 없는가 보았다.

영민이는 지난번 왔을 때 이미 학선생에 대해 많은 것을 파악해 두었었다. 영민이의 판단에 의하면 학선생은 외로운 사람으로, 성품이 곧고 겸손하며, 게다가 낙천적인 면과 사색적인 면을 동시에 겸비하고 있었다.

영민이에게 선뜻 형님이라고 부르게 한 것도 학선생의 화통한 면을 보여 주는 것이지만, 사람을 알아보는 판별력도 대단한 것이었다. 학선생은 단숨에 영민이가 착한 사람이라는 것을 알아봤지만, 그 외에도 영민이의 지성을 깊게 통찰했던 것이다. 영민이도 그런 점에서는 학선생과 마찬가지였다.

영민이는 학선생을 만난 지 얼마 되지 않아 이 사람이 순수하고도 다정다감하다는 것을 느꼈다. 그 직후 함께 학술 토론을 하고 나중엔 술집까지 동행하게 되면서부터는 이미 십년지기가 되어 있었던 것이다.

이런 생각은 단순히 영민의 일방적인 마음만은 아닐 것이다. 지금 당장 학선생의 모습을 보아도 알 수 있었다. 영민이는 미소를 지으며 인사를 건넸다.

"이런 날이라서 왔어요! 별일 없었나요?"

"하하, 난 항상 그렇지. 들어가자!"

"아니, 함께 나가지요! 어디 가서 한잔 어때요?

"응? 그래그래. 그게 좋겠다, 잠깐만."

학선생은 영민이의 제안에 흔쾌히 찬성하고 다시 방으로 들어갔다. 잠시 후 학선생은 옷을 갈아입고 나왔다. 학과 같은 흰옷은 집에서만 입는가 보았다. 외출을 할 때는 잠바 차림이었다.

"어디로 갈까? 전번에 그 집으로 가지?"

"네, 좋아요."

두 사람은 좁은 골목길을 따라 내려갔다. 술집에 당도하고 보니 오늘 같은 날에도 여전히 영업을 하고 있었다.

"어서 오세요!"

주모는 반갑게 맞이하면서 영민이에게도 미소를 건넸다.

"자, 우선 술부터 주시고, 안주는? 오늘은 뭐, 다른 거 없어요?"

학선생은 술을 시키고 영민이에게 눈을 찡긋해 보였다. 명절이라 색다른 안주가 나올 것인가? 영민이는 편안한 마음으로 기다렸는데 안주와 술이 동시에 나왔다.

"자, 특별 안주예요."

역시 색다른 안주가 나왔다. 나물과 생선전이었다.

"자, 한잔 들지."

"아니, 제가 먼저 따를게요!"

영민이는 학선생의 주전자를 빼앗아 먼저 술을 따르고 자기도 받았다.

"건배를 하지, 천하를 위해 그리고 우리들의 공부를 위해서!"

학선생이 배사杯辭를 하면서 술잔을 높이 들었다. 두 사람은 단숨에
비우고는 다시 잔을 채웠다.

"영민이, 그간 어떻게 지냈어? 공부는 많이 하고?"

한잔 술로 숨을 돌린 학선생이 영민이의 안부를 물었다.

"네, 그저 되는 대로 지냈어요!"

"음? 잘 지냈구나, 되는 게 있으니."

"네? 하하, 형님도 참 우스워요. 누구나 되는 일이 있게 마련 아니에
요."

"아니야, 안 되는 일만 있는 사람도 있어! 바로 나지."

"그래요? 안 되는 일만 있다고요? 안 되는 일이라도 있군요. 일이 아
예 없으면 얼마나 심심하겠어요!"

"뭐? 괴로운 게 차라리 낫다는 말이야? 하하, 그럴 듯해. 좋아!"

학선생은 영민이의 세밀한 말에 어처구니없다는 듯이 웃었다. 어쩌면
영민이의 말이 맞는지도 모른다. 세상에 괴로운 일이라도 있어야지 아예
일이 없으면 더 괴로울 수도 있다. 아니, 괴로울 것까지는 없겠지만 발전
이 없을 것이다.

사람이란 때로 어려운 문제에 봉착하기도 해야 강해지는 법이다. 어려
움을 모르고 살아가다가는 언제 치명적인 난관에 부딪칠지도 모른다.
그나마 지금 노력하면서 살 수 있으니 얼마나 다행인가!

"한잔 하시지요!"

이번엔 영민이가 술을 권한다. 학선생은 내게도 이웃이 있구나, 하고
생각하며 즐거운 마음으로 술을 들어 마셨다.

이때 주모가 한 가지 안주를 더 내왔다. 이번에는 고기를 넣어 끓인
미역국이었다. 이것도 훌륭한 안주가 된다.

"주모! 한잔 하실래요?"

기분이 좋아진 학선생은 주모에게도 술을 권했다.

원래 옛 성인聖人이 명절이란 것을 처음 만들 때, 이 날은 가난한 사람도 즐거워하라고 만들었고, 이웃과 널리 함께 하라고 만든 것이다.

"그래요, 한잔 주실래요?"

"하하, 자 받으세요."

"고마워요, 우리 함께 건배해요."

주모는 술잔을 받아 놓고 함께 들자고 했다. 이런 것이 술이 아니던가? 그래서 예부터 주객酒客이 천객天客이라 한 것이다. 술은 귀천貴賤을 떠나 사람을 하나의 감정으로 통하게 한다. 그리고 또 술이란 바로 천기天氣를 닮아 있고 이것은 인간을 더욱 인간답게 만들어 준다.

"자, 다시 한 번 건배! 행복을 위해서!"

세 사람은 동시에 술잔을 비워 냈다. 주모도 제법 술을 마실 줄 아는 것 같았다.

"내가 한잔 따를게요."

이번엔 주모가 한 잔씩 따라 주었다. 영민이는 주모에게 술을 받고는 자기도 따라 주었다.

"어디 음식 맛을 좀 볼까?"

학선생은 안주를 집어 들었다. 그 사이 주모는 자기 혼자 한 잔을 더 들어 마셨다.

"어! 이 아줌마 봐, 혼자 들기야?"

학선생은 주모가 술을 드는 것을 보니 마음이 편안한가 보았다. 학선생도 급히 술을 들어 마셨다. 이것을 보고 주모가 은근히 웃으며 말을 건넸다.

"선생님, 걱정 마세요. 술은 얼마든지 있으니. 그보다도 내 사주나 좀 봐주세요!"

주모는 자신의 운명이 알고 싶은 모양이었다. 그래서 점쟁이인 학선생이 한가히 술을 마시고 있으니 이 기회에 사주를 봐달래려는 것이다. 오늘 같은 날은 다른 손님이 올 것 같지도 않고 심사心思도 울적하니 사주팔자를 보기에는 제격이었다.

"음? 내가 사주를 안 봐줬던가요?"

학선생은 일부러 놀란 듯한 표정을 지어 보였다. 장난기 어린 모습이다.

"그럼요! 언제나 다음에 봐준다고 했지."

"그랬어요? 어떡하나 만세력萬歲曆이 없으니 다음엔 꼭 봐주지요."

"아이고, 어련하시겠어요? 아예 내가 만세력 준비해 놓고 기다리지요!"

"이번엔 정말이에요. 그런데 난 엉터리라고요, 이 사람이 정말 선생이지! 하하."

학선생은 짓궂게도 영민이를 끌어들였다.

"네? 이분도 점을 치나요? 학생인 줄 알았는데."

"그럼! 바로 학생 도사야. 운명학運命學에 도통했지."

학선생은 분명히 농담투로 말하고 있었지만 자신에 대해서는 자포자기한 듯한 느낌이었다. 웬지 웃는 얼굴 속에 슬픈 여운이 깃들여 있는 것 같았다. 영민이의 눈에는 이것이 보였다.

"형님, 농담 마시고 술이나 드세요. 자!"

영민이는 화제를 돌리려고 급히 술을 권했다.

"술? 그래 이게 제일 좋은 거야."

두 사람은 마주 보며 시원하게 마시고는 다시 따르려 했다.

"어? 술이 떨어졌잖아! 주모!"

주모는 학선생의 말이 채 끝나기도 전에 재빨리 일어나서 주전자를 채워 가지고 왔다.

그러고는 영민이를 보고 말을 건넸다.

"학생도 사주를 보는가 봐요? 나 좀 봐줄래요? 오늘 술은 내가 낼 테니!"

주모는 친근한 말투로 부탁했다.

"네? 난 잘 몰라요! 형님이 괜히 그러는 거지."

"아닙니다, 주모! 이 사람은 진짜예요!"

옆에서 학선생이 거들었다.

"내가 봐도 그렇게 보여요. 학생, 대충이라도 좀 봐줘요."

주모는 정색을 하고 졸라댔다. 영민이는 민망해서 더 이상 거절 못 하고 마지못해 대답했다.

"거참, 그게 아니래도요. 좋아요, 정 원한다면 맞든 틀리든 봐줄게요."

영민이는 마침 술기운도 오른데다 연습도 해 보고 싶었다. 게다가 영민이가 보는 방법은 만세력이 없어도 되는 것이었다.

"자! 사주를 대보세요."

영민이가 이렇게 말하자 주모의 얼굴도 환해졌지만 더 좋아한 사람은 학선생이었다. 학선생은 심심하기도 하고 답답하기도 한 차에 영민이가 사주를 푼다고 하니까 크게 관심을 갖는 것이었다.

아무리 사주 풀이에 능한 사람도 남의 운명을 판단하는 것이 그리 손쉬울 수는 없다. 남의 운명을 풀어 본 사람은 누구나 알고 있는 것이지만, 학선생도 사주를 풀 때는 언제나 부담을 갖고 있었다. 그것은 암중 모색을 하는 것 같아서 잠시도 긴장을 늦출 수가 없기 때문이다.

물론 이론이 있고 방법이 있다고는 하지만 그것만 가지고는 광대한 인생의 면모를 그려낼 수가 없다. 이는 마치 의사가 수많은 의학 이론서를 터득했어도 인체의 병은 그것보다 항상 많은 것과도 같다.

사주 추명학자推命學者들은 예부터 내려오는 방법을 사용해서 운명을 감정하거니와, 그것은 비유하자면 등잔불을 가지고 산 속을 더듬어 보는 정도이다.

그래서 그런 공부를 한 사람은 병이 많다고 하는데, 이는 그만큼 어려움에 시달린다는 뜻이라고 할 수 있다. 뿐만 아니라 운명학자들은 지쳐 있고 예민한 상태에 있다. 학선생도 지금 그런 상태이지만, 사주 풀이를 남이 대신해 주겠다고 하면 그것보다 편한 것은 없다.

사주를 보고 싶은 사람은 몰라서 답답하지만, 사주를 푸는 사람은 그것이 잘 풀리지 않아서 괴로운 것이다. 추명학의 길은 끝이 없다. 대개는 방황하다가 자기류自己類를 이루고 끝나지만, 제대로 된 진리의 길은 오직 한 길이고, 잘못되는 길은 하늘의 별보다도 많다.

학선생은 지금 자기가 사주를 푸는 것이 아니니 편안한 마음으로 구경만 하면 되었다. 생각할 필요 없이 듣기만 하면 되는 것이다. 꼭 맞추어야 할 부담이 없으니 긴장도 없다.

주모는 기대를 가지고 자신의 사주를 불러 주었다.

"38세, 그러니까 계유생癸酉生이고, 음력 2월 22일 밤 12시 10분 정도…… 자시子時라고 하더군요."

영민이는 주모가 불러 주는 사주를 적고는 즉시 그 옆에 무슨 그림을 그려 놓았는데, 학선생이 보니 주역의 괘상卦象이었다. 괘상은 네 개로 다음과 같이 그려저 있었다.

'뇌택귀매雷擇歸妹 : ䷵ 지뢰복地雷復 : ䷗ 수지비水地比 : ䷇ 택수곤澤水困 : ䷮'

학선생은 주역의 괘상은 어느 정도 알고 있었지만 이것이 어떻게 해서 사주와 관련되어 나왔는지는 알 길이 없었다. 더구나 영민이가 만세력도 없이 괘상을 뽑아 놓은 것이 더욱 신기했다.

주모와 학선생은 영민이가 무슨 말을 하는가 하고 기다렸는데, 영민이는 불길한 소리부터 먼저 꺼내 놓았다.

"아주머니는 자식이 없군요. 게다가 남편이 여자 관계가 심한 것 같아요. 첩이라든가……. 그래도 이혼은 안 하고 다른 여자를 데리고 사는군요. 어디론가 도망을 나갔어요. 그리고 아주머니는 고향을 떠나 살고 있어요."

영민이는 이렇게 몇 마디를 하더니 잠깐 주모의 얼굴을 바라봤다. 그러더니 더 이상 진행을 하지 않았다.

"그래서요?"

주모는 얘기를 진행해 보라고 했다. 학선생도 궁금해서 영민이를 바라보았는데 영민이는 낙심하는 표정을 지으면서 주모에게 물었다.

"지금까지 말한 것이 어때요? 맞나요?"

"네, 맞아요, 학생이 말한 그대로예요. 어떻게 됐는가 하면……."

주모는 신세 타령 겸 자신의 지난 일을 간단히 설명하기 시작했다.

"나는 결혼한 지가 십 년이 넘었어요. 남편하고는 한 5년 정도 같이 살았는데 그후 나가 버리고 말았어요. 시골에서 어떤 여자와 살고 있다고 하더군요. 남편은 결혼한 지 삼 년쯤 되어서부터 심하게 바람을 피웠어요. 이유는 내가 자식을 못 낳는 여자라는 것인데, 원래 남편은 바람둥이였나 봐요. 시어머니도 나쁜 사람이었어요. 남편을 부추겨서 집을 나가게 했지요. 나도 서울 사람은 아니에요. 이 동네 온 지는 벌써 4년째가 되어가는군요. 지금은 체념하고 살지만 앞날이 어떻게 될지, 휴!"

주모는 여기까지 얘기하고는 한숨을 쉬었다.

"나 한잔 들게요."

주모는 저 혼자서 술을 따라 벌컥벌컥 들이켰다.

속이 답답한 모양이었다. 학선생과 영민이는 그 광경을 물끄러미 바라볼 뿐이었다.

사람의 운명은 참으로 기구하다. 어째서 사람에게는 행불행幸不幸이 나눠지는가? 도대체 운명은 어떻게 만들어진 것일까?

주모는 푸념을 계속했다.

"역시 내 팔자는 어쩔 수 없는가 봐."

주모의 표정은 거의 울상이었다. 학선생은 근심스런 표정으로 영민이를 바라봤는데 영민이는 가볍게 웃는 모습이었다.

"아주머니!"

영민이가 부르자 주모는 다시 평정을 되찾고 영민이를 바라봤다.

"저, 이건 사주에 나와 있는 건데요."

영민이는 자신이 없는지 작은 목소리로 얘기했다.

"아주머니는 다시 제자리를 찾을 거예요. 남편이 다시 돌아와요!"

"네? 에그머니! 남편이 돌아와요?"

"네, 돌아오는 정도가 아니라 아주 친한 사이가 될 거예요."

영민이는 다소 자신 있는 투로 바뀌었다. 확신이 선 것인지, 아니면 위로라도 확실히 해두려는 것인지. 주모의 얼굴색이 환해졌다.

"그러면 얼마나 좋겠어요, 정말이에요?"

"아마 그럴 겁니다. 그리고 아주머니는 모든 것이 회복될 뿐만 아니라 샘물처럼 복이 넘쳐흘러요. 갑자기 행운이 올 겁니다."

"어머! 그렇게 좋아요? 언제부터요?"

주모는 영민이를 빤히 바라보며 완전히 도취 상태였다. 그 모습에는 추호도 의심하는 기색이 없었다. 이는 당연한 일이었다. 자기에게 행운이 온다는데 일부러 안 믿을 필요는 없는 것이다.

단지 학선생만은 영민이가 그렇게 말하는 근거가 무언지 궁금했다. 그러자 영민이는 마치 학선생의 마음을 읽기라도 한 것처럼 주역의 괘상을 인용해서 말했다.

"아주머니, 아주머니의 지금 운수는 지화명이地火明夷：☷☲라는 괘상이에요. 그것은 태양이 땅 아래 들어가 있어서 세상이 어둡다는 뜻이에요. 그래서 술장사도 하는 것이에요. 이것이 앞으로 2년 안에 변하게 되어 있어요. 갑자기 풍족해질 거예요. 그런데 아주머니, 이건 중요한 건 아닌데 혹시 만성 변비증이 있지 않나요?"

"네, 맞아요! 그것도 팔자에 있나요?"

"글쎄요, 그렇게 봐도 되겠지요. 아무튼 머지않아 변비증도 없어지는데, 그때가 되면 행운이 찾아오는 거예요."

"네? 변비증하고 운명이 무슨 관계가 있나요?"

주모는 놀란 표정으로 영민이를 빤히 바라봤다.

"하하, 그게 아니고요, 아주머니 현재 운수가 지화명이라는 괘상인데 이것이 병으로 말하면 변비증에 해당돼요."

영민이는 학선생을 의식했는지 구체적으로 주역의 괘상을 풀어 주었다. 그러나 주모는 의아스러운 표정을 지을 뿐이었다.

"무슨 말인지 모르겠네요."

"몰라도 돼요. 단지 아주머니는 언젠가 변비증도 없어지고 소원이 성취된다는 거예요."

"알겠어요. 또 다른 것은요?"

주모는 얼굴색이 완전히 행복한 사람처럼 변하면서 또 다른 행운을 얘기해 달라고 했다.

"조금 더 얘기해 줄까요?"

영민이는 내친걸음에 실컷 얘기해 보기로 한 것 같았다.

"아주머니는 명예도 얻을 겁니다. 이는 이위화離爲火：☲☲라는 괘상이고, 아침에 해가 떠오르는 듯 묵었던 근심이 사라지며 오래도록 행운이 지속됩니다. 외국 여행도 하게 돼요!"

"어머! 외국 여행요? 내 팔자가 그렇게 좋아요?"

"그럼요! 아주머니가 고향을 떠날 때 이미 그런 징조가 있었어요. 그것은 화지진火地晉：☲☷이란 괘상인데 이것은 알 필요 없고, 아무튼 고생은 할 만큼 했어요. 이젠 기다리면 됩니다. 자 이만 술이나 들지요, 형님 드시지요."

"응? 그래그래."

학선생은 영민이의 말에 심취해 있다가 갑자기 깨어났다. 학선생으로서는 영민이가 오늘 설파한 괘상의 논리가 운명에 적중하는 것을 실감했다.

'대단하구나, 영민이는 운명을 보기 시작했어. 앞으로 한도 없이 발전하겠구나.'

학선생은 이렇게 생각하며 고개를 끄덕였다.

"실컷 드세요! 술은 내가 사는 거예요. 그렇지, 안주를 더 만들어야지."

주모는 기분이 좋아져서 술을 권하고는 부엌으로 들어갔다.

"오늘은 술맛이 좋구나! 자, 받아!"

학선생은 술을 먼저 비우고 영민이에게 잔을 건네 주었다. 정겹고 즐겁기 그지없었다.

"그럼, 이 잔을 받으세요."

영민이도 잔을 학선생에게 돌리고 서로 주고받았다. 두 사람은 서로 잔을 맞대고 술을 또 마셨다. 한적한 술집 안에는 오직 두 사람뿐이지만 흥겨운 기운이 가득 넘쳐흘렀다.

잠시 후 주모도 음식을 가지고 와서 합세했다.

"나도 오늘 술 실컷 들어야겠어요. 학생, 흉보지 말아요."

"네, 괜찮아요. 하하, 얼마든지 드세요."

술자리는 이로부터 한참 후에 끝이 났다. 영민이는 원래 여간해서 술이 취하지 않는 사람이었지만, 오늘은 학선생도 많이 취하지 않았다. 두 사람은 자리에서 일어났다. 주모는 영민이가 주는 술값을 한사코 받지 않았다.

"주모, 술 잘 먹고 갑니다."

"네, 안녕히들 가세요. 고마워요."

두 사람은 술집을 나와 잠시 머뭇거렸는데, 학선생이 먼저 말을 건넸다.

"영민이, 집에 좀 올라갔다 가지?"

"네? 그러지요."

영민이는 그렇지 않아도 학선생을 집까지 배웅할 생각이었다.

두 사람은 다시 좁은 골목을 되짚어 올라갔다.

"시원하구나!"

"네, 좋은데요."

날씨가 꽤 쌀쌀한 편이었는데도 두 사람은 모두 추위에는 둔감한가 보았다. 좁은 골목길은 경사가 제법 가파로웠다. 영민이는 학선생의 뒤를 따라 올라가면서 등산하는 기분을 가져 보았지만 언덕길은 곧 끝나고 말았다. 다시 간판이 즐비한 운명의 골목으로 들어선 것이다.

"영민아, 물어 볼 것이 있어."

앞에 가던 학선생이 걸음의 속도를 늦추며 물었다. 학선생은 줄곧 무엇인가를 생각하고 있었던 것이다.

"아까 말이야, 주모가 자식이 없다고 했지!"

"네, 뭐가 잘못됐나요?"

“아니, 그게 아니고 무엇으로 그것을 알았지?”

학선생은 그 근거를 묻고 있는 것이었다. 영민이도 그것을 알아채곤 즉각 대답했다.

“택수곤擇水困요!”

“음? 택수곤, 주모 사주에 그것이 있던가?”

“그럼요! 제가 본 방법에는…….”

“그렇구나, 그럴 테지.”

택수곤이란 괘상은 연못澤∶☱에 물水∶☵이 마르는 것을 뜻한다. 그런데 연못은 여자이고 물은 어린아이이다. 영민이는 굳이 이를 설명하지 않았지만 학선생도 이미 알고 있는 내용이었다. 이윽고 집에 당도했다.

“자, 들어가지.”

학선생은 바깥문을 당겨 열고 들어서서 다시 방문을 옆으로 열었다. 물론 문 두 개는 자물쇠로 잠겨 있지 않았다. 좁은 방 안에 들어선 두 사람은 잠깐 동안 말이 없었다. 방 안은 얼핏 동굴 속을 연상시켰다.

“마실 것 좀 줄까?”

학선생이 잠시 숨을 돌리고 나서 말했다.

“뭐가 있어요?”

“음? 하하, 아무것도 없어. 냉수는 있는데.”

“괜찮아요. 실컷 마셨는데요, 뭐.”

“그래, 우리 집엔 살림살이가 없어서…… 그건 그렇고, 영민이 너 공부 많이 했더구나.”

“네? 뭐가요? 이제 시작인데요.”

“대단해! 역시 처음부터 다르게 보이더니만.”

학선생은 웃으며 말했지만 이는 사실이었다. 영민이가 처음 이 방에 왔을 때 학선생은 이미 영민이의 그릇을 알아봤던 것이다. 그런데 그로부터 오래지 않은 오늘 또다시 달라진 모습을 보고는 크게 감명을 받은 것이었다. 영민이는 학선생의 칭찬에 아랑곳하지 않고 혼자 생각했다.

'내 공부는 별게 아니야, 갈 길은 멀지! 학문의 길은 멀고도 멀어. 크게 마음을 가져야 돼.'

영민이는 이런 생각을 하면서 미소 지었다. 학선생도 무엇을 생각하는지 미소를 띠며 상 위에 있는 함을 열었다. 그러고는 종이 쪽지 한 장을 영민이 앞에 내밀었다.

"이게 뭐예요?"

영민이는 종이를 보지 않고 학선생을 먼저 보며 물었다.

"응, 그거 어떤 사람의 사주야."

"누군데요?"

영민이는 의아스럽다는 표정을 지었다.

"나도 잘 몰라. 이곳에 왔던 손님인데…… 그 사람 어떤 사람 같애?"

"네? 저보고 묻는 거예요?"

"그럼, 잘 살펴봐! 나는 잘 모르겠어!"

"아이 참! 형님이 모르는데 제가 어떻게 알아요?"

영민이는 부끄러워하며 사양했다. 그러나 학선생은 심각한 표정으로 은근히 강요했다.

"아니야, 아까의 방식대로 풀어 봐! 나는 그 사람을 연구하는 중이야."

"네? 연구요? 글쎄요, 어디 한번 볼까요?"

영민이는 연구라는 말에 흥미를 나타냈다. 영민이야말로 요즘 자신이 세워 놓은 방법의 가부可否를 연구하는 중이 아닌가? 이럴 때는 많은 임상 사례가 필요했다.

영민이는 펼쳐 놓은 종이에 적힌 사주를 살펴보고 즉시 괘상을 만들어 놓았다. 괘상은 참으로 기이했다. 이것은 원괘原卦와 지괘之卦가 같은 것으로 괘상 자체도 특이한 것이었다.

"천산돈天山遯이라!"

영민이는 천산돈괘天山遯卦 두 개를 나란히 그려 놓았다.

'천산돈天山遯: ≡≡   천산돈天山遯: ≡≡'

그러고는 얼핏 학선생을 바라보고 다시 괘상에 시선을 고정시켰다.

"어떤 거야?"

학선생이 참지 못하고 물었다.

"글쎄요, 이상하군요. 그 사람 불구이던가요?"

"응? 불구가 될 사람인가?"

"아니오. 나이가 많으니…… 이미 불구는 아니던가요?"

"불구? 아닌데!"

학선생은 고개를 저으며 실망하는 표정을 지었다. 그러나 영민이는 그 표정을 보지 않고 괘상만을 한참 더 들여다보았다. 그러더니 갑자기 소리를 질렀다.

"그렇군요, 알았어요, 대단한 부자예요!"

영민이는 고개를 들어 학선생을 바라봤다.

"응? 부자? 그래?"

학선생은 잠시 놀라운 표정을 짓더니 웃는 얼굴로 변해 갔다.

"사주에 분명 부자로 나와 있니?"

학선생은 다시 진지하게 물었다. 영민이는 깊게 생각하는 표정으로 조심스럽게 대답했다.

"네, 부자예요. 그것도 아주 큰 부자일 겁니다."

"큰 부자? 그것은 그냥 부자와 어떻게 다르니?"

학선생은 아주 선생에게 묻는 투였다.

"다르지요. 풍천소축風天小畜·산천대축山天大畜 등은 부자를 나타내지요. 그러나 천산돈天山遯은 큰 부자예요. 물론 이 괘상은 불구라든가 은자隱者 등을 나타내지요. 아주 신분이 높은 사람도 마찬가지이고요."

"그래, 그런 것 같구나. 그리고 큰 부자라는 것도 맞는 것 같고."

학선생은 영민이에게 말하면서 그 사람을 만나던 당시를 회상해 봤다. 그 사람은 분명 보통 사람과 달랐다.

고생이라곤 모르는 사람, 세상 물정이라든가 돈의 크기 등도 모르는 것 같았다. 여유 있는 모습, 그리고 천진함, 귀한 태도 등은 모두 큰 부자들의 특징이 아닐까?

학선생은 세상에 나서 큰 부자를 만나 본 적이 없었다. 가끔 돈깨나 있는 사람을 보았지만 대개 오만한 기색이 역력하고, 조급하거나 사람을 깔보는 듯한 태도를 가지고 있었다.

물론 이런 사람들은 아직 큰 부자가 못 되어서 마치 조랑말 같은 경솔함이 있지만, 진정 큰 부자는 자신이 부자라는 것이 너무나 당연하여 자랑거리조차 안 될 것이다.

학선생은 그 사람이 얼굴에 근심이라곤 없어 보였고, 피부색이나 손 모양새, 그리고 옷 입은 형상에서도 자연스럽고 여유가 보였다는 것을 새삼 느꼈다.

'그렇지! 대단한 부자인 거야, 그래서 그토록 여유가 있어 보였어. 그런데 그런 사람이 왜 이런 누추한 곳에 왔을까? 더구나 수행하는 비서나 경호원도 없이…….'

학선생은 영민이가 말한 내용 중 그 사람이 부자라는 것은 틀림없다고 생각했다.

사실 생각해 보면 부자라는 것은 담박에 알 수 있는 것이었다. 그 사람이 돈을 주고 가는 것만 봐도 단위가 틀렸다. 10배나 주고 갔다. 아무 일도 해 준 것이 없는데…… 그리고 자기에 대해 알기만하면 100배로 준다고 했다.

'그래, 큰 부자일 거야!'

학선생은 고개를 끄덕이며 영민이를 빤히 쳐다봤다.

"영민아, 네 말이 맞는 것 같아. 나도 물어 보지는 못했지만 그 사람의 행색을 보면 큰 부자라는 말이 맞아! 그런데 그 사람이 왜 나를 찾아 왔을까?"

"재미삼아 점보러 오지 않았을까요?"

"글쎄, 그런 사람이 그렇게 한가하게 점이나 보러 다닐 것 같지는 않구나."

"그렇군요! 그렇다면……."

영민이도 잠시 생각했다.

그렇게 큰 부자라는 것이 맞다면 그런 사람이 한가하게 이런 곳을 다닐 리 없었다. 사람을 시켜 알아 오게 하거나 아니면 점쟁이를 불러들일 수도 있었다.

'왜 왔을까? 지나가던 길에…… 아니야, 그렇지!'

영민이는 번개같이 스쳐 가는 생각을 잡아냈다.

"형님, 알았어요."

"응? 알았다고? 그게 뭐니?"

학선생은 영민이의 생각을 무조건 믿겠다는 태도였다.

영민이도 너무 확신한 나머지 아예 자기 생각이 진실인 것으로 느끼고 있었다. 이것은 자연스럽게 떠오른 확신으로서 신념이나 기대, 혹은 고집 같은 것이 아니었다. 이유는 말할 수 없지만 자기 생각이 틀림없게 여겨지는 것이다. 자연스럽게 떠오르는 확신! 영민이는 뻔한 것을 얘기하듯 말했다.

"네, 그 사람은 무슨 중대한 일이 있어서 왔어요!"

"중대한 일이라니?"

"그것은 아직 알 수 없어요. 하지만 그분은 중요한 일을 해결하기 위해 점쟁이가 필요한 거예요. 그래서 실력 있는 사람을 찾는 거예요."

"음, 그래! 그런 것 같았어."

학선생은 입을 꼭 다물며 고개를 끄덕였다. 영민이의 말을 듣고 보니 그 사람의 태도에서 그런 점이 보였던 것 같았다. 이것은 점이라든가 사주나 운명의 문제가 아니었다. 그냥 잘 생각해 보면 알 수 있는 것이었다.

'점쟁이는 많은 것을 알아야 하는구나! 단순히 사주 풀이만 가지고는 안 돼! 나는 참 어리석어! 그 사람이 왔을 때 일이 있어서 왔다는 것을 알아차렸어야 했어. 역시 내 능력으로는 안 돼! 그 사람, 능력 있는 사람을 찾으러 왔단 말이지? 맞아, 그럴 거야!'

학선생은 혼자서 한참 생각하다가 조용히 물었다.

"영민아, 그 사람 무슨 일 때문에 왔을까?"

학선생 자신의 생각으로는 짐작이 안 가는 모양이었다.

"글쎄요, 제 생각에는 뻔할 것 같아요!"

"뭐? 뻔하다니?"

학선생은 놀라고 말았다. 자신은 도무지 종잡을 수가 없는데 영민이는 너무도 쉽게 말하고 있었기 때문이다.

"저도 자신이 있는 건 아니에요, 단지, 일반적인 경우를 생각해 봤어요. 그런 부자들은 사업을 점쟁이에게 묻지 않을 것 같군요. 더구나 이런 곳에 홀로 찾아와서…… 그런 분들은 사업 참모들이 많을 겁니다."

영민이는 여기서 잠깐 학선생을 바라봤는데, 학선생은 즉시 수긍했다.

“그렇구나! 그럼, 뭘까?”

“네, 대게 그런 경우 사적私的인 일일 경우가 많아요. 비밀한 일 같은 거겠지요.”

“여자일까?”

“글쎄요, 아마도 가족 일이거나 대수롭지 않은 일일 것 같은데요. 그런 사람들은 우리 같은 사람들과 생각이 아주 다를 거예요. 필경 남에게 알려지면 곤란한 지극히 사적인 것이겠지요. 물론 여자 문제일 수도 있지만 그분의 치정癡情 문제는 아닌 것 같은데요.”

“그건 왜 그렇지?”

“제가 뭘 알아요…… 그저 애인이나 첩과 같이 여자 문제라면 돈이면 될 텐데 왜 여기까지 와서 묻겠어요?”

영민이는 이렇게 말하면서 웃었는데, 논리의 필연성이 좀 약해서 멋쩍었는지도 모른다.

“그럼, 비리非理와 관계가 있을까?”

“그럴 수도 있겠지요! 그런데 그분이 초조하고 불안해하던가요?”

영민이는 마치 경찰 관계에 종사하는 사람처럼 사람의 심리를 예민하게 물어 왔다. 학선생은 순진하게도 영민이의 묻는 말에 자기의 느낌을 솔직히 말해 주었다.

“아니!”

“그렇다면 그분 자신의 비리 문제는 아닌 것 같군요.”

“그래, 좋아! 그 사람 사주는 어떻니? 큰 부자라는 것은 이미 드러난 것이고.”

학선생은 영민이가 한 말을 기정 사실로 인정하고 다른 사항을 물었다.

“네, 조금 살펴볼까요.”

영민이도 이젠 자연스럽게 사주를 살펴보고 있었다. 마치 자신은 사주를 보면 뭐든지 알 수 있다는 듯이.

어느 새 영민이는 설명을 하고 있었다.

"그러니까 산천대축山天大畜도 두 개가 들어 있고, 뇌천대장雷天大壯：☳☰도 있군요. 너무 저돌적이에요, 신상身上에 문제가 있군요. 전에는 감옥에 간 적도 있고요, 낙상落傷이나 교통 사고 같은 것도 있었고…… 욕심이 대단히 많아요. 울리는 목소리에 아주 가정적이에요. 공부도 많이 한 사람 같고 집념이 대단한 분이에요. 명예나 명성을 과히 좋아하지 않고……. 그런데 귀하게 태어났어요. 온순한 면과 격렬함을 함께 가지고 있고 혈압이 높아요, 위험할 정도로. 뭐 이런 정도예요. 제가 말한 대로일지는 모르지만 거의 그럴 거예요."

영민이는 자신이 한 말에 자신을 못 하는 듯 망설이기도 했지만 종내는 확신하듯 말했다.

학선생은 영민이가 말을 마치자 허공을 응시하며 한동안 생각에 잠겼다. 영민이가 한 말을 음미하면서 자기가 풀어 본 그 사람의 운명과 비교해 보는 것이었다.

'많이 다르구나! 그러나 내가 풀어 본 것보다는 사실적인 것 같아. 그 사람의 관상은 영민이가 말한 것하고 비슷해. 결국 사주 풀이도 영민이가 맞는 것이군!'

학선생은 이렇게 생각하며 고개를 끄덕이다가 갑자기 불렀다.

"영민아!"

"……."

"너 말이야, 그 사람 한번 만나 볼래?"

"네? 제가요? 왜요?"

"아무래도 네 말이 맞는 것 같아. 네가 보는 방법이 옳은 것 같아. 그러니 그 사람을 직접 만나서 자세히 얘기해 줘!"

“틀리면 어떡해요. 제가 말한 것이 맞는 것 같으면 형님이 얘기해 주면 되잖아요?”

“아니야, 그 사람은 실력 있는 사람을 찾는 것 같다고 했잖아. 아무래도 그런 것 같아. 그 사람은 틀림없이 뭔가 문제를 가지고 있을 거야, 난 자신 없어.”

“아니, 형님도! 저는 뭐 자신 있나요?”

“아냐, 너는 해낼 거야. 공부삼아 한번 부딪쳐 봐! 어때? 못 해도 큰일 날 건 없잖아?”

학선생은 타이르듯 말했다.

“그건 형님도 마찬가지예요. 형님도 한번 부딪쳐 보세요!”

“그게 아니래도. 난 그 사람 문제가 풀리는 것을 보고 싶어. 누가 푸느냐 하는 것은 상관 없어. 단지 어떻게 푸느냐가 중요하지. 우리에겐 어떻게라는 것이 중요한 게 아니니? 이것은 학술적인 문제야! 우린 방법을 발견해야 돼. 나도 나름대로 방법이 있기는 하지만 그것은 판에 박힌 거야. 그래서 나는 자신이 없어. 영민이가 새로운 방법을 발견했다면 그것을 시험해 봐야지! 만일 영민이의 방법이 옳다는 것이 입증이 된다면 나도 뒤따라 그것을 공부하면 되잖아. 운명 감정이란 이론도 중요하지만 어느 정도 경험이 있어야 해. 내가 보기엔 영민이 네가 성공할 가능성이 더 많아. 아니, 반드시 성공할 거야. 나를 대신해서 해결해 보라고. 영민이는 그저 하던 방식대로 나아가면 된다고.”

학선생은 너무나 진지하게 말했다. 영민이는 몹시 난처해하더니 마침내 고개를 끄덕이며 수긍했다.

“좋아요! 제가 틀려도 할 수 없지요?”

“그럼! 정해진 방법대로만 하라고.”

“알겠습니다, 형님. 그럼 한 가지만 형님이 해 주세요!”

“뭔데?”

“그분한테 형님이 먼저 제가 한 말이 맞는지 알아봐 주세요. 만일 맞는다면 그 다음에 제가 그분의 문제에 부딪쳐 보지요!”

“좋아, 그건 당연한 거야. 잘됐군!”

학선생은 다정한 미소를 지으며 영민이를 쳐다봤다.

“저는 걱정이 되네요.”

영민이는 고개를 저었다.

“자, 그 문제는 이미 결정 났어. 하하, 네 연락처나 적어 놔. 그리고 우리 어디 가서 한잔 더 할까?”

학선생은 마음이 홀가분해진 듯 술을 또 마시자고 했다.

“2차요? 좋아요, 이번에 제가 살게요.”

영민이도 쉽게 대답했다.

잠시 후 두 사람은 골목을 걸어서 큰길로 나왔다. 이어 택시를 잡아탔다. 날은 어느덧 어두워지고 있었다.

행복한 여행

1월 4일 이른 아침.

김실장은 부인과 함께 여행길에 올랐다. 부부는 이번 여행이 마치 신혼 여행이라도 되는 듯이 들뜬 마음으로 출발했다. 날씨는 잔뜩 흐려 있어서 곧 눈이 쏟아질 것만 같았다. 그러나 두 사람의 내면 세계는 이와 반대로 아주 밝은 상태였다.

"여보, 기분이 어때?"

김실장은 고속도로에 들어서자 옆에 앉은 부인을 돌아보며 물었다.

"최고예요!"

부인은 어린아이처럼 좋아하며 대답했다.

김실장은 사실 자기의 기분이 좋은 것을 부인에게 물었던 것이다. 김실장은 지금 너무나 행복했다. 차는 시원하게 질주하고 있고, 도로는 텅 비어 있었다.

김실장 부인은 경건한 마음으로 지나쳐 가는 들판을 바라보았다.

이번 여행에서 부부는 아들을 얻게 되어 있었다. 그것은 틀림없는 일일 것이다. 조성리 도사의 예언이 틀릴 리 있겠는가!

지금 부부는 하늘이 내려 준 축복을 받으며 여행에 임하고 있었다.

그것은 마치 새로운 인생의 출발과도 같았다.

"여보, 너무 빨리 달리지 말아요!"

김실장 부인은 남편이 차를 너무 빨리 몰고 있는 것에 주의를 주었다.

"하하, 알았어. 이 정도면 괜찮아!"

김실장은 20년이나 젊어진 기분을 느끼며 차의 속도를 약간 줄였다. 마음 속에는 도사의 유언이 아지랑이처럼 떠올랐다.

'부인과 함께 여행을 가게, 장소는 고흥반도일세. 열흘 정도면 좋을 걸세. 양력으로 일월 중이어야 하고 날짜와 장소를 반드시 지키도록 하게. 그리하면 훌륭한 아들을 낳을 거야. 장차 그 아들을 낳으면 내가 사용하던 방과 나의 물건 등을 그 아이에게 남겨 주겠네. 아이를 잘 기르게, 자네들 부부는 좋은 인생을 맞이할 것이야.'

김실장은 이 유언을 글자 하나 빼놓지 않고 외우고 있거니와 지난 며칠 동안 여행 날짜만 기다리며 보냈다.

회사에서도 억지로 휴가를 받아 냈다. 김실장은 만약 회사에서 휴가를 보내 주지 않으면 사표를 쓰고 무단으로 여행을 떠날 작정이었다.

그러나 도사와 김실장의 사연을 알고 있는 회사 측에서는 흔쾌히 시간을 내주고 여행 경비까지 지원해 주었다.

그래서 김실장 부부는 결혼한 지 10년 만에 처음으로 긴 동반 여행을 떠나게 된 것이다.

인생에 이토록 행복한 여행이 또 있을 것인가?

김실장은 지금 하늘이 지정해 준 여행을 하고 있는 것이다. 드디어 하얀 눈이 내렸다. 이는 두 부부의 앞날을 축복해 주는 천상의 꽃이었다.

김실장은 달리고 있는 전면으로 계속해서 나타나고 있는 도로를 보며 인생의 무한한 신비를 느꼈다.

'인생은 언제나 새롭구나. 그리고 변화하여 알 수 없는 곳에 이르게 된다.'

김실장은 이런 생각을 하면서 옆에 앉은 부인을 얼핏 쳐다보았다. 김실장 부인은 고운 모습으로 비스듬히 앞을 보고 있었다. 김실장은 그 모습에서 언뜻 부인이 낯설게 생각되었다.

사람은 누구나 가끔씩 그런 느낌을 가질 때가 있다. 김실장이 지금 본 부인의 모습은 웬지 경건하고 아름다운 모습이었다. 어떻게 보면 신비로운 느낌마저 들었다.

김실장은 갑자기 기분이 더 좋아졌다.

이 낯설고 신비로운 여인과 미지의 땅을 여행하다니!

내리는 눈은 더욱 아름다운 분위기를 자아내고 있었다.

김실장 부인은 남편의 이런 기분을 아는지 모르는지 여전히 차분한 모습으로 창 밖을 내다보고 있었다. 내리는 눈은 가끔 바람에 날리며 조금씩 쌓여 갔다.

차는 어느덧 광주 영역으로 접어들고 있었다.

● ● ●

고흥반도

김실장의 여행은 당일로 최여사에게 알려졌고, 최여사는 이로 인해 긴급히(?) 민여사를 만날 일이 생겼다.

"얘, 재미있는 일이 있어. 그 다방으로 빨리 나와!"

최여사는 민여사에게 전화를 걸어 이렇게 말했던 것이다. 민여사가 신촌 로터리에 도착하여 이층 다방으로 들어서자 최여사는 미리 와 있었다.

"여기야!"

"……."

민여사는 최여사가 부르는 곳으로 곧장 가서 앉았다.

"언니! 오래 기다렸어요?"

"아니, 나도 방금 왔어. 잘 지냈지?"

"네, 잘 지냈어요! 언니도 별일 없지요?"

민여사는 밝은 표정으로 안부 인사를 건넸다. 두 여인은 지리산 여행 이후 처음 만나는 것이었다.

"재미있는 일이 있다고요?"

민여사는 차를 주문하고 나서 즉시 서두를 꺼냈다.

“응, 아주 재미있어!”

민여사는 직접 얘기하지 않고 잠시 뜸을 들였다.

“하하, 뭔데 그래요? 도사 소식이라도 들었나요?”

“응? 도사? 어떻게 알았지?”

민여사는 아는 것이 없었다. 최여사가 재미있는 일이 있다고 하니까 으레 도사 얘기냐고 한번 말해 본 것뿐이었다.

“어머! 진짜 도사 얘기예요?”

민여사는 최여사가 반문한 것에 오히려 흥미를 나타냈다.

“그래, 오늘 새벽에 김실장 부부가 여행을 떠났어.”

최여사는 민여사가 충분히 관심을 보이자, 천천히 재미있다는 얘기를 꺼내 놓기 시작했다.

“그런데 여행은 도사의 유언에 지시되어 있는 것이래!”

“네? 도사의 유언요?”

민여사는 이번엔 관심이 아니라 놀라움을 나타냈다. 민여사나 최여사는 당초 조성리에 갔을 때 도사가 김실장에게 유언을 남겼고, 그 내용이 아들을 낳을 것이라는 것까지는 알고 있었다.

그런데 도사의 유언에 여행이 지시되어 있다는 것은 금시 초문이었다. 최여사는 남편을 통해 이 사실을 입수할 수 있었고. 남편은 전날 밤 친구인 김실장에게 이것을 직접 들었던 것이다.

“그래, 도사가 유언을 남겨 여행을 가라고 했다는구먼. 날짜와 장소까지 지정해 줬어!”

“왜 여행을 가라고 했을까요?”

“응, 그건 그래야 아들을 낳을 수 있다는 거야. 도사는 부부가 동반해서 여행을 하라고 한 것이지, 친절하기도 하시지!”

최여사는 묘한 미소를 지었는데 그 속에 담긴 뜻은 알 길이 없었다.

질투일까, 부러움일까? 민여사는 잠시 생각하고는 고개를 끄덕였다.

"별 내용이 없군요. 그냥 아들을 낳는 방법을 얘기한 것이에요. 아무리 도사라도 부부가 합방하지 않으면 아기를 낳게 할 수는 없을 게 아니에요?"

민여사의 얼굴에서는 어느덧 흥미가 사라진 듯 보였다. 도사가 여행을 하라고 한 것은 부부가 더욱 화친하도록 한 조처일 뿐, 특별한 의미가 없는 것 같았다. 단지 날짜를 정해 준 것은 도사만이 알 수 있는 특별한 날짜이겠지만, 그것도 결국 아들을 낳기 위해 그 날짜에 합방하라는 뜻일 것이다.

이 모든 것은 이미 지리산을 다녀올 때 알아 온 사실과 크게 다르지 않았다. 그러나 지금 민여사의 마음 속에 떠오르는 중요한 사실은 왜 도사가 죽어서까지 김실장에게 친절을 베푸느냐 하는 것이었다.

도사는 처음부터 끝까지 김실장에게는 지나칠 만큼 친절을 베풀고 있었다. 도대체 이유가 무엇일까? 민여사는 그것이 너무나 궁금했다.

도사가 예언했으니 틀림없이 아들을 얻을 것이다. 그것은 당연한 것이니 궁금할 것도 없었다. 민여사는 이미 도사가 신통하다는 것을 너무나 잘 알고 있었기 때문에 누구누구가 아들을 낳는다고 예언한 정도는 흥미조차 없는 것이다.

이러한 민여사의 마음을 최여사도 알고 있는지 귀엽다는 표정으로 바라보고만 있었다. 민여사는 잠시 자기 생각 속에 잠겨 있다가 멋쩍게 최여사를 바라봤다.

"얘, 여행을 갔다는 게 재미있는 일이 아니야?"

"네?"

"하하, 중요한 것은 여행이 아니라 여행 간 장소야!"

최여사는 자신 만만한 투로 말하고는 민여사의 기색을 살폈다.

“……”

민여사는 의아스러운 표정만 지을 뿐 말없이 최여사를 바라봤다.

“얘, 고흥반도라고 들어 봤니?”

“고흥반도요? 글쎄 모르겠네요!”

“그래? 하하, 고흥반도는 조성리 마을 바로 아래야. 남해 바다 쪽이지!”

“거기로 김실장이 여행을 갔나요?”

“응, 그쪽으로 갔어. 그래야 아들을 낳을 수 있다는군.”

“그렇군요, 하필 그 근처라니!”

민여사는 고개를 갸우뚱했다. 도사가 직접 고흥반도를 여행지로 지정해 주었다면 이는 참으로 특이한 일이 아닐 수 없다.

‘왜 사건이 조성리 근처로 되어 있을까? 김실장은 당초 그 지역과 인연이 있던 사람일까? 기이한 일이야!’

민여사는 김실장이 고흥반도로 여행해야 하는 이유를 이 정도로 생각해 두고 있었다. 그런데 최여사의 다음 말이 더 놀라웠다.

“고흥반도라는 곳 말이야, 그곳에 좌도라는 섬이 있어.”

“어머, 좌도요?”

민여사는 그야말로 깜짝 놀라고 말았다. 최여사는 이제야 민여사를 만난 용건을 얘기한 것이다. 민여사를 놀라게 하기 위해 최대한 아껴 두었다가 얘기한 셈이었다.

“아니, 좌도란 섬이 거기 있단 말이에요! 언니는 어떻게 알았어요?”

“응, 나는 전부터 좌도라는 섬을 들은 적이 있었어. 이번에 김실장 부부가 고흥반도로 여행한다고 해서 다시 지도를 살펴보다가 좌도가 거기 있다는 것을 알았지!”

“호, 대단하네요. 좌도라! 그래서 그쪽으로 여행을 가라고 했군요. 뭔가 있는 것 같군요, 안 그래요. 언니?"

"그래, 내 생각에도 좌도라는 섬과 좌도라는 사람은 관계가 있을 것 같애."

"거참, 나도 언제 그 섬에 가봐야겠어요."

민여사는 곰곰이 생각하며 힘없이 얘기했는데, 최여사는 강한 말투로 민여사의 생각을 끊었다.

"나도가 아니야!"

"네?"

"우리 함께 그 섬에 가보자고, 우린 한 팀이야!"

"아 네, 알았어요, 언니! 하하."

민여사도 그제서야 최여사의 말에 고개를 끄덕였다.

"그런데 말이야, 더 이상한 것이 있어!"

최여사는 다시 심각해지며 조용히 말했다. 최여사의 말은 아직 끝나지 않았던 것이다. 민여사는 최여사의 말투에서 심상치 않은 것을 느끼고 다시 긴장했다.

"고흥반도에는 금도金島라는 섬도 있어."

"네? 무슨 말인데요?"

민여사는 최여사의 말뜻을 잘 몰라서 의아스러운 표정을 지었다.

"모르겠어? 금도金島! 금 말이야!"

"아, 그렇군요! 금! 그래요!"

민여사는 또 한 번 놀랐다. 금도라면 뜻이 있는 것이다. 고흥반도에 좌도라는 섬이 있고, 더구나 금도라는 섬이 있다면 필경 연관이 있을 것이다.

대금산의 금, 금도의 금. 도사의 근방 얘기에는 반드시 금이 들어 있다. 기이하기도 하지만 이는 필연이다. 조성리 도사 내지 장백삼호는 금을 좋아하기 때문에 묘하게도 그 이름하고도 연관이 있을 것만 같았다.

"언니, 언니는 참 대단하네요. 어떻게 그런 사실을 알아냈어요."

민여사는 마음 속으로 정말 감동하면서 말했다. 민여사가 이렇게 말하며 존경어린 시선을 보냈기 때문에 최여사는 내심 기뻤지만 겉으로는 태연한 척 말했다.

"금도라는 섬은 바로 좌도라는 섬 옆에 있어."

"그래요?"

민여사는 금도가 좌도 옆에 있다는 말에도 가볍게 놀랐다. 오늘 최여사는 민여사를 실컷 압도하고 있었다. 하기야 계기는 언제나 최여사가 만들어 주고 있는 것이 아닌가! 조성리 도사든 천서天書든 간에…….

최여사는 말을 이었다.

"금도는 스승의 섬이야, 그리고 좌도는 제자의 섬이지. 말하자면 스승의 섬과 제자의 섬이 나란히 있고, 게다가 이번에 김실장도 그곳으로 여행을 떠났어! 무엇인가 대단한 연관이 있을 거야, 그런데 그게 뭔지 모르겠단 말이야!"

최여사는 일목 요연하게 상황을 다 드러내고 민여사를 쳐다봤다. 민여사의 의견을 묻고 있는 것이었다. 민여사는 약간 움찔했다.

이번에 자기도 무언가 의견을 내야 하는 것이다.

"글쎄요, 분명 뭔가 있긴 한데…… 생각을 해 봐야겠네요."

"그래, 잘 연구해 봐! 나보다 네가 낫잖아!"

"아이, 언니도! 낫긴 내가 뭘 나아요. 그보다 언니!"

"……."

민여사는 약간 멋쩍어하다가 돌연 최여사를 쳐다봤다.

"우리 말이에요, 정말 언제 고흥반도에 꼭 가보기로 해요?"

"그래야겠지, 가보자고!"

최여사는 당연하다는 듯 힘있게 대답했다.

"그런데 말이야, 대금산은 어떻게 됐어?"

"네, 그게 말이에요, 벌써 가봤어야 하는데 그럭저럭 미뤄졌어요. 그동안 돈도 좀 준비하느라고……."

"돈? 준비는 됐니?"

최여사는 돈 문제에 관심을 나타냈다. 만일 민여사가 돈 문제로 대금산 일을 미룬다면 자기라도 나서고 싶었기 때문이다. 그러나 워낙 여유가 많은 민여사가 돈 문제로 망설일 일은 없었다. 최여사는 그저 혹시나 하고 물어 본 것뿐이었다.

"네, 가서 당장 계약하려고 해요."

"음, 그거 생각 잘했다. 언제 가려고 하는데?"

"내일요!"

"내일? 나도 가봤으면 하는데……."

"좋지요, 같이 가요."

"그래, 그런데 내일은 좀…… 오늘 가면 안 될까?"

"네? 오늘요? 내일은 시간이 없는 모양이지요?"

"응, 오늘 갔으면 딱 좋겠는데!"

"그래요? 어떡하나, 내일로 약속해 놨는데. 가만 있자, 지금 몇 시지? 좋아요, 지금 연락해 볼게요."

민여사는 즉시 일어나서 공중 전화 앞으로 갔다. 마침 아무도 없었다. 민여사는 수화기를 들고 다이얼을 돌렸다. 통화 중이었다. 김선생은 집에 있는 것이다. 잠시 기다린 후 다시 돌렸다. 이번에도 통화 중이었다. 전화가 길어지고 있었다.

민여사가 선 채로 기다리는데 누가 전화를 걸려고 왔다. 그러자 민여사는 먼저 수화기를 들고 일부러 천천히 다이얼을 돌렸다. 신호가 갔다.

"여보세요, 전데요. 오늘 시간이 어떤가요? 네! 지금 대금산에 갔으면

하는데요. 그래요, 그 다방요. 그냥 나오면 돼요. 네, 기다리겠습니다."

찰칵—

김선생은 나오겠다고 했다. 언제나 시간이 많고 일도 잘하는 사람이다. 민여사는 후련한 기분을 느꼈다. 김선생은 무슨 일이든 지지부진한 경우가 없었다.

"언니, 그 사람 나온데요. 조금 기다리면 돼요!"

"그래, 잘됐다! 대금산은 먼가?"

"뭐, 경기도인데 멀어 봤자 얼마나 멀겠어요?"

"그래. 하하, 우리가 누군데!"

이들은 하루 사이에 조성리를 거쳐 지리산까지 가는 사람들이었다. 두 사람은 다시금 의기가 투합하고 즉흥 여행을 떠나려 하는 것이다. 김선생은 지금 나오고 있을 것이다, 그 사람은 필경 옷을 갈아입는 데는 시간이 걸리지 않을 것이다. 아니, 현재 옷을 입고 있었다면 그 차림으로 나올 것이 틀림없다.

민여사는 김선생의 옷차림과 태도 등을 생각하고 혼자 잠깐 미소를 지었다. 최여사는 마음이 들뜨고 있었다. 조금 있으면 또 하나의 신비 지역인 대금산으로 떠나는 것이다.

두 여인이 이렇게 기다리고 있을 때 공중 전화 앞에서 자기 차례가 된 사람은 전화를 걸지 않고 다방 밖으로 급히 나갔다.

신통한 동생

학선생은 영민이가 다녀간 후 며칠 동안 박영진 노인의 사주四柱를 다시금 연구해 본 결과, 영민이의 사주 풀이가 가장 사실에 근접해 있다는 결론을 얻었다. 이미 영민이를 만났을 때 그럴 것이라는 생각은 했지만 신중을 기하기 위해 재삼 연구에 연구를 거듭한 것이었다.

학선생은 자기가 알고 있는 모든 방법을 동원하여 박영진 노인의 사주를 풀어 본 결과, 어느 것이나 영민이가 제시한 내용을 도출한다는 것을 알았다. 때로 어떤 방식은 영민이의 결론과 전혀 다른 것을 시사하기도 했지만, 과학적으로 물증을 제시할 수 없는 이상 어떤 것이 맞는지는 알 수 없었다.

이럴 때마다 학선생은 영민이 쪽을 선택했던 것이다. 학선생은 이제 그것에 관해 재판을 받을 때가 왔다고 생각했다. 미래에 관한 것은 어떻게 증명할 수 없지만 현재와 지난 일에 대해서는 본인에게 알아보면 되는 것이다.

학선생은 집을 나와 큰길 쪽으로 나섰다. 공중 전화가 있는 곳은 큰길에서 한참 내려가야만 했다.

'그분은 지금 집에 있을까? 아니 적어 준 전화 번호가 사무실일지도 몰라.'

학선생은 무심히 생각하며 길을 따라 내려갔다. 저쪽에 공중 전화가 보였다. 학선생은 전화가 가까워지자 약간 가슴이 떨렸다. 힘들여 전화를 했는데 일언지하에 엉터리라는 판정을 받을 수도 있기 때문이었다.

그럴 경우가 난감한 것이다. 그 노인이 주겠다는 복채 100배가 문제가 아니었다. 만약 사주 풀이가 맞지 않는다면 앞으로 다른 사람의 사주를 어떻게 풀어 볼 수 있겠는가. 어느 땐 틀리고 어느 땐 맞는다면 이것은 도무지 올바른 길이 아닐 것이다.

학선생은 지금 돌연 길을 잃듯이 학문의 세계에서 방황하게 될까 봐 두려웠다. 차가운 바람이 불어왔다.

이 순간 학선생의 마음 속에는 길고 긴 지난날이 언뜻 스쳐 지나가는 듯했다. 자신이 운명 사주학의 세계에서 얼마나 고생을 했던가!

학선생은 조용히 수화기를 들었다. 그러고는 또박또박 다이얼을 돌렸다. 신호가 가고 있었다.

"여보세요, 박영진 씨 좀 부탁합니다."

"나요!"

"네? 아 네, 안녕하세요?"

학선생은 노인이 바로 전화를 받자 잠깐 당황했다. 영민이가 말한 대로 신분이 높은 사람이라면 절차가 까다로울 것으로 생각했던 것이다.

물론 학선생의 생각은 상식적인 것이었지만, 노인이 이렇게 직접 전화를 받은 데는 그만한 이유가 있었다.

이 노인은 비밀 번호 하나를 만들어 두고 있어서 특별히 개인적인 경우에만 받았고, 이 번호는 사전에 주어질 사람한테만 주어지는 것이었다.

"허허, 미아리 도사이시구먼."

노인은 학선생을 대번에 알아보았다.

"그렇습니다, 지금 별일 없으신가요?"

학선생은 아주 조심스럽게 서두를 꺼냈다.

"그렇소만."

"네, 전에 적어 두고 간 사주를 풀어 보았는데요."

"그래요, 내가 그리로 갈까요?"

"아닙니다, 그전에 먼저 전화로 말씀드리고 싶은데요……."

학선생은 그 사람을 만나기 전에 전화로 먼저 영민이의 사주 풀이가 맞는지를 알아보고자 한 것이다.

만일 맞는다면 그 다음에 만나면 된다. 그러나 틀린다면 공연히 사람을 오라고 할 필요가 없는 것이다.

"그래요? 전화로 말씀하시겠다? 좋아요."

노인의 목소리는 시원하게 통해 있는 음성으로, 듣는 사람으로 하여금 기분을 상쾌하게 했다. 학선생은 속으로 잠깐 노인의 인품을 생각하고는 말하기 시작했다.

"네, 말씀드리지요, 당신께서는 대단한 부자이신 것 같습니다!"

학선생은 이 말만 해놓고 잠시 반응을 살폈다. 그러자 저쪽에서 이쪽의 걱정을 말끔히 씻어 주는 답신이 왔다.

"허허, 부자라! 좋소! 그 다음은?"

"네, 그리고 감옥에 가신 적도 있군요!"

"음? 감옥? 그런 일 없는데."

"……."

학선생은 갑자기 말문이 막혔다. 틀린 것이다. 이제 모든 것이 끝났다. 죄송하다는 인사와 함께 전화를 끊어야 하는 것이다. 앞이 캄캄해졌다. 드디어 실패를 한 것이다. 그런데 저쪽에서 뜻밖의 말이 들려 왔다.

"농담이오! 사실 감옥에 간 적이 있소!"

"네? 사실인가요?"

"그렇다니까요, 허허."

'이런 망할 놈의 노인 봤나! 지금이 어느 때라고 농담을 해! 놀라서 죽을 뻔하지 않았나?'

학선생은 속으로 이렇게 생각하며 겨우 정신을 수습했지만 말이 제대로 나오지 않았다.

"저, 그리고……."

"잠깐, 내가 그리로 가리다. 심심하던 차였으니까!"

"네? 오신다고요?"

"금방 도착할 거요!"

찰칵—.

저쪽의 전화가 일방적으로 끊어졌다. 이쪽으로 오겠다는 것이다. 학선생은 수화기를 내려놓고 한동안 멍하니 서 있었다. 맥이 탁 풀렸다.

휴—.

한숨도 나오고 진땀도 흘렀다. 학선생은 고개를 설레설레 흔들면서 다시 언덕을 오르기 시작했다. 불어오는 바람이 긴장을 풀어주었다.

학선생으로서는 이런 일은 처음 있는 일이었다. 그 동안 수많은 사람의 사주를 봤지만 이번처럼 자신이 없고 신경이 쓰였던 적은 없었다. 그 동안 틀리든 맞든 쉽게 손님을 처리(?)할 수 있었는데 이번만은 아주 특별했다. 고생이 심했던 것이다. 그러나 학선생은 지금 중대한 것을 깨달았다. 그것은 사람의 사주를 푸는 데 있어 오직 이번뿐이라고 생각하며 최선을 다 해야 한다는 점이었다.

그 동안은 너무 불성실했던 것이다. 공부를 할 땐 열심히 했지만, 손님을 접했을 때는 눈치를 보기도 하고 요령을 피우기도 하며 현상에 급급했던 것이다. 솔직하지 못한 적도 많았다.

'그렇구나! 사주 풀이는 원래 어려운 것이다. 더욱 공부하고 진실해져야 돼.'

학선생은 하나의 작은 진실이라도 소중히 하고, 작게 빗나가는 것이라도 크게 경계하여 이를 근본적으로 제거해야겠다고 굳게 다짐했다. 이렇게 하는 것이 학자의 양심이고 도인의 길인 것이다.

이런 생각을 하자 학선생은 갑자기 용기가 분출하면서 마음이 깨끗해지는 것을 느꼈다. 어느 새 학선생의 얼굴은 밝아지고 걸음도 빨라졌다.

학선생은 진실의 힘을 새삼 느꼈다. 학문하는 사람으로서 쉽게 단정해 버린다거나 적당히 얼버무리는 태도는 자기 자신을 방해하고 속이는 것이다. 차라리 모르면 그만일지언정 모르는데도 아는 듯이 남과 자기를 속여서는 안 될 것이다.

남의 사주를 푸는 데 있어서도 틀리는 것을 두려워해서는 안 된다. 틀리는 이론을 가지고 있는 것이 가장 두려운 것이다. 그리고 뻔히 틀린 줄 알면서도 그것을 이용하는 것은 더 나쁜 일이다.

그는 이제 언덕을 다 올라와서 골목으로 들어서고 있었다. 학선생의 마음 속에는 이때 공자孔子의 가르침 한 구절이 떠올랐다.

'아는 것을 안다 하고, 모르는 것을 모른다 하는 것이 진정 아는 것이다.'

학선생은 언덕을 내려갔다. 올라오는 사이에 수많은 것을 경험했다고 느꼈다. 그 경험은 진실에의 용기를 북돋아 주었다.

'이제 다시는 속이지 않으리라!'

학선생이 다시 방에 들어온 지 얼마 안 되어 노인이 왔다.

"학선생! 안녕하시오?"

언제 들어도 귀하고 시원한 음성이었다.

"네, 어서 오세요."

학선생은 새로 생긴 맑은 마음을 가지고 인사를 건넸다. 이제 노인이 부담스럽지가 않았다. 진실로 대하고 최선을 다 하면 그만이었다.

노인은 지난번처럼 학선생의 바로 맞은편에 앉아서 천진한 모습을 하고 있었다. 학선생은 즉시 서두를 꺼냈다.

"아까 전화로 말씀드렸습니다만, 저 그러니까 당신께서는 교통 사고나 낙상落傷을 당한 적이 있나요?"

"그렇군요! 교통 사고였지요."

노인은 맑은 얼굴에 눈을 반짝이며 대답했다.

"좋습니다, 다른 사항도 많습니다만 그보다는……."

학선생은 말을 다시 잇다가 돌연 중단하고 노인을 똑바로 쳐다보았다.

"……."

이 순간, 노인은 잠깐 긴장했지만 다시 평온한 자세가 되었다.

학선생은 시선을 다른 쪽으로 돌린 채 선언하듯 말했다.

"당신께서는 지금 어떤 문제를 가지고 있습니다. 그래서 실력 있는 사람을 찾고 있습니다. 이곳에 처음 들어오게 된 것은 이 집 간판이 특이해서일 것입니다. 그렇지 않습니까?"

학선생은 다시 노인을 정면으로 응시했다.

"허허, 내가 운이 좋군! 선생이 말한 것이 바로 맞았어요. 나는 지금 문제가 있어요!"

"가족에 관한 문제인가요?"

학선생은 이렇게 물어 놓고 즉시 후회했다. 노인이 가지고 있는 문제가 가족에 관한 것일 수도 있다는 것은 단순히 영민이의 추리일 뿐 그것이 운명학적인 근거가 있는 것은 아니었다.

“…….”

노인은 얼굴색이 변하면서 잠시 침묵했다. 그 표정은 몹시 우울해 보였고 혹은 짜증스러워 보이기도 했다.

‘이 노인이 실망한 것일까?’

학선생이 이런 생각을 하고 있는데, 노인은 학선생을 똑바로 쳐다보면서 고개를 끄덕였다.

“선생, 당신 참 대단하군요! 모든 것이 다 맞았어요. 신통하군, 정말 대단해!”

노인은 크게 감명을 받은 것 같았다.

그도 그럴 것이리라. 과거에 관한 것도 그렇지만 문제가 있다는 것과 그것이 가족 문제일 거라는 것까지 알아맞히다니! 범인으로서는 분명 놀랄 만한 것이었다.

“그렇습니까? 다행이군요.”

학선생은 태연히 겸손하게 표현했지만 속으로 다시 긴장하고 있었다. 그런데 그 긴장은 자기 자신의 마음이 아니라 바로 영민이의 마음이었다. 말하자면 이는 영민이가 장차 겪어야 할 현장에 자기가 미리 서본 것이라고 할 수 있다.

이제부터는 영민이가 부딪쳐야 할 시점에 온 것이다. 학선생은 영민이의 입장에 서서 긴장을 느끼는 한편 묘한 감동도 함께 느끼고 있었다.

‘영민이는 대단하구나! 비상한 사람이야, 추리도 정밀하고!’

“자! 이젠 내 문제를 풀어 주시오!”

학선생이 혼자 깊이 생각하는 듯 보이자 노인이 막고 나섰다.

노인은 자신의 문제에 몹시 신경을 쓰고 있었던 것이다.

“아 네, 긴급을 요하는 문제인가요?”

학선생은 자기 나름대로 노인의 태도를 판단해서 말을 했는데 이것은 틀린 것이었다.

"아니오, 급할 것은 없소만 반드시 풀어야 할 문제요."

노인은 이렇게 말하면서 무엇인가 상념에 잠기는 것처럼 보였다. 학선생은 약간 당황했지만 짐짓 태연할 수 있었다. 그리고 속으로 생각했다.

'급하지는 않으나 반드시 풀어야 할 문제! 어떤 한恨이 서려 있는 것일까?'

학선생은 자기도 모르게 미소를 지었다. 이것은 자기 자신의 무능을 비웃는 웃음이었다. 역시 이 문제는 영민이가 풀어야 하는가 보다!

"좋습니다, 문제를 풀어야지요. 그런데……."

학선생은 영민이를 소개하기로 마음먹었다.

"죄송스런 말씀을 드릴 것이 있습니다."

"돈 문제인가요?"

"아, 아닙니다. 돈이 문제가 아니지요."

"……."

"사과 드릴 것은 어르신네에 관한 모든 것을 제가 풀어낸 것이 아니란 것입니다."

"네? 무슨 말씀인지?"

노인은 놀란 표정으로 학선생을 바라봤다.

"죄송합니다, 실은 저의 동생이 어르신의 사주를 풀어 본 것입니다. 처음부터 말씀드려야 하는 건데……."

"그런가요? 허허, 동생분이 대단하군요. 아무튼 좋아요! 나는 문제만 풀면 되는 것이니까. 그럼 동생을 소개해 주겠소?"

"물론입니다, 제 동생이 틀림없이 문제를 풀어 드릴 수 있을 것입니다."

"그래요, 내 육감에도 그런 느낌이 드는군요."

노인은 학선생이 누구를 소개해 주겠다는 것에 기분 나빠 하지 않았다. 오히려 육감을 얘기했는데, 학선생의 육감으로도 영민이가 문제를 해결할 수 있을 것이라고 느껴졌다.

이제 영민이가 등장할 차례였다. 학선생은 편안해진 마음으로 말했다.

"그럼 다시 연락을 드리지요. 동생은 지금 이 근처에 없습니다."

"네? 아, 좋아요. 기다리고 있겠어요!"

노인은 잠깐 실망하는 빛을 보였다가 다시 밝은 얼굴로 돌아왔다. 참으로 침착하고 여유가 있는 노인이었다.

"자, 나는 이만 가봐야겠구려, 그리고 이건……."

노인은 미리 준비한 듯, 봉투를 하나 꺼내어 상 앞에 내밀었다. 필경 돈 봉투일 것이다.

"아니, 이건 무엇인가요?"

"허허, 수고비요!"

"아닙니다, 제가 한 일이 없는데요!"

학선생은 진심으로 사양했다. 그러나 노인은 웃으며 손을 저었다.

"한 일이 없다니? 신통한 도사를 소개해 주지 않았소! 그보다도 공부하는 데 쓰라는 것이오."

노인은 잠깐 심각한 표정을 보였는데, 속으로 학선생의 인품을 격려해 주고 있는 것 같았다.

"……."

"그럼, 나는 가겠소. 나올 거 없어요!"

노인은 이렇게 떠나갔다. 학선생은 잠시 멍하니 있다가 돈 봉투를 살펴봤다.

'아니, 이렇게 많이!'

노인이 놓고 간 복채는 보통 복채의 100배가 넘는 액수였다.

귀향

영민이는 불길한 육감을 느끼면서 갑자기 잠에서 깨어났다. 잠을 깨서 생각해 보니 지난 밤 꿈도 심상치 않았다.

'어머니와 아버지가 함께 나타나시다니!'

꿈에 영민이는 줄다리기를 했는데 상대가 아버지였다. 어머니는 옆에서 구경하며 서 있었고, 아버지는 힘껏 당기고 있었다.

영민이는 점점 끌려갔다. 그런데 돌연 어머니가 나서서 줄을 끊어 버렸다. 아버지는 어머니를 몹시 나무라는 것 같았다.

얼마 후 장면이 바뀌어 아버지와 어머니가 흰옷을 입고 나란히 방에서 나왔다. 그러더니 급히 집 밖으로 나가는 것이 아닌가!

영민이가 막아 서서 어디를 가느냐고 물었는데, 어머니는 고개를 숙이고 말이 없었다. 그래서 이번에는 아버지에게 물었는데, 아버지는 영민이를 밀쳐 내고는 어머니와 함께 도망치듯 사라져 버리는 게 아닌가!

영민이는 한참 동안이나 쫓아갔지만 결국 놓치고 말았다. 꿈에 영민이는 몹시 서운했고 심한 고독을 느꼈다. 그렇지만 잠에서 깨지 않고 그대로 아침까지 있다가 지금 막 깨어난 것이었다.

기분이 좋지 않았다. 지난 밤 꿈이 생각나서 기분이 이상한데다 당장 누가 찾아올 것만 같았다. 영민이의 마음은 불안에 휩싸였다.

'내가 왜 이러지?'

영민이는 마음을 가라앉히려고 책상 앞에 앉았다. 이때 밖에서 누군가 그를 부르는 소리가 들려 왔다.

"전영민 씨!"

"어? 네!"

영민이는 대답을 하고 재빨리 나가 봤다. 우체부였다.

"전보요! 본인인가요?"

"네."

우체부는 영민이에게 전보를 전달하고는 급히 나가 버렸다.

'고향에서 불길한 소식이 온 것이다!'

영민이는 전보를 읽기도 전에 이런 생각을 하며 조심스레 전보를 살펴 봤다. 전보의 내용은 불길한 정도가 아니었다.

'모친 사망 급히 귀향 바람.'

전보의 발신자는 영민이의 고향 동네 사람이었다. 영민이는 순간 그 자리에 굳은 채로 서 있었다. 얼굴에는 어느 새 눈물이 흘러내리고 있었다.

하숙집 아줌마가 밖으로 나오자 영민이는 말없이 방으로 들어가 버렸다.

'음, 이상한데? 전보가 온 것 같은데…….'

하숙집 아줌마는 영민이의 태도를 보고 심상치 않은 일이라고 생각했다. 그러나 영민이에게 물어 볼 엄두가 나지 않아 고개만 갸우뚱거리며 방으로 들어갔다.

영민이는 한참 만에 다시 나왔다. 하숙집 아줌마도 궁금해서 나와 봤는데 뜻밖에도 영민이의 얼굴은 평온해 보였다.

"아주머니, 저 고향에 좀 다녀올게요!"

"무슨 일 있어요?"

"네, 어머니가 돌아가셨어요!"

"어머나, 저런!"

하숙집 아줌마가 깜짝 놀라 어쩔 줄 몰라하는 사이에 영민이는 벌써 떠나가 버렸다.

추적

"선생님!"

강치복은 경암 선생의 방 앞에 와서 조용한 목소리로 불렀다.

"……."

안에서는 잠시 기척이 없다가 말소리가 들려 왔다. 경암 선생은 면벽 중이었던 것이다.

"치복인가?"

"네."

"들어오게!"

강치복은 방에 들어서자 무릎을 꿇고 고개를 깊이 숙여 인사를 올렸다.

"편히 앉게, 웬일인가?"

"네, 뵌 지가 여러 날 되어서 그냥 찾아왔습니다."

경암 선생은 고개를 끄덕였다. 조용한 모습은 여전했다. 강치복은 무심결에 방을 흘끗 둘러봤지만 변한 것은 아무것도 없었다.

언제 봐도 희한했다. 방 안에 물건이란곤 구석에 있는 책 몇 권과 단정히 개어 놓은 옷 한 벌, 그리고 방석 하나가 전부였다.

이불이든 베개든 아무것도 없고 벽에는 달력조차 없었다. 경암 선생은 항상 벽을 바라보고 앉아 있다고 한다. 잠도 거의 안 자고 지내지만 어느 때든 이불을 덮고 자는 법이 없단다.

오직 앉아만 있다가 잠을 잘 때는 방석을 접어 베개 삼고 겉옷을 벗은 채 그냥 누워 잔다는 것이다.

이것은 강치복이 억지로 물어서 알아 둔 것이었지만, 인간이 이런 방식으로 어떻게 살 수 있는지 궁금할 따름이다.

먹는 것만 해도 그렇다. 좋은 음식은 강치복이 얼마든지 마련해 줄 수 있는데도 무슨 이상한 가루를 먹었다. 제대로 된 식사를 하는 것은 며칠에 한 번뿐이었다.

이렇게 하는 것이 도를 닦는 방식이라지만 강치복으로서는 도저히 흉내낼 수가 없었다. 강치복은 경암 선생이 일러준 동작을 익히는 것도 너무 힘들어 쩔쩔매고 있는 형편이었다. 그러나 오늘은 소식을 가지고 찾아온 것이었다.

강치복은 이 방에 몇 번 와봤지만 그때마다 긴요한 용건이 있었다. 이는 경암 선생이 번거로운 것을 싫어하는 탓도 있지만 강치복 자신도 필요 없이 나돌아다니는 성격이 아니었기 때문이다.

"선생님."

강치복이 먼저 말을 꺼냈다. 강치복이 말을 하지 않고 있으면 선생은 언제까지나 가만 있을 판이었다.

"요즘 여러 지역에서 숙여 들어오고 있습니다!"

강치복은 자기의 세력이 커가고 있다는 것을 은근히 보고했다.

이것은 용건을 말하기 전에 슬쩍 해 보는 소리인데, 경암 선생은 무덤덤하기만 했다.

"내가 알 바 아니네! 필요 없는 말은 하지 말게."

“네, 죄송합니다.”

강치복은 급히 사과했다. 경암 선생은 어디까지나 강치복과 알고 지내는 사이일 뿐, 강치복의 사업(?)에 대해서는 관여하지 않겠다는 태도였다. 단지 강치복에게는 무술을 가르치는 정도로 도와주고 있는 것이었다.

물론 이것으로 인해 강치복이 날로 강해지고 있고, 또 주변에서는 강치복 뒤에는 무서운 도인이 지키고 있다고 믿기 때문에, 강치복이 경암 선생에게서 받는 도움은 사실 절대적인 것이었다. 강치복은 사과에 이어 본론을 꺼냈다.

“소식을 가지고 왔습니다.”

“……”

“그 여자에 관한 것인데 중요한 사실이 드러났습니다.”

“음?”

경암 선생이 관심을 나타냈다.

“네, 그 여자가 누구와 하는 얘기를 엿들었습니다. 그런데 그 내용은 조성리 도사라든가, 좌도니 금도니 하는 것이었다고 합니다. 그 외에도 모두 신비한 얘기였다고 합니다. 여기 그 내용을 대충 적어 왔습니다.”

“좌도? 그거 잘했군. 그 여자가 심상치 않은 사람이야!”

경암 선생은 좌도라는 말이 나오자 좀더 밝은 표정을 지었다.

“또 한 가지가 있습니다.”

강치복은 경암 선생이 좋아하는 것을 보고 더욱 자신 있게 말했다.

“그 여자는 어떤 남자와 대금산이란 곳을 찾아갔는데, 그 남자는 학자 같았습니다.”

“학자? 대금산? 대금산이 어디지?”

경암 선생은 무엇인가 깊게 생각하며 다시 물었다.

“대금산은 지도에 나올 것입니다. 뒤쫓는 것은 실패했습니다. 그러나 그 남자의 집과 이름은 알아냈습니다. 어쩌면 그 사람이 선생님이 찾는 좌도일지도 모릅니다."

"그것은 내가 판단할 일이야!"

"죄송합니다."

"아닐세. 자네는 무척 수고를 하고 있구먼. 그런데 그 남자의 집은 어떻게 알아냈나?"

"네, 하하. 그 멍청한 여자가 전화 거는 것을 제 부하가 바로 뒤에서 봤습니다. 다이얼을 돌리는 것을 본 것이지요. 전화 번호만 알면 집 찾는 것은 쉽습니다."

"그런가? 잘했군. 대금산도 알아봤으면 좋겠는데……."

"염려 마십시오. 그건 간단합니다. 그 여자는 대금산에 땅인가 집인가를 사러 간 것 같습니다. 집이라면 찾기 쉽지요. 그 동네에 집이 몇 채나 있겠어요? 그리고 그 남자를 살펴봐도 되지요."

"좋아, 수고가 많군! 그런데……."

경암 선생은 강치복의 노고에 치사를 하면서 말을 이었다.

"그 남자 말이야, 학자 같다고 했지?"

"네, 사람이 좀 바보 같은 게 무슨 공부를 많이 한 듯 보였대요. 집에 책도 많다더군요."

"그래? 그 사람이 무슨 공부를 하는 사람인가를 알아봐 주게. 특히 주역을 공부했는지?"

"네? 주역이 뭐지요?"

강치복으로서는 주역이란 말을 처음 듣는 것이었다.

"음? 그래그래, 그냥 점占이라든가 한문漢文이나 도술道術 같은 것을 하나 보라고. 특히 그 사람 법명法名이나 호號 같은 것이 있나 알아보고. 아무튼 좀더 살펴보게."

“네, 최대한 살피겠습니다. 인원도 더 늘여야겠지요.”

“고맙네. 난 좀 쉬려는데…….”

“네? 아 네, 그럼 이만 가보겠습니다.”

북존 경암 선생은 강치복이 물러가자 다시 면벽 명상을 계속했다.

귀신의 전투

수진이는 조성리 마을을 다녀온 후 생활이 크게 안정되었다. 조성리 도사는 유언을 통해 인생의 의미가 한없이 넓다는 것을 보여주었고, 총명한 수진이는 쉽게 그것을 깨달을 수 있었던 것이다.

유언은 모르는 것도 많았지만 수진이가 어떻게 살아야 하는지를 충분히 지시해 주었다. 도사가 어떤 사람이었으며 무엇 때문에 수진이에게 그토록 자상한 가르침을 남겨 주었는지는 모르지만, 수진이는 유언을 간직하고 살아갈 것을 결심했다.

이제 수진이는 예전의 밝았던 생활로 완전히 되돌아가 있었다. 주변 사람들과의 교류도 정상을 회복했다. 오늘은 그 동안 만나 보지 못했던 친지들을 찾아 일찍부터 집을 나섰거니와, 수진이 오빠는 멀리까지 따라 나서지 않았다.

수진이 오빠에게는 오늘이 상당히 중요한 날이었다. 수진이 오빠이기도 하고 귀신이기도 한 종수는 지금 중대한 결심을 하고 있는 중이었다.

그것은 또 한 번 사람의 뇌 속에 침투해 보려는 것인데, 종수에게는 그래야만 할 이유가 있었다. 왜냐 하면 그 길만이 자신의 생生을 다시 일으켜 세울 수 있기 때문이었다.

잘해서 다른 영혼을 뇌에서 몰아낼 수만 있다면 자기는 살아 있는 몸을 차지할 수 있는 것이다. 즉, 이것은 죽음에서 부활하는 것을 의미했다.

물론 다른 영혼을 몰아낸다는 것이 쉽지는 않을 것이다. 그러나 종수는 그 동안 수많은 수련을 통해 상당히 향상되었기 때문에 어느 정도 자신이 있었다.

이번에는 지난번처럼 당하지 않도록 각별히 조심하기로 했다. 사실 종수는 그 동안 치밀한 연구를 진행하여 이제는 영혼이 무엇이란 것을 많이 파악하고 있었다. 따라서 다른 영혼을 물리치는 힘과 요령을 단단히 터득하고 있었던 것이다.

오늘의 목표는 다른 영혼과 부딪쳐서 뇌를 탈취할 수는 없다 하더라도 지난번처럼 결정타를 맞지 않고 무사히 빠져 나오는 것이었다. 목표를 작게 잡아 놓았다.

그러나 이것이 성공하면 앞으로 빈번히 부딪쳐 가며 힘을 쌓아 갈 수 있을 것이다.

자! 이제 출발이다.

종수는 길을 따라 천천히 집을 나섰다. 오늘은 깨어 있는 사람의 영혼을 상대하기로 했다. 그 동안의 연구에 의하면 깨어 있는 사람이 잠자고 있는 사람보다 공격하기 쉽다는 것이다.

자고 있을 때는 도대체 그 영혼이 어디 있는지를 알 수가 없다. 그런 영혼이 갑자기 등장해서 공격해 오면 상당히 위험하다. 지난번엔 그래서 당한 것이다. 말하자면 적이 보이지 않아 싸움 한 번 못 해 본 것이다.

종수는 그 외에도 세심한 연구를 통해 자고 있는 사람이 깨어 있는 사람보다 영혼의 힘이 더 강하다는 것을 알았다. 물론 그 이유는 아직 모른다.

아마도 휴식에 의해 영혼이 강화되는지도 몰랐다. 그리고 또 한 가지 사실은 어린아이보다 어른의 영혼이 약하다는 것이다.

종수는 언덕가에 있는 어떤 집을 찾아 들었다. 이곳엔 마침 아이들만 있었다. 그래서 곧 이곳을 떠났다. 다시 또 몇 집을 드나들었다. 그러다 마침내 적당한 곳을 찾아냈다. 이곳은 노부부가 마주 앉아서 대화 중이었는데, 이럴 때가 가장 좋은 기회인 것이다.

여자와 남자 중 누가 좋을까? 당연히 여자 쪽이 수월하다. 이것도 연구를 통해서 얻은 결론이었다.

종수는 귓구멍을 통하여 즉시 여자의 뇌 속에 침투해 들어갔다. 도달해야 할 곳은 이미 잘 알고 있었다. 잠시 헤매기는 했지만 쉽사리 목표 지점에 도달했다.

이제부터가 조심해야 할 때인 것이다. 앞쪽 동굴은 훤히 밝혀져 있었다. 종수는 잠시 멈추어 서서 마음을 가라앉혔다. 평정이 제일인 것이다. 그리고는 집중해야 한다. 잠시도 방심하면 안 된다. 적은 지금 어디엔가 마음이 쏠려 이쪽을 살피지 못하고 있었다.

종수는 천천히 전진해 봤다. 동굴 속은 변화가 없었다. 열과 전기 그리고 혈액 등이 흐르며 묘한 리듬을 나타내고 있을 뿐이었다.

웅―웅―쿵―.

동굴은 길게 이어져 있었다. 종수는 속도를 조금 높여 전진을 계속했다. 얼마 후 옆으로 뚫린 동굴이 나타났다. 그곳에서는 광채가 뻗어 나오고 있었다. 이곳에 영혼이 있는 것이다.

종수는 조금 더 전진해 보았다. 그러자 또 하나의 동굴이 나타났고 그곳에서도 영혼의 광채가 보였다. 영혼은 한곳에만 있는 것이 아니었던 것이다. 필경 서로 연결은 되어 있겠지만 여러 갈래로 나뉠 수가 있을 것이다.

종수는 잠시 후 또 하나의 동굴을 발견할 수 있었다. 여기에도 영혼의 가지가 뻗어 있었다. 종수는 이곳을 공격하기로 작정했다.

우선 마음을 가다듬어 힘을 강화시켰다. 그러고는 터득한 방법대로 동굴 벽을 힘차게 흔들어 봤다. 즉시 반응이 나타났다. 영혼의 광채가 강해지고 있었다.

종수는 밝아지고 있는 광채에 온 정신을 집중시켰다. 광채는 동굴을 가득 메우고 말려들기 시작했다. 종수도 이에 지지 않고 영혼의 힘, 즉 광채에 과감히 부딪쳤다.

꽈앙!

종수는 이보다 더 큰 소리를 들은 적이 없었다. 마음 속에는 심한 혼란이 왔다. 그러나 종수는 결사적으로 참아냈다. 정신을 잃지 않아야 하는 것이다. 동굴 속이 갑자기 어두워졌다. 적이 물러간 것이다. 드디어 종수가 이긴 것이다. 한동안 잠잠했다. 적에게 무슨 일이 일어난 것일까?

종수는 방심하지 않고 깊게 마음을 가라앉혀 힘을 키우고 있었다. 그러고는 또 한 번 동굴 벽을 흔들었다. 반응이 없었다. 더 세게 흔들었다. 이번에 반응이 있었다.

동굴이 또다시 환해지면서 영혼이 나타났다. 조금 전보단 밝은 광채였다. 그것은 재빨리 다가왔다. 그러나 종수의 영혼이 한 걸음 먼저 나서면서 강하게 부딪쳐 갔다.

꽈앙!

아까보다 소리가 더 컸다. 그러나 종수의 영혼은 멀쩡했다. 적은 어느새 사라졌다. 이번에도 종수가 이긴 것이다.

종수는 쉬지 않고 동굴 벽을 또 한 차례 긁어댔다. 반응이 없었다. 몇 번이고 긁어댔다. 마침내 적이 나타났다.

그러나 광채는 아까보다 약해져 있었다. 적은 이 동굴에 나타나기를 꺼리는 것이 분명했다. 종수는 가차 없이 밀어붙였다. 적은 쉽게 물러갔다. 아마도 뇌는 기절했을 것이다. 이것은 영혼이 한곳에 모여 있는 것을 의미했다. 이때는 잠을 잘 때보다도 영혼이 강해져 있을 때였다.

이제는 위험했다. 도망갈 때가 된 것이다. 오늘은 이것으로 충분했다. 잘 싸워 이긴 것이다.

싸움은 앞으로도 얼마든지 있을 것이다. '오늘의 경험을 바탕으로 더욱 연구하고 수련해 나아가야 한다'라고 생각한 종수는 신속하게 뇌를 빠져 나왔다.

"여보! 정신 차려. 웬일이야? 여보!"

할아버지는 할머니를 흔들어 봤지만 깨어나지 않았다. 종수는 할아버지의 목소리를 듣지 못한다. 그러나 쓰러져 있는 할머니를 흔들고 있다는 것은 알 수 있었다. 할아버지는 밖으로 나와 급히 냉수를 떠가지고 들어왔다.

그러고는 그것을 입 속으로 흘려 넣었다.

으음—.

잠시 후 할머니가 깨어났다.

"여보! 정신이 좀 드나? 어떻게 된 거야?"

할머니의 얼굴은 창백했고 이마에는 땀방울이 맺혀 있었다. 종수는 소리 없이 집을 빠져 나왔다. 내일 다시 올 것을 다짐하면서.

김실장의 개안 開眼

김실장은 행복한 여행을 마치고 무사히 집으로 돌아왔다. 여행지에서의 하루하루는 신선했고 보람이 있었다.

고흥반도는 그리 크지 않았기 때문에 열흘의 시간으로 충분히 살펴볼 수 있었다. 현지 주민의 안내로 여러 곳의 섬을 돌아봤으며 사진도 많이 찍었다.

김실장으로서는 일생을 통해 이토록 즐거웠던 시간이 없었다. 마음은 항상 현재에 머물러 있었고, 근심이나 걱정도 일체 없었다. 만나는 사람마다 여유 있고 너그럽게 대했으며, 모든 장소에 대해서도 애정을 가질 수 있었다.

이번 여행에서 무엇보다도 특기할 만한 것은 김실장 마음 자체의 변화였다. 처음부터 김실장은 사물은 대하는 태도가 바뀌어 있었거니와, 달라진 사물로 인해 마음의 감명이 끊임없이 일어났던 것이다.

외부에 접하는 경관·사람, 그리고 모든 사물들은 깨달음을 주었으며, 혼자 눈을 감고 누워 있을 때에는 반성을 불러일으켰다.

아침에 일어나면 들뜬 마음은 사라지고 마음의 평정과 함께 점점 귀인貴人이 되어가는 듯했다.

밤에는 젊은 부부보다 행복했다. 김실장은 부인을 하늘이 내려준 커다란 상賞이라고 생각했고, 부인은 남편에 대해 더 큰 존경심을 갖게 되었다.

여행지에서 돌아올 때쯤은 사람이 완전히 변해 있어서 새로 태어난 것 같았고, 서울의 모습도 완전히 달라져 보였다.

원래 사물事物은 고정되어 있는 존재가 아니다. 사물은 보는 사람의 마음에 따라 각기 다른 모습으로 나타나는 것이다. 특히 깨달음을 이룬 사람의 눈으로 보면 모든 사물은 아름답고 깊은 뜻이 있다.

김실장은 이미 커다란 덕德을 성취해 가지고 있었으며, 시시각각 발전하고 있었다. 또한 그는 자신의 몸도 10여 년이나 젊어졌다고 느꼈다. 어쩌면 이것은 사실인지도 몰랐다. 마음의 깨달음으로 인해 인체의 어떤 비기祕機가 작동했는지도 모른다.

김실장이 무엇을 깨달았는지를 말할 수는 없다. 그러나 꼭 집어서 이것이다 말할 수는 없어도 모든 것을 바라보는 마음의 눈을 크게 뜨게 된 것이다.

이제 모든 것에 여유가 있었다. 최선을 다 해 한 걸음씩 나아가면 미래는 더욱 발전하고 보람이 있을 것이다. 이것이 인생이다.

김실장은 왜 살아야 하며 어떻게 살아야 하는지를 확실히 깨닫고 있었다.

인생의 흐름

민여사는 대금산大金山 여행에서 뜻하던 계약을 이루지 못했다. 그녀로서는 대금산의 집이 마음에 들었고 가격도 비싸지 않아서 즉시 계약을 하려고 했으나, 집주인이 한사코 안 된다고 했기 때문이었다.

집주인은 아직 때가 안 되었으니 다음에 오라고 말했다. 집주인이 말한 때라는 것은 물론 선친先親의 유언에 나와 있는 시기를 말하는 것으로 그때까지는 아직 며칠이 더 남아 있었던 것이다.

그날은 바로 입춘일立春日인 2월 4일이었다. 그때가 지나야 비로소 새해가 열리는 것이니, 그 이후에 계약을 하자는 것이었다. 집주인의 말은 확실히 맞는 말이었으므로 어쩔 수 없었다.

단지 민여사는 불과 며칠 사이지만 그 동안 다른 사람이 나타나지 않을까 몹시 걱정이 되었다.

물론 아직까지 집을 사겠다고 나선 사람은 없다고 한다. 그러나 내일 당장이라도 무슨 일이 어떻게 될지 알 수가 없는 것이다.

민여사는 입춘立春 바로 다음날 계약하러 오겠다며 꼭 자기에게 집을 팔아야 한다고 신신 당부를 했다. 필요하면 그날 일시불로 주겠다고까지 말했다.

"허허, 알았어요. 누가 안 판다고 했습니까? 그날은 계약금만 가지고 오세요. 나도 나갈 자리를 알아봐야지요."

집주인은 서두르는 민여사에 대해 호감을 갖는 한편, 이 또한 하늘이 새로운 집주인을 보내 준 것이라 생각했다.

민여사는 집주인의 마음을 알 길이 없는 채 허전한 기분으로 돌아왔다. 이러한 상태로 서울에 돌아온 민여사는 다음날 또 한 번 충격을 받았다. 오랜만에 영민이에게 전화를 걸었는데 모친상母親喪을 당해 고향에 내려갔다는 것이다.

민여사는 가벼운 후회를 했다. 서울에 있으면서 영민이나 위로해 줄 것을 공연히 대금산에 갔다는 생각이 들었기 때문이다.

'대금산에 하루만 늦게 갈 걸 그랬어! 영민이는 얼마나 슬퍼했을까? 대금산에 가는 날 전화라도 해 볼걸, 고향 집 주소도 모르고⋯⋯.'

민여사는 이런 생각을 하며 죄스러운 기분을 느꼈다.

이로부터 어느덧 10여 일이 지났다. 그러나 영민이는 소식이 없었다. 아마도 모친을 잃은 충격을 달래는 중일 것이다. 미아리 학선생도 이렇게 생각을 했다.

학선생은 영민이가 고향으로 떠난 직후 전화를 해서 영민이의 모친상 소식을 들었다.

운명이란 참으로 예측할 수 없는 것이다. 며칠 전 영민이는 태연히 남의 운명을 연구하고 있지 않았는가! 그런데 돌연 자신이 불행을 당하다니!

필경 영민이는 그날이 될 때까지 다가올 운명을 모르고 지냈을 것이다. 충격도 컸을 것이다.

이토록 인생은 쉬지 않고 변해 가는 것이다. 불행은 언제나 도처에 도사리고 있다. 그러나 이런 것이 인생이니 어쩌랴!

학선생은 그후 열흘쯤 지나 다시 전화를 걸어 봤으나 영민이는 아직 돌아오지 않았다고 했다.

'충격이 컸을 거야. 돌아오려면 여러 날 걸리겠지!'

학선생은 이렇게 생각하고는 노인에게 전화를 해 주었다.

불행을 당한 영민이는 어떻든 간에 영민이를 기다리는 사람이 있는 것이다. 학선생은 노인에게 전화를 걸어 동생은 지금 수도 여행을 하는 중이라서 시간이 좀 걸릴 거라고 말해 두었다.

"염려 말아요, 기다리지요. 그런 분을 쉽사리 만나 볼 수 있나요? 허허."

노인은 기분 좋게 말했다. 그러나 학선생은 마음이 허전했다. 영민이는 지금 더욱 그럴 것이다.

도사의 제삿날

조성리 도사가 죽은 시간은 1970년 11월 12일 인시寅時였다.

이때의 괘기卦氣는 건위천乾爲天: ☰☰과 산풍고山風蠱: ☶☴이다. 건위천이란 영원한 하늘의 도道를 말하고, 산풍고는 거대한 사물事物이 붕괴되는 것을 말한다.

도사는 일부러 이 시간을 택해서 죽었다.

건위천이란 바로 도사의 마음을 뜻하는 것일까? 그리고 산풍고는 도사의 몸이 무너지는 것을 뜻한 것일까?

천지의 작용은 쉬지 않고 저 끝없는 곳으로 향해 간다. 작용이 지나간 곳은 뜻이 쌓이고, 그 뜻은 다시 새로운 사물을 지어낸다.

이렇게 되어 미래는 과거와 얽히고 가까운 곳은 먼 곳과 섞이는 것이다.

그러나 누가 그 추이推移를 알 수 있을 것인가? 지극히 정미精微로운 것이 아니어서는 안 될 것이다.

도사는 천지의 큰 흐름 속에 자신을 내맡기고 새로운 운명을 기약했다. 그것이 무엇인지는 아무도 모른다.

도사가 기약한 운명이란 대체 어떤 것일까?

오늘은 입춘일立春日.

조성리 마을은 지금 눈에 덮여 있고, 아직도 눈은 내리고 있었다.

나무꾼은 일찍부터 일어나 집 안 청소를 하고 눈을 쓰는 등 부산스럽게 시간을 보내고 있었으나 아무도 찾아오는 사람이 없었다.

'왜 이렇게 늦나? 일찍들 오면 좋을 텐데, 그나저나 청년은 정말 오는 걸까?'

나무꾼은 지금 사람을 기다리는 중이었다. 오늘은 도사가 지정해 준 제삿날이기 때문에 좌명·좌청 노인이 오게 되어 있는 날이었다. 도사는 자기가 죽은 날을 제사일로 하지 말라고 사전에 당부해 두었던 것이다.

나무꾼은 도사가 무엇 때문에 죽은 날을 피해 입춘일을 제삿날로 지정해 주었는지는 모르지만, 거기에는 어떤 신비한 섭리가 담겨져 있을 것이라고 짐작하고 있을 뿐이었다.

어쩌면 별다른 뜻 없이 그 동안 만나던 관습대로 입춘일을 제사일로 정했는지도 모른다.

매년 입춘일은 도사가 제자인 좌명·좌청 노인을 접견했던 날이다. 작년에도 그랬다. 지금은 도사가 죽어서 제자들을 만날 수 없지만 도사는 살아 있을 때와 똑같이 입춘일에만 제자들을 찾아오게 하려는 것인가?

그렇다면 그것은 무슨 뜻이 있을까? 도사는 죽음과 생生의 차이를 일부러 두지 않으려고 했던 것일까?

나무꾼은 도사가 살아 생전에 제자들에게 입춘일에만 찾아오라고 임명해 둔 것을 잘 알고 있었다. 그것은 도사가 죽은 지금, 이 마당에도 지켜져야 할 엄격한 규율이란 말인가?

'이것이 지킴이란 뜻일까? 스승께서는 부동不動의 덕德을 가르치신 것일까? 아니면 입춘일에 만나던 추억을 죽어서까지 간직하고 싶었던 것일까?'

나무꾼은 후자라고 생각했다.

'스승 같은 분은 생生과 사死가 매한가지이기 때문에 평소의 관습을 그래도 지키려는 것뿐이다. 입춘일은 그야말로 입춘일이고, 그날 만나던 추억 외에는 신비한 뜻이 따로 있을 리 없다.'

나무꾼은 애써 이렇게 생각하고는 고개를 가로 저었다. 자신의 추리에 자신이 없었던 것이다. 아무튼 스승이 입춘일을 제사일로 하고 그때 서로 만나 보도록 하라고 한 것은, 나무꾼 자신이 볼 때 참으로 즐거운 일이었다.

물론 이는 며칠 전에 생각해 본 것이지만, 10여 년을 입춘일에 만나 보던 사람이 스승이 죽었다고 해서 갑자기 보이지 않게 되면 그 또한 서글픈 일이 아닐 수 없다.

'스승은 영원히 살아 계신 것이다.'

나무꾼은 오늘 좌명·좌청 노인을 보게 되는 자리에 스승의 혼이라도 참석할 것이란 생각이 들었다. 지금 눈은 계속 내리고 있다. 나무꾼은 대문 밖에 나와 멀리 들판을 바라봤다.

눈은 저 멀리에도 소리 없이 내려 온통 하늘을 뒤덮고 있었다. 그 장엄하고 화려한 하늘의 꽃은 땅에 내려와 만물의 행복을 기원하는 듯 보였다.

나무꾼은 방금 자신을 기쁘게 하는 어떤 생각이 떠올랐다. 그것은 스승과 자신이 넓고 넓은 이 세상에 함께 있다라는 것이다. 굳이 몸이 가까이 있지 않아도 마음은 함께 있을 수 있는 것이다. 마음이란 원래 시공時空을 초월해 있는 것이 아닌가!

'나는 지금 스승의 모습을 보지 못하고 있어도 스승은 이 넓고 넓은 세상 어딘가에서 나를 생각하고 있을 것이다!'

나무꾼은 자기가 오늘 중대한 원리를 깨달았다고 생각했다.

그것은 나무꾼의 마음 속에 있는 고독과 허전함을 일시에 몰아내주었다. 나무꾼은 눈을 돌려 먼 길 쪽을 바라보았다. 저쪽에서 누군가가 걸어오고 있었다. 그 사람은 좌측에 낮은 언덕을 끼고 이쪽을 향해 부지런히 걸어왔다.

'우리 집으로 오는 손님일까? 이쪽에는 집이라곤 우리 집밖에 없고 지나치면 산으로 통하는 길뿐이다. 겨울엔 산으로 가는 사람이 좀처럼 없는 것으로 볼 때 저 사람은 우리 집으로 오는 것이 틀림없다. 그런데 먼 곳에서 오는 사람이라면 가까운 논길로 올 텐데 왜 저쪽으로 오는 것일까? 저쪽 마을 사람일까?'

나무꾼이 이런 생각을 하며 그쪽을 계속 바라보고 있는 동안, 어느새 그 사람은 가까이 다가왔다.

얼핏 보아 잘생긴 청년이었다. 이 청년은 키가 훤칠하고 날렵하게 생겼는데가 단정한 옷차림이었다. 바로 앞에 와서 보니 얼굴은 가운이 넘쳐흐르고 아주 날카로워 보였다.

"안녕하십니까?"

청년이 먼저 인사를 건넸다.

"네, 안녕하세요. 우리 집엘 찾아오시는 분인가요?"

"네? 아, 네, 그렇습니다."

청년은 잠깐 의아스러운 표정을 짓다가 다시 다정한 미소를 지었다.

"들어가시지요. 오실 줄 알았습니다."

나무꾼은 청년을 반갑게 맞이하면서 한 마디 뜻모를 말을 던졌다.

'음? 올 줄 알았다고? 나를?'

청년은 고개를 갸우뚱거리며 뒤따라 들어갔다. 대문 안에는 사람이 보이지 않았다. 아마 겨울이라서 도사를 찾는 사람이 없는 것 같았다. 그런데 좀 이상한 것은 저쪽 도사의 방이 웬지 비어 있다는 느낌이 드는 것이었다.

청년은 그쪽을 바라보면서 마루에 올랐다. 반대쪽 부엌에서 인기척이 났다. 나무꾼의 부인이 음식을 장만하고 있었던 것이다.

"방에 좀 앉아 계세요. 차를 내올 테니!"

나무꾼은 청년을 방에 앉혀 놓고 부엌으로 갔다. 청년은 심상치 않은 기분을 느끼면서 방 안을 살펴봤다. 한쪽 편에 한문으로 씌어 있는 족자가 걸려 있었지만, 무슨 말이 씌어 있는지 알 길이 없었다.

잠시 후 나무꾼이 차를 끓여 가지고 들어왔다.

"저, 차를 좀 드세요. 언제 술이라도 함께 들면 좋겠군요!"

나무꾼은 다정한 표정을 지으며 말했다.

"아, 네……."

청년은 나무꾼의 친절이 나쁘지는 않았지만 기분이 좀 이상했다. 그리고 좀 미안한 생각도 들었다. 청년은 몇 달 전 이곳에 강도짓을 하러 왔을 뿐 아니라 나무꾼을 때려눕힌 적도 있지 않은가!

그 당시 도사가 미리 대기시켜 놓은 경찰에 잡힌 몸이 되었지만, 도사는 서장에게 선처를 부탁한 바 있었다. 그 덕에 청년은 광주에서 집행유예로 풀려났고, 그 길로 이곳을 찾은 것이다.

"……."

청년은 나무꾼뿐만 아니라 그 부인마저도 때려눕혔기 때문에 죄스러운 마음을 금할 길이 없었다. 청년으로서는 지난 몇 달 동안 이미 많은 각성을 하고 지금은 다른 사람이 되어 있거니와, 오늘 도사를 찾은 것은 당시의 행동을 사죄하고 고맙다는 인사를 하러 온 것이었다.

그리고 가능하다면 인생의 향방에 대해 가르침을 받고자 했다. 그러나 청년의 생각에는 자기 같은 불량배를 도사가 상대해 줄지가 의문스러웠었다. 나무꾼만 하더라도 그 당시 매를 맞은 것 때문에 문전 박대나 하지 않을까 걱정했던 것이다.

그런데 처음부터 태도가 그게 아니었다. 문전 박대는커녕 방에까지 들어오게 해서 차까지 대접해 주고 있지 않은가!

‘내가 누군지 아직 모르는구나! 난감한데, 내가 그 강도였다는 것을 알면 어떤 태도로 나올까?’

청년이 이런 생각을 하며 머뭇거리는데, 나무꾼이 큰 소리로 말했다.

“박일준 씨! 맞지요?”

“네? 아, 네, 그렇습니다만.”

청년은 깜짝 놀라 대답했는데, 나무꾼은 웃고 있었다.

“올 줄 알았습니다. 스승님께서 당신이 오늘 온다고 말씀하셨지요!”

“네? 그렇군요.”

청년은 가볍게 놀랐으나 그럴 수도 있을 것이라고 생각했다. 그 도사는 워낙 신통하신 분이니까. 전에도 정확히 강도당하는 날과 인원수까지 예언하지 않았나!

청년의 마음 속에는 지난 수개월 동안 구치소에서의 생활이 아지랑이처럼 떠올랐다. 그 당시 청년은 밖에 나가면 도사에게 사죄하고 가르침을 청원하리라 마음먹고 지냈다.

그리고 날마다 도사의 모습을 그리며 인생의 보람이란 무엇일까 하고 생각하며 지냈던 것이다. 이제 이렇게 와서 보니 감개가 무량하고 마음이 몹시 설레였다.

‘도사는 나를 기억하고 계셨어, 내가 오는 날짜까지 말하지 않았나! 그런데 도사는 어디 계시지?’

청년이 속으로 이런 생각을 하고 있는데 나무꾼의 말소리가 들려 왔다.

“스승께서는 돌아가셨습니다!”

“네? 돌아가셨어요?”

청년은 가슴이 덜컥 내려앉았다. 웬지 들어올 때부터 기분이 이상하더니만. 그리고 이 무슨 운명이란 말인가? 그토록 보고 싶었던 분이 그 사이 돌아가시다니!

박일준은 불가항력적인 운명의 힘을 느끼면서 꿈꾸는 듯한 기분이 되었다. 그런데 이상한 것은 세상을 떠난 분이 누가 찾아올 것을 예언해 두었다니 그것은 무슨 필요에 의해서일까?

누가 찾아오든 그것이 무슨 상관이란 말인가? 더구나 이름과 날짜까지 밝혀 두면서. 그 이유가 무엇일까?

도사가 세상을 떠난 것이 허무하기는 했지만 이미 어쩔 수 없는 일이었다. 박일준은 그보다는 자신의 이름을 거론한 것이 몹시 궁금했다.

어디 그뿐이랴! 전에 강도로 잡혔을 당시에도 일부러 서장에게 선처를 부탁했던 것이 아니냐!

'분명 나에게 큰 뜻을 남기려 했을 거야.'

박일준은 이런 생각을 하며 무엇인가 물어 보려는데 나무꾼이 먼저 말했다.

"스승께서 남기신 말씀이 있습니다."

"저에게 말입니까?"

"그렇지요. 바로 당신에게, 스승께서는 오늘 당신이 찾아오면 전하라는 글을 남겨 주셨습니다."

"과연!"

박일준은 도사가 자기에게 무엇인가 큰 뜻을 남겨 놓았다는 것을 직감했다. 그 동안 구치소 안에서 가끔 했던 생각이 틀림없었던 것이다.

"그게 어떤 것이지요?"

나무꾼은 일어나서 장롱 서랍을 열었다. 그러고는 그곳에서 종이 한 장을 꺼냈다.

"자, 이것입니다."

박일준은 급히 종이를 받아서 펴보았다. 종이에는 짤막한 글이 편지체로 씌어 있었다.

'오늘 입춘일에 이 글을 읽도록 남겨 놓았네. 자네를 직접 볼 수 없어 유감이네만, 이 또한 뜻이 있다고 생각하네. 자네와 나는 이미 많은 전생前生에서 만났거니와 훗날에 다시 만날 수도 있을 것이네. 이번만은 열심히 공부하게. 자네의 스승은 좌명坐冥이라 하고, 큰 도道를 성취한 분일세. 한평생을 따라 배우고 널리 인간을 위하는 길을 가도록 하게.'

글은 여기서 끝나 있고 서명은 없었다. 박일준으로서는 도무지 종잡을 수 없는 내용이었다.

도사와 자기가 많은 전생에서 만났다니! 전생이란 도대체 무엇인가? 그리고 이미 죽은 사람이 훗날 다시 만날 수도 있다는 것은 또 무엇이고……. 생각할수록 기이한 글이었다.

이번만은 열심히 공부하라고? 이번만은? 그렇다면 지난번이 있었다는 뜻인데, 도대체 언제야? 전생? 글쎄, 그건 그렇고 좌명이란 분은 누굴까? 나의 스승이라고?

박일준은 도사가 남겨 준 글의 뜻은 자세히 모르지만 감히 거역할 수 없는 무한대의 힘을 느꼈다.

널리 인간을 위하는 길을 가라고?

이것만은 박일준이 알 수 있는 내용이었다. 결국 세상을 위해 좋은 일을 하면서 살라는 뜻이다. 순간, 박일준의 마음 속에는 자신의 과거가 떠올라 씁쓸한 기분이 들었다. 자신의 짧았던 생애는 오로지 나쁜 일에만 몰두했던 것이다.

비록 용감하기는 했지만 악惡의 편에 선 용기였던 것이다. 선善한 일을 할 용기는 없었던 것이다. 박일준은 구치소에 있는 동안 내내 이 생각을 하면서 지냈었다. 그런데 지금 도사의 각별한 당부를 접하고 보니 각오가 새로워지는 것을 느꼈다.

박일준은 천천히 고개를 끄덕이며 입을 꼭 다물었다. 결심이 선 것이다.

"저, 아저씨! 좌명이란 분이 누굽니까?"

"좌명요? 하하, 당신의 스승될 사람입니다."

나무꾼은 박일준의 마음을 헤아리며 밝게 말했다. 그러자 박일준은 심각한 음성으로 재차 물었다.

"알고 있습니다. 그분이 어디 계신지요?"

"오늘 중에 뵙게 될 겁니다. 이곳에 오게 되어 있지요."

"그렇습니까? 그런데 저, 그분과 도사님과의 관계가 어떻게 됩니까?"

박일준은 스승될 사람의 연원을 알기 위해 진지하게 물었다.

"도사! 일운一篑 선생님이지요, 장백삼호長白三皓라는 신선神仙입니다. 그분의 수제자가 바로 좌명 선생입니다. 그러니까 당신은 바로 일운 선생의 손제자孫弟子가 되는 셈이지요."

"그렇군요. 그럼 아저씨는 어떻게 되지요?"

박일준은 이미 마음 속으로 좌명을 스승으로 생각하고 있었기 때문에 나무꾼과의 관계를 물었던 것이다. 원래 깡패의 세계 속에서도 호칭이나 예의 범절이 엄격하다.

박일준은 나무꾼을 도사의 제자로 보았기 때문에 예의를 갖추려는 것이었다. 그러나 박일준의 심각함은 나무꾼에게는 잘 통하지 않았다.

"나요? 하하, 글쎄, 나는 배분이 어떻게 되는지. 나중에 좌명 선생한테 물어 보지요. 아무튼 아저씨라는 호칭은 웬지 안 좋긴 해요! 거리감이 있어요."

나무꾼은 박일준이 도사의 손제자가 되어 자신의 가족이 된 것에 크게 기쁨을 나타냈다. 박일준도 나무꾼의 소탈한 성격에 잠시 웃음이 떠올랐지만, 이내 심각한 표정으로 바꾸며 말했다. 박일준은 어떡하든 예의 문제부터 짚고 넘어가려는 것이다.

"저, 아저씨, 저도 웬지 쑥스럽군요. 아저씨는 일운 도사님의 제자가 아닙니까? 그렇다면 저에게는……."

박일준은 여기까지 생각하고서도 무엇이라 불러야 좋을지 몰랐다. 그러자 나무꾼이 방법을 일러주었다.

"아저씨란 말이 거북하면 그냥 형님이라고 해도 되겠지요."

"네? 좋습니다, 이제부터 형님이라고 부르겠습니다."

"좋아, 형님이라고 부르게!"

나무꾼은 즉시 말투를 고치고 친절하게 박일준을 바라봤다. 그러고는 한 마디 말을 덧붙였다.

"그러나 나중에 더 높은 호칭으로 부르게 될 수도 있어! 알겠지? 하하."

나무꾼은 농담인지 진담인지 모를 말을 하고 있지만, 기분이 좋은 것은 틀림없는 일이다.

"그건 그렇고, 자넨 나한테 지은 죄가 많아!"

나무꾼은 일부러 엄숙한 표정을 지어 보였다. 나무꾼이 말한 것은 박일준이 강도질을 할 당시 나무꾼과 그의 부인을 때린 것을 말하는 것이 분명했다.

"네? 아, 네, 죄송합니다."

박일준도 금방 눈치 채고 사과를 했다. 지금에 와서 그 당시 일을 사과한다는 것은 맥빠진 일이지만, 박일준은 심각한 표정을 지었다.

"자네, 싸움을 아주 잘하는가 봐. 나도 이 동네 일대에서는 제법 힘을 쓰는데, 하하."

"아니, 제가 뭐……. 미안합니다."

박일준은 몹시 송구스러워 했지만 사실 싸움 하나만큼은 자신 있었다.

그 건장한 신체에 날렵함이란! 나무꾼과 비교해서 박일준은 힘도 동작도 한참 높은 수준이었다. 게다가 박일준은 남달리 정신력도 강하고 판단력도 아주 예민했다.

나무꾼은 박일준의 훤칠한 얼굴을 다시 한 번 바라보며 고개를 끄덕였다.

'잘도 생겼군. 그리고 순진해, 당당한 기상도 보이고. 하기야 일운 스승님께서 특별히 보아 놓은 인물이니 오죽하겠나!'

나무꾼은 이런 생각을 하면서 방 안을 둘러봤다. 두 사람이 그냥 오래 앉아 있기가 좀 무료했던 것이다.

"일준이! 우리 좀 나갔다 올까?"

"네? 어디로요?"

"그냥 산책이라도 하지. 눈 맞는 것 싫어하나?"

"아니오. 나가 보지요."

"그래, 잠깐 인사할 사람이 있네."

나무꾼은 먼저 문을 열고 나오면서 부엌에 있는 부인을 불렀다.

"여보!"

나무꾼 부인은 금방 나왔다.

"……."

"이 사람 좀 봐, 좌명 선생의 제자야."

"자네, 인사 드리게."

"네? 좌명 선생님의 제자라고요?"

나무꾼 부인이 의아스럽게 생각하고 머뭇거리는데, 박일준이 먼저 인사를 건넸다.

"안녕하세요? 박일준입니다."

"아, 네, 안녕하세요?"

나무꾼 부인은 미소를 보이며 가볍게 고개를 숙였다.

"여보, 나 좀 나갔다 올게. 선생님께서 오시면 좀 쉬시라고 하고."

나무꾼과 박일준은 문을 나섰다.

"어디로 가볼까? 저 산 쪽으로?"

"좋습니다."

두 사람은 집의 뒤쪽으로 통해 있는 길로 나섰다. 눈은 쉬지 않고 내리고 있었다. 지금 두 사람이 걸어가는 길은 처음으로 발자국이 만들어지고 있는 것이다.

이는 마치 박일준의 새로운 인생을 예고하고 있는 것 같았다. 내리는 눈은 잠깐 사이에 발자국을 없애고 쌓여 갔으며, 두 사람은 점점 멀어져 가고 있었다.

보이지 않는 살인

귀신 종수는 아침 일찍 집을 나섰다. 살아 있는 인간의 눈으로 보면 아직 다 밝지 않은 새벽이라 할 수 있었다. 이제 종수는 새벽이 오는 것을 느낄 수 있을 뿐만 아니라, 햇빛이 닿는 곳과 그늘이 진 곳을 구별할 수 있었다. 따라서 그림자의 윤곽도 알 수 있을 정도였다.

이 정도면 인간이 볼 수 있는 것 중에 큰 것은 거의 다 볼 수 있는 셈이었다. 먹으로 쓴 큰 글자도 읽을 수 있었다. 아직 작은 글씨를 읽지는 못하지만 빈 종이와 글이 씌어 있는 종이를 판별할 수는 있었다. 그러므로 작은 글씨를 읽는 것도 이젠 시간 문제였다.

종수의 노력과 그에 따른 발전은 결코 범인이 따를 수 없는 정도였다. 종수는 매일, 아니 매시간 극적인 변화를 겪고 있는 것이다. 지금 종수가 걸어가고(?) 있는 곳은 조그마한 언덕이었다. 그 위쪽에는 집들이 몇 채 있었다.

종수의 목적지는 바로 언덕 위에 있는—전에 가본 적이 있는—노부부의 집이었다. 그러나 더 자세히 얘기해 보면 종수가 가려는 곳은 할머니의 영혼이 사는 집인 것이다. 그곳은 바로 뇌腦라고 하거니와, 종수는 오늘 또 한 번의 전투에 임하려는 것이었다.

이번에는 지난번처럼 두려움이나 긴장은 없었다. 자신 만만했기 때문이다. 종수는 그 동안 더욱 건강(?)해졌으며, 힘도 크게 강화되어 있었던 것이다. 할머니는 부엌에 있었다. 인간이 먹는 아침밥을 준비하고 있는 것 같았다.

종수는 추호의 망설임도 없이 할머니의 얼굴에 도달하고는 이어 귓속으로 돌입했다. 바로 앞에 고막이 나타났으나, 이것이 귀신의 통행을 막지는 못했다. 종수는 쉽게 중이골中耳骨 부위에 들어섰고, 계속해서 내이內耳를 통과했다.

여기서부터는 단순하게 청신경廳神經을 따라가면 된다. 종수는 잠깐 사이에 시상하부視床下部에 도달해서는 잠시 휴식을 취했다. 생명의 동굴은 이미 전면에 장대壯大하게 전개되어 있었다.

종수는 여기서 자신의 결심을 다시 한 번 확인했다. 오늘은 물러남이 없이 철저히 밀어붙이려는 것이다. 종수의 현원玄源에서는 서서히 기운이 증강되기 시작했다. 드디어 종수는 동굴로 전진했다.

동굴은 앞으로 길게 연해 있었고, 가끔씩 갈래길이 나타났다. 종수는 앞으로만 한참 전진하다가, 좌우로 크게 갈라져 있는 두 개의 동굴에 도달했다. 이곳은 처음 와본 곳이었다. 그 동안은 동굴의 중간쯤에서 영혼을 불러냈지만, 이번에는 끝까지 파고들어 영혼이 있는 정확한 위치를 파악하려는 것이다.

물론 영혼은 한곳에만 집결해 있는 것은 아닐 테지만, 그래도 어딘가에 그 중심부가 있을 것이다. 현재 전면은 막혀 있었다. 종수는 우측 동굴로 들어섰다. 그러자 바로 앞에 광채가 가득 차 있었다.

여기가 바로 영혼이 존재하는 핵심부인 것 같았다. 종수는 아주 가까이 다가가서 한동안 영혼을 관찰했다. 그러자 종수는 하나의 중요한 사실을 발견했다. 영혼도 전면과 후면이 있다는 것이다. 현재 앞에 있는 영혼은 등을 돌리고 있었다.

광채는 미세하게 진동하고 있었고, 밝기도 가끔씩 변화를 보였다. 종수는 여기서 영혼을 공격하려다가 마음을 고쳐 먹었다. 좌측에 있는 동굴에도 한번 가보고 싶었기 때문이다. 종수는 천천히 동굴을 빠져 나왔다. 물론 긴장을 늦추지는 않았다. 등을 돌리고 있는 영혼이 갑자기 돌아서서 공격을 가해 올 수도 있는 것이다. 그래서 뒷걸음으로 물러나왔던 것이다.

종수는 즉시 좌측 동굴로 진입했다. 이곳에도 역시 광채가 가득차 있었다. 영혼은 현재 두 곳으로 갈라져 있는 것이다.

'어째서 양쪽에 있는 것일까?'

종수는 잠깐 생각해 보고는 그 이유를 깨달았다. 영혼도 좌우가 있는 것이다. 그리고 어쩌면 영혼의 기능이 두 종류인지도 모른다.

그렇다! 음과 양인 것이다. 두 방향의 영혼은 서로 끊임없이 기운을 교환하여 현상에 적응하는 것이다. 이제 공격을 할 때가 되었다. 종수는 일단 공격 후의 상황을 생각해 봤다. 필경 공격받은 영혼은 저쪽으로 피신하든지 아니면 저쪽 영혼이 이쪽으로 와서 힘이 더욱 강화될지도 모른다. 어떻게 되든 방침은 이미 정해졌다. 이곳에서 영혼이 사라지면 저쪽 동굴로 찾아갈 것이다. 물론 이쪽으로 몰려들면 정면 대결을 하면 된다.

"자, 시작해 보자!"

종수는 기운을 집결해서 부드럽게 발출시켰다. 이렇게 하는 것이 가장 강하게 힘을 뻗쳐내는 것임을 알고 있었기 때문이다.

번쩍!

종수의 기운이 할머니의 기운을 향해 날아갔다.

꽝—.

엄청난 소리가 났다. 영혼은 순식간에 돌아섰다. 종수의 두 번째 공격이 즉시 전개됐다.

꽝—번쩍—.

영혼이 강하게 다가왔다. 종수도 한 걸음⑺ 다가서며 부딪쳐 갔다. 이것은 더욱 강한 공격이 된다. 종수는 약간의 졸음이 오는 것을 느꼈다. 이것이 바로 충격이라는 것이다. 영혼은 아픔이 없는 대신 졸림을 느끼는 것이다.

저쪽도 지금 졸음이 오고 있을 것이다. 종수는 참아냈다. 그러고는 또 한 번 세차게 부딪쳐 갔다. 마침내 영혼은 사라졌다. 저쪽으로 도망간 것이다. 종수는 좌측 동굴을 빠져 나와 우측 동굴을 들여다봤다.

이번에는 들어서지 않고 멀리서 공격을 시도했다. 이렇게 하면 힘은 좀 약하지만 일부러 그렇게 해 본 것이다. 할머니의 영혼은 되돌아 동굴 밖으로 나오기 시작했다. 이때 종수는 강하게 부딪쳐 갔다. 서로 충돌하는 것이다. 이것은 서로 부딪쳐 가는 것이니, 가만히 있는 영혼에다 하는 공격보다 몇 배나 강한 것이다.

꽈앙—번쩍—.

커다란 폭발음 뒤에 충격이 느껴졌다. 졸음이 파도처럼 밀려왔다. 그러나 종수는 이것을 참아내고 정신을 더욱 맑게 조절했다. 저쪽 영혼은 사라졌다. 또 저쪽 동굴로 갔을 것이다. 그런데 뇌의 밖에서도 사건이 벌어지고 있었다.

쨍그랑—.

할머니는 들고 있던 사발을 떨어뜨리고 잠시 비틀거렸다.

쿵—.

드디어 할머니는 부엌 한가운데에 쓰러졌다.

"아니, 여보!"

할아버지가 놀라면서 부엌으로 들어왔다.

"여보…… 이거 큰일 났군!"

할아버지는 쓰러져 있는 할머니를 들어 옮기려 했지만 힘에 부쳤다. 아무래도 옆집 사람의 도움을 받아야 했다. 할아버지는 급히 집을 나와 옆집으로 들어섰다.

"박씨, 빨리 나와 봐, 큰일 났어!"

"네? 웬일이세요?"

옆집에 사는 청년인 박씨는 할아버지의 심상치 않은 모습을 보고 재빨리 나왔다.

"할멈이 쓰러졌어. 병원엘 가야겠어!"

"그래요? 잠깐 기다리세요."

청년은 신속히 리어카를 준비하고, 다시 부엌에 들어가서 할머니를 안고 나왔다. 그 사이 할아버지는 방에서 요를 내와서 리어카에 깔았다.

'자, 빨리 병원으로 가야 한다…… 병원? 마을엔 병원이 없는데…….'

청년은 리어카를 급히 끌면서 생각했다.

'우선 약국엘 갈까? 약국은 동네 끝에 있는데…… 글쎄, 그렇지! 보건소가 있다! 보건소는 약국을 지나서 있다. 가는 길에 약국을 들러서 약사의 의견을 듣자. 혹은 약을 먹이거나 응급 조치를 취해 보자. 그래도 안 되면 보건소로 가야지. 보건소에는 의사도 있을 것이고 긴급 차량도 있을 것이다. 그곳에서 안 되면 병원으로 가면 된다.'

청년은 환자에게 충격이 가지 않도록 조심스럽게 달렸다. 할아버지는 힘겹게 쫓아가고 있었다. 이렇게 몸 밖에서는 한참 부산스러운 가운데, 뇌 속에서는 잠시 정적이 흘렀다. 할머니의 영혼은 지금 우측에서 도사리고 있었다.

할머니는 아무 영문도 모르는 채 악몽에 시달리고 있었다. 종수는 이번에는 끝장을 내려고 마음먹었다. 만일 영혼이 또 도망가면 가까이 쫓아가면서 계속 공격하리라고 생각했다. 종수는 천천히 접근을 시도했다. 영혼의 반격이 있었다.

꽝—.

그러나 그 힘은 터무니없이 약해져 있었다. 종수는 서서히 밀고 들어갔다. 영혼은 심하게 반항했지만 뒤로 점점 밀리고 있었다. 그러다가 갑자기 사라졌다. 옆 동굴로 옮겨 갔을 것이다. 통로가 어디일까?

종수는 영혼이 사라진 지점에서 정지한 채로 좌측 벽을 찬찬히 살펴봤다. 벽은 망처럼 미세한 구멍이 무수히 뚫려 있었다. 영혼은 이쪽으로 들어간 것이 틀림없었다. 종수는 그 구멍 중 하나로 통과하려고 생각하다가 그만두었다.

그렇게 하려면 자신의 몸(?)을 아주 작게 해야 하는데 시간도 많이 걸릴 뿐 아니라 길을 찾는 데도 애를 먹게 된다. 나의 몸이 작아지면 작아질수록 주변의 사물은 커지고, 많은 새로운 형상들이 보이기 때문에 전체적 형태를 이해하려면 한참 시간이 걸리게 된다.

자칫하면 길을 잃을 수도 있다. 종수는 그 망 같은 통로의 물질을 무시한 채 그냥 통과하기로 했다. 종수는 물질을 스며들 듯 통과하는 것은 적극 자제했지만 이번만은 할 수 없었다. 한 번쯤 규칙을 어길 수도 있는 것이다.

종수의 몸(?)은 마치 물이 솜을 통과하듯 망의 동굴에 스며들어 이동을 개시했다. 망의 동굴은 길지 않았다. 얼마 가지 않아 넓은 좌측 동굴에 답지한 것이다. 그곳에는 과연 영혼이 있었는데, 심한 요동을 하고 있는 것 같았다.

아마 분노라도 느끼는 것일까? 종수는 이에 개의치 않고 강하게 부딪쳐 갔다.

꽝—.

한 번 더 부딪쳐 봤다.

꽝—.

영혼은 도망갈 곳을 찾고 있는 듯 보였다. 그러나 종수는 틈을 주지 않고 더욱 강한 공격을 가했다.

꽝—.

영혼은 빛이 점점 흐려지더니 동굴 밖으로 나아갔다. 종수가 뒤따라 가보니 영혼은 우측 동굴로 가지 않고 전면의 길고 큰 동굴 쪽으로 빠져 나가고 있었다. 종수는 더 이상 추격하지 않았다. 이곳에서 구경할 것이 많았기 때문이다.

드디어 종수는 하나의 몸을 차지하는 데 성공했다. 그러나 이것을 사용하는 방법은 모른다. 그것은 이제부터 공부할 과제인 것이다. 종수는 우선 옆 동굴로 이동해 봤다. 그러고는 자신의 몸을 키워서 양쪽 동굴 안에 동시에 존재할 수 있도록 조절해 봤다. 그것은 그리 어렵지 않게 해낼 수 있었다.

이제 방향을 바로잡고 앉아야 한다. 큰 동굴을 등지고 있으면 되는 것이다. 종수는 마치 자동차의 운전석에 바로 앉은 것과도 같았다. 종수는 일단 마음을 안정하고 주위에서 발생하는 현상을 감지하기 시작했다.

전면은 거대한 벽이었다. 종수는 다시 몸을 키워 벽과 적당한 크기로 맞추고는 관찰을 시작했다. 전면의 벽은 꿈틀거리고 반짝일 때도 있었다. 그리고 잡다한 소리를 내며 진동하고 있었다.

우웅 쿵—.

번쩍!

후득후득—.

종수는 끈질기게 관찰하면서 가끔씩 벽에 충격을 가해 봤다. 종수가 살펴보는 것은 두 가지였다. 첫째는 현상의 규칙성과 그것에 충격을 가했을 대 어떤 반응이 있는 것인가이다.

리어카는 약국에 도달했다. 약사는 자신으로서는 조치를 할 수 가 없다고 하면서 보건소로 가보라 했다. 리어카는 다시 보건소로 향했다. 그 사이 뇌 속에서는 한 번의 변화가 있었다. 그것은 할머니의 영혼이 종수가 앉아 있는 곳, 즉 자기 자리를 탈환하기 위해 공격을 시도한 것인데, 그 공격은 세찬 반격을 받고 맥없이 쫓겨난 것이다.

그러나 이번에 쫓겨날 때는 치명적인 타격을 받았다. 할머니의 영혼은 밀려오는 졸음을 극복하지 못하고 좌절했다. 그러고는 아무런 의지 없이 표류하기 시작했다. 이 영혼은 뇌의 내부를 이리저리 뜻없이 헤매고 있는 것이다.

종수는 할머니의 영혼을 간단히 물리치고 뇌의 작동 방식을 알아내려고 전면, 즉 생명의 벽에 온 정신을 몰두했다. 생명의 벽은 여전히 진동하고 있었지만, 그 힘이 급격히 약화되면서 가해진 충격에 대해 미미하게 반응할 뿐이었다.

종수는 전면의 벽에 무수히 뚫려 있는 미세한 구멍 속에 무작정 돌입했다. 그러자 이상한 현상이 발생했다. 무슨 소리가 들렸는데, 그것은 흡사 요란한 빈 수레의 덜컹거리는 소리와 비슷했으며 아주 선명했다. 이게 어찌 된 일인가?

종수는 생을 얻은 것이다. 적어도 귀를 소유하게 된 것이다. 이것은 영혼 상태로 있을 때하고는 너무나 달랐다.

덜컹 덜컹—.

어쩌면 이렇게 선명할 수가 있을까? 사람의 목소리도 들렸다. 뜻은 알 수 없으나 분명한 사람의 목소리였다. 노인과 젊은이의 목소리가 섞인 것 같았다. 그러나 소리는 멈추었다. 종수는 다시 자신의 영혼 상태로 돌아왔다. 자신이 있는 생명의 벽은 진동이 이미 사라져 있었다.

무엇인가 소리는 여전히 들리는 듯했지만 그것은 조금 전 귀로 들었던 것과는 너무나 차이가 났다. 그 선명하고 아름다운 소리!

이제는 그 소리가 들리지 않았다. 너무나 고요해서 답답했다. 미칠 것만 같았다.

종수는 몹시 괴로워했다. 그러나 보람은 있었다. 잠깐이나마 귀를 소유할 수 있었던 것이다. 그리고 할머니의 영혼을 아주 퇴치해 버린 것이다.

리어카는 보건소에 도달했다. 박씨는 할머니를 업고 무작정 보건소로 돌진했다. 마침 어떤 여인이 나왔다.

"웬일이세요?"

"네, 급한 환자예요. 좀 봐주세요."

"네? 환자요? 병원엘 가시지 않고."

"병원을 몰라서 그래요."

할아버지가 옆에서 간절하게 말하자, 여인은 귀찮다는 듯이 어떤 방으로 데려갔다. 그러고는 할머니를 살펴보는 듯했다.

"어머, 죽었어요!"

"네? 죽었다니오?"

"네, 할머니는 돌아가셨습니다."

이런 와중에 종수는 뇌에서 빠져 나와 할머니의 시신 옆에 섰다. 그런데 이곳이 어디인지 종잡을 수가 없었다.

'아니, 여기가 어디야? 큰일 났군, 길을 잊어먹었어!'

종수는 몹시 당황했다. 그러나 상황을 생각해 보고 이곳이 병원일 것으로 짐작했다. 틀림없이 병원에 왔을 것이다. 할머니는 오는 도중에 죽은 것 같았다. 그렇다면 다시 할머니의 몸 속에 들어가 있자! 필경 집으로 돌아갈 것이다.

　종수는 이런 생각을 하면서 다시 할머니의 뇌 속으로 들어갔다. 죽은 몸이지만 무엇인가 발견될 수도 있을 것이다. 죽은 뇌의 변화를 지켜 보는 것도 공부가 될 수 있다.

　종수는 잔인하리만큼 침착성을 유지하면서 한편으로는 자신의 동네로 돌아갈 대책을 세운 것이다. 이로부터 얼마 지나지 않아 종수는 과연 길을 찾았다. 할머니의 시신과 함께 바로 그 집으로 돌아온 것이다. 이제 종수는 뇌를 빠져 나와 자기 집으로 향했다. 죽은 할머니는 누군가가 처리해 줄 것이다.

　산 인간은 얼마든지 있으니 아까워할 필요는 없다. 다시 도전하여 새로운 뇌를 구하면 된다. 앞길은 무한히 열려 있는 것이다. 종수가 이런 희망을 가지고 집에 돌아와 보니 수진이는 없었다. 학교에 갔을 것이다.

　수진이는 저녁때쯤 돌아올 테니 그때 보면 된다. 종수는 그 동안 쉬기로 했다. 종수는 마음을 가라앉히고 다시 기운을 축적하기 시작했다. 마음 속에는 귀를 가져 봤던 기억과 그것으로 듣는다는 것이 얼마나 즐거운지를 유념하고 있었다.

　그리고 귀만으로도 그토록 편리하고 즐거웠는데, 눈이나 팔다리 등 신체를 다 갖는다면 얼마나 행복할 것인가? 종수는 기필코 몸을 소유하리라고 굳게 다짐했다.

—제3권에 계속

소설 팔패 2

1판 1쇄 인쇄 2009년 10월 30일
1판 1쇄 발행 2009년 11월 10일

지 은 이 김승호
편집주간 장상태
편집기획 김범석
디 자 인 정은영

발 행 인 김영길
펴 낸 곳 도서출판 선영사
주   소 서울시 마포구 서교동 485-14 영진빌딩 1층
Tel 02-338-8231~2   Fax 02-338-8233
E-mail sunyoungsa@hanmail.net
Web site www.sunyoung.co.kr

등   록 1983년 6월 29일 (제02-01-51호)

ISBN 978-89-7558-044-4   04810